LEI LUPING JIAOXUE WENJI

雷履平
教学文集

雷敏 编

语文出版社
·北京·

图书在版编目（CIP）数据

雷履平教学文集 / 雷敏编. -- 北京：语文出版社，2017.4
　ISBN 978-7-80241-871-4

Ⅰ. ①雷… Ⅱ. ①雷… Ⅲ. ①中国文学－古典文学－教学研究－文集 Ⅳ. ①I206.2-53

中国版本图书馆CIP数据核字（2017）第025114号

责任编辑	谢　惠
装帧设计	刘姗姗
出　　版	语文出版社
地　　址	北京市东城区朝阳门内南小街51号　100010
电子信箱	ywcbsywp@163.com
排　　版	北京杰瑞腾达科技发展有限公司
印刷装订	北京市科星印刷有限责任公司
发　　行	语文出版社　新华书店经销
规　　格	787mm×1092mm
开　　本	1/16
印　　张	17.5
字　　数	250千字
版　　次	2017年4月第1版
印　　次	2017年4月第1次印刷
印　　数	1－1,000
定　　价	45.00元

☎ 010-65253954（咨询）010-65251033（购书）010-65250075（印装质量）

1957年6月12日午后4时30分,雷履平(二排右四)在中南海怀仁堂受到毛泽东、刘少奇、朱德等党和国家领导人接见并合影留念

雷履平在家中 摄于1982年秋

雷履平（前排右一）大学一年级时与中文系同学白敦仁（二排右一）等合影　摄于1938年

雷履平（前排左一）与屈守元教授（前排左二）、苏恒教授（前排左三）、王文才教授（前排左四）开学术会后留影　摄于1980年左右

雷履平与当时的研究生和在研究所进修的大学老师（雷敏与父亲雷履平唯一一张合影）摄于1983年冬

（前排左起：雷敏、雷履平、屈守元教授、王仲镛教授）

雷履平（左一）与魏炯若教授（左二）在研究生答辩会场（原学校工会活动厅）摄于1984年6月

雷履平自传（代序）

雷履平，名保泰，1917年生于成都一个蒙古族家庭。原籍内蒙古敖汉旗，姓勒克勒氏，汉译雷。现在是四川省人大常委会民族委员会委员，中国作家协会会员，作协四川分会常务理事，成都市文联委员。

我出生在一个旧知识分子家庭。父亲文富，清光绪二十九年（1903）癸卯科举人；叔父文德，同年满文翻译举人。入民国后，父亲曾在四川旧军人赖心辉等军中做过谘议和顾问，1930年失业。我没有兄弟姊妹，家里又无寸田尺土，和父母一道过着十分贫困的生活。中学毕业后，只好去投考一个小学教师训练班，毕业后分配到一个贫民夜校做教师。

读中学时，正值"九·一八事变"，读江藩《汉学师承记》，深感顾炎武的际遇。当时民族危机严重，国民党反动政府丧权辱国，与顾炎武所说"神州荡覆，宗社丘墟"的明末现实相似，而一般官僚政客"悖礼犯义"，也和明末"士大夫无耻"相同。我决心走顾炎武的治学道路，治经治史，来改变国民性，洗雪国耻。1937年进入了四川大学中文系，一面读书一面在成都满族、蒙古族合办的三英中学、少城小学里教书，半工半读，维持一家三口的生活。当时正是日本帝国主义侵华的"七七卢沟桥事变"之后，这使我逐渐意识到读书救国是没有出路的。我在寄友人的一首长诗中有一段写道："我生二十载，猛志跋前规。谓斗可取酌，谓山可与齐。翻念所禀性，野马不受羁。群经汉师法，心性辨渑淄。谁能守门户,神王在藩篱。借鉴乙部书,将以处乱离。乱离犹未已,天地尽疮痍。都市居不易,民生信艰危。谈迁与彪固,不办肉与糜。"当时虽未找到救国救民的途径,但涉猎版本、目录、校雠、训诂之学,都是从这个时候开始的。

后来,四川大学因避日机轰炸,疏散到峨眉山。我因失掉了半工半读的机会而失学。在成都教了一年小学,便转学到华西协合大学中文系,仍然一面读书一面在成都的中学兼课,加上获得了一项哈佛燕京奖学金,才于1942年毕业获得学士学位。毕业后,在成都的中学教书。1947年,被聘为成华大学中文系讲师,讲"中国文学史"和"专家文选",直到新中国成立。

这期间,由于教学需要,我转入中国古典文学的研究。著有《匡谬正俗校注》《北齐文林馆学士考》《唐代妇女衣饰丛考》《世綵堂本韩昌黎集校记》,稿本在"文化大革命"空前的大内乱期间被抄失。

新中国成立后,任四川师范学院副教授。写有中国古代作家研究和古典文论研究的一些论文,如《苏轼的生平、思想和艺术成就》《苏轼词的风格》《爱国诗人宇文虚中》《杜甫的咏物诗》《李贺诗的意境》《读司空图〈诗品〉札记》《元好问〈论诗绝句〉选笺》等,发表在《四川文学》《社会科学研究》《草堂》等刊物上,曾参加编写人民文学出版社出版的《中国历代文选》的部分篇章以及先秦至宋部分的定稿工作。目前,承担了"国家十五大作家集"中的《韩愈全集校注》的部分工作。

个人研究集中在南宋词上,准备对清人查为仁、历鹗的《绝妙好词笺》作补正。目前已写出《词综发凡笺正》《梅溪词研究》等论文,准备对南宋婉约派作家姜夔、吴文英、张炎、周密、王沂孙等一一作深入研究,并在此基础上写出《绝妙好词笺补正》稿,同时对古典诗论、词论作系统研究。我的设想是,以马克思主义的美学理论为指导,探索宋词不同流派的审美观点和艺术美。我认为,对宋词的研究,既不应同于新中国成立前的学者的研究,也不应同于国外汉学家的研究,除占有详尽的资料，即有科学性外，还应有革命性，才能批判继承，探讨不同流派不同作家的艺术规律，起到艺术方面的借鉴作用。

在民族文学研究方面，曾拟研究元代蒙古作家萨都剌，拟取明成化赵兰本《雁门集》，弘治李举本《萨天锡诗集》，毛晋汲古阁本《雁门集》，校以顾嗣立《元诗选》及日本岛田翰所得永和本《萨天锡逸诗》，并为之编年笺注。唯教学任务较重，这一工作尚未排上日程。

我曾总结自己大半生：青年时期想当学者，缺乏深厚的学术基础，落空了；想当诗人，缺乏诗人的才华，又落空了；结果从事文学教学四十多年，在学术研究上成就甚微，这是始料所不及的。

（原载《中国少数民族现代作家传略》，青海人民出版社，1982年11月）

目　录

雷履平自传（代序）…………………………………………………… 1

第一章　古典文学教学研究

诗的含蓄美——读司空图《诗品》札记…………………………… 3
谈豪放——读司空图《诗品》札记之二…………………………… 9
古典诗词的炼字与炼意……………………………………………… 16
李贺诗的意境………………………………………………………… 24
《梅溪词》四论……………………………………………………… 27
朱彝尊《词综发凡》在词学理论上的贡献………………………… 45
杜甫的咏物诗………………………………………………………… 54
苏轼的生平、思想和艺术成就——纪念苏轼诞生920周年……… 67
苏轼词的风格………………………………………………………… 74
爱国诗人宇文虚中…………………………………………………… 88
《水经注》与写景散文……………………………………………… 94
毛主席《冬云》诗浅说……………………………………………… 99
谈谈苏轼的《念奴娇·赤壁怀古》词……………………………… 103
羽扇纶巾及其他——给川台的信，答听众问……………………… 108
诗要用形象思维……………………………………………………… 111

《情探》的思想和艺术…………………………………… 114

元好问《论诗绝句》选笺………………………………… 132

第二章　教学实践与探索

关于古典诗词的教学……………………………………… 141

教学三准…………………………………………………… 150

少而精……………………………………………………… 153

说深………………………………………………………… 156

说透………………………………………………………… 158

向传统借鉴——文言文教学方法浅谈…………………… 160

我国散文发展概况和韩愈的《张中丞传后叙》………… 165

柳宗元的山水游记………………………………………… 172

第三章　古典诗词鉴赏

张镃《满庭芳·促织儿》鉴赏…………………………… 183

史达祖《三姝媚》鉴赏…………………………………… 186

史达祖《临江仙》鉴赏…………………………………… 189

史达祖《湘江静》鉴赏…………………………………… 192

史达祖《齐天乐·白发》鉴赏…………………………… 195

吴文英《齐天乐》鉴赏…………………………………… 198

附一　雷履平先生发表文章年表………………………… 201

附二　追怀雷履平先生诗文集锦………………………… 210

　　　高阳台（屈守元）………………………………… 210

　　　挽联（屈守元）…………………………………… 210

悼念老同事雷履平尊兄（杜道生）………………………………… 211
悼履平劫中语以志哀（王文才）…………………………………… 211
履平遗稿《梅溪词校注》闻将出版，感赋（王仲镛）…………… 211
鹧鸪天四首——沉痛悼念老师雷履平（王泽君）………………… 212
沉痛悼念老师雷履平（罗焕章　王泽君　常思春）……………… 212
挽联（吴明贤　郑宏华　蒲友俊　刘益国　常思春
　　　刘文刚　黎孟德）………………………………………… 213
挽联（何锐）………………………………………………………… 213
悼雷履平同志（钟树梁）…………………………………………… 213
履平逝世十周年祭作（屈守元）…………………………………… 214
木兰花慢（钟树梁）………………………………………………… 214
履平逝世且十年，今夜始入梦（白敦仁）………………………… 215
怀念履平师（邓元煊）……………………………………………… 216
雷履平先生事略（罗焕章）………………………………………… 218
怀雷履平老师（周玉清）…………………………………………… 222
追忆雷履平先生（范昌灼）………………………………………… 225
哀思——悼念雷履平先生（赵晓兰）……………………………… 228
缅怀雷履平先生（詹杭伦）………………………………………… 230
回忆雷履平老师谈诗（赵峥嵘）…………………………………… 234
雷先生指导我们做毕业论文（郑宏华　赵晓兰
　　　詹杭伦　张莉莉　黎孟德）……………………………… 236
《梅溪词校注》成书前后（曹光甫）……………………………… 238
缅怀父亲　努力工作（雷敏）……………………………………… 241
献身教育　为国哺才——回忆我们的
　　　父亲雷履平（雷莹　雷敏）……………………………… 244
献身教育　艺精教坛——回忆我的父亲雷履平（雷敏）………… 249

后记……………………………………………………………………… 256

第一章

古典文学教学研究

诗的含蓄美

——读司空图《诗品》札记

含蓄是我国传统诗歌风格之一。

什么是含蓄呢？司空图在《诗品》里作了如下阐释：

> 不著一字，尽得风流。语不涉难，若不堪忧。是有真宰，与之沉浮。如渌满酒，花时返秋。悠悠空尘，忽忽海沤。浅深聚散，万取一收。

头四句是含蓄的义界。诗人凭借语言抒发感情，往往利用简练明确的语言构成深广的意境。"不著一字，尽得风流"是说这种意境可以发人深省，引起联翩的浮想，使人越出字面的意义，开拓一个想象的天地。"风流"，即神韵。"尽得风流"，就是说完全捕捉住诗人情感里最本质的东西。"语不涉难，若不堪忧"，这"难"是患难的意思。言其不谈忧患，而忧患若不可堪，给感情增加了深度。超越字面的意义，听凭读者根据诗人的暗示进行联想，从而理解诗人的感受，这才算是诗的含蓄。

中四句是含蓄的条件。"是有真宰，与之沉浮"是说一个诗人在千汇万状的生活现象和自然现象面前，也是有自己的看法的。对待这种复杂的现象，他有自己的爱憎和是非，浮沉在生活的海洋里或去或取，或可或否，主宰在我，心中有数。没有真实的感受，没有强烈的爱憎，没有分明的是非，就写不出含蓄的诗来。"如渌满酒，花时返秋"是说一首好诗是漉浚了的清酒，是春花后的秋实，是深入生活并且用自己的看法去理解生活的结果。这是构成含蓄意境的思想基础。

后四句是含蓄的手段。"悠悠空尘"四句是说生活的天地像辽阔无尽的天空浮尘，像浩渺无垠的大海泡沫，尽管它们或聚或散，有浅有深，却要求诗人目光四射、洞察幽微，根据主题需要从中摄取能够说明生活本质但又不是把生活现象简单化的典型感受，万中取一，用片言说明百意，奏出时代的强音来加强诗歌的思想力量和艺术效果。这种手段，启发人和感染人的效果有时比淋漓尽致地倾泻感情的诗篇更大，因为诗的题材是经过高度提炼加工的，诗人的感受是典型的。这是表现思想十分经济的手段。

一首含蓄的好诗，它深广的意境是依靠简练的语言构成的。深广和简练看来似乎是互相排斥的两个概念，却和谐地统一在一起，这就得依靠"万取一收"的手段来完成了。宋代词人姜夔对这个道理有过很好的发挥，他说：

> 学有余而约以用之，善用事者也。意有余而约以尽之，善措词者也。

> 语贵含蓄。东坡云："言有尽而意无穷"者，天下之至言也。若句中无余字，篇中无长语，非善之善者也。句中有余味，篇中有余意，善之善者也。[①]

舞文弄墨，词意俱尽，倾箱倒箧，毫无保留，无余味，无余意。这种诗一眼见底，味同嚼蜡，它不能引起读者情感的共鸣。善于措辞的人，游刃有余，余音绕梁，耐人深思，启人遐想。这种诗语言尽管简练，它的艺术感染力却是巨大的。

一首含蓄的好诗，它深广的意境又是依靠明确的语言构成的。含蓄

[①] 姜夔《白石道人诗说》，许增《榆园丛刻》本。

和明确看来也似乎是互相排斥的两个概念，却又和谐地统一在一起了。姜夔把这种境界叫作"自然高妙"。他说：

> 非奇非怪，剥落文采，知其妙而不知其所以妙曰自然高妙。①

含蓄绝不是把诗写得扑朔迷离、晦涩难懂，它要求语言不奇不怪，朴朴质质。一眼见底自然不算含蓄，晦涩难懂也算不得含蓄。宋代诗人梅尧臣谈得好：

> 诗家虽率意，而造语亦难。若意新语工，得前人所未道者，斯为善也。必能状难写之景如在目前，含不尽之意见于言外，然后为至矣。②

"状难写之景如在目前"，语言就得明确；"含不尽之意见于言外"，意境就得含蓄。这是二者的辩证关系。含蓄和晦涩不是一回事儿。

"含不尽之意见于言外"，也不是欲言又忍，卖弄"关子"。姜夔写道：

> 至如辞尽意不尽者，非遣意也，辞中已仿佛可见矣。辞意俱不尽者，不尽之中固已深尽之矣。③

就是说语言虽然明确简练，但含蓄的意境已经构成。诗人要说的话，仿佛可见；诗人要表现的情感，已经深尽无余。"不著一字"已经"尽得风流"。含蓄和藏头截尾也不是一回事儿。

我非常喜欢中唐诗人戎昱《移家别湖上亭》一诗：

> 好是春风湖上亭，柳条藤蔓系离情。
> 黄莺住久浑相识，欲别频啼四五声。

---
① 姜夔《白石道人诗说》，许增《榆园丛刻》本。
② 欧阳修《六一诗话》，何文焕《历代诗话》本。
③ 姜夔《白石道人诗说》，许增《榆园丛刻》本。

这首诗的语言明白如话，简练概括，但意境很深广。诗人要搬家了，却舍不得离开湖上的亭子。他赞美这个亭子"好"得很。为什么呢？亭外的柳条藤蔓，随着春风摇曳，依依惜别；树上的黄莺因为诗人在这儿住得久，熟悉了，也舍不得离别而奏出凄苦的调子。频啼的黄莺，飘拂着的柳条藤蔓，构成了一幅动的图画。诗人把这种难写之景描写了出来，使我们从这幅动的图画里洞察到诗人充满离情别绪的凄苦的内心世界，直觉到湖上亭里住着诗人不愿分离的人。诗里只写了物，但其中有人，呼之欲出①。和情投意合的人分别，内心的凄苦是可想而知的。"语不涉难"，给予读者的印象却是"若不堪忧"。神韵悠然，余音缥缈，它包含着多少不尽之意啊！

这是一首含蓄的好诗，像这样的诗篇在著名诗人的集子里是很多的。杜甫的诗是以"浑涵汪茫，千汇万状"②见称的，但也有不少含蓄的作品。如《旅夜书怀》：

细草微风岸，危樯独夜舟。
星垂平野阔，月涌大江流。
名岂文章著，官应老病休。
飘飘何所似，天地一沙鸥。

这首诗是永泰二年（765）五月杜甫离开自己辛苦经营的成都草堂，漂泊东下，船到渝（重庆）忠（忠县）时写的。这首诗的情感很愤激，但说得却异常委婉含蓄。一只孤独的小船停泊在细草微风的江岸，岸上是一片广阔的平野，极目远望，天上的繁星遥挂如垂；江面笼罩在美丽的月光里，江水微波，月光不定如涌。诗人触景生情，他愤激地想道：因文章而著名，哪里是我的心愿；被排斥以至休官，也并非因为老病。"名岂文章著"是气话，杜甫的志愿是爱国救民，并不在乎写文章。"官

---

① 徐增《而庵说唐诗》卷十二（指出这首诗是戎昱留别营妓写的），九浩堂刻本。
② 《新唐书·杜甫传》，武英殿本。

应老病休"是反话，杜甫的被排斥是由于政治打击，罢了官，不得不过漂泊的生活。面对着奔流的大江，广阔的平野，真感到天地虽大，自己却像一只随风而飞的渺小的沙鸥了！这是多么黑暗的现实，诗人的情感又是多么沉痛，但诗人却清言娓娓、十分蕴藉地抒发着这种沉痛的感情。我们读了这首诗，不禁为诗人兴起"天地虽大却无容身之地"之叹，也为诗人遭遇的不平而愤慨。它的艺术感染力量是很强烈的。

即使在以"委曲详尽"著称的白居易的诗集里，也不乏含蓄的作品。如《舟中读元九诗》：

> 把君诗卷灯前读，诗尽灯残天未明。
> 眼痛灭灯犹暗坐，逆风吹浪打船声。

元稹在元和元年（806）被任命为左拾遗，由于敢言直谏，遭受到宦官的排挤。元和五年（810）春天，他在回长安的途中和宦官刘士元争宿驲厅，被刘用马鞭打伤了脸，备受侮辱。因为皇帝偏袒宦官，结果元稹反而被贬官。白居易是元稹的好友，深为此事愤慨不平。元和十年（815）八月，白居易本人也受到迫害，降职外放。在这种"高有罾缴忧，下有陷阱虞"（《马上作》）的政治陷害的罗网中，在船上读好友的诗篇，自然会有诗尽灯灭万绪填胸的感觉，也会有逆风吹浪卷入漩涡的恐惧。灭灯暗坐，逆风吹浪，是生活里的真实情况，也是诗人在崎岖的人生道路上对现实的诅咒。似真似寄，有景有情，字面上并没有把他的悲愤和恐惧的感情明白告诉读者，读者却完全可以体会。这样就使得这首诗具有极其深刻的感染力量。

这种含蓄的诗篇在传统诗歌里简直是多得举不胜举。

在司空图看来，含蓄和豪放是两种截然不同但并不互相排斥的风格。豪放要求畅所欲言，尽情倾泻，真力弥满，大气磅礴，给读者以感情的满足。多样的风格，不同的流派，各具特色，各有千秋。我们爱含蓄的诗，也爱豪放的诗。豪放和言多意少、大喊大叫是有区别的。

司空图对含蓄的理解值得我们重视。研究他的理论，对纠正目前某些只有空言壮语，缺乏深厚内容的诗有好处，对纠正那些故弄玄虚、晦涩难懂的诗也有好处。

（原载《四川文学》1961年第8期）

谈豪放

——读司空图《诗品》札记之二

在我国传统诗歌里,婉约含蓄和豪健奔放是两种截然不同的风格。含蓄要求以小见大,用片言明百意,留有余地,启发读者去联想、去补充;豪放要求畅所欲言,用丰满的形象给读者以精神上的满足。含蓄,不能说尽,像回味的橄榄,饶有余味,它的艺术容量不是用字句的短长可以测度的;豪放,必须说透,像壮人行色的美酒,令人振奋,令人陶醉,它的艺术容量也不是用字句短长可以测度的。

司空图在《诗品》里对豪放的看法是:

> 观花匪禁,吞吐大荒。
> 由道返气,处得以狂。
> 天风浪浪,海山苍苍。
> 真力弥满,万象在旁。
> 前招三辰,后引凤凰。
> 晓策六鳌,濯足扶桑。

头四句谈素材积累到豪放风格形成的过程。在他看来,一首豪放的好诗,应该有广阔无垠的艺术境界,把天地放在腕底,把宇宙吞纳胸中。但诗人火热的激情和叱咤风云的气概,完全可以通过闲情逸致来表现,一面"吞吐大荒"一面"观花匪禁"。"吞吐",犹言呼吸,包举、容纳的意思。"大荒",指无涯无际的广阔境界。"观花",是闲情逸致的譬喻。

豪放雄伟的气魄是从生活里蕴蓄来的。"道"指生活感受,"气"指豪放气魄。豪放气魄是虚的,生活感受是实的,这里需要经过运实入虚的过程。司空图没有把文艺简单理解成生活的图解,他把这种运实入虚的艺术构思过程叫作"返"。"由道返气"是前提,"处得以狂"只不过是生活之花结下的硕果而已。"处",这儿当表现讲。

一位杰出的诗人,必然是生活里的积极战士。他深入生活,观察、感受、思索、探求、斗争,把生活实感酝酿成诗料,写成气魄豪放的好诗,引导读者翘首天外,高瞻远瞩,扩大视野,开拓心胸。这里面有一个重要问题,是表现生活的广度和深度。尽管司空图所说的"道",指的是儒家的"诗教",也就是他在《与李生论诗书》里说的"诗贯六义",尽管他对生活的理解有很大的局限,但他对生活和风格之间的关系的理解却是正确的。

中四句谈豪放境界的艺术容量。豪放这种境界,如天际狂风的横绝宇宙,如海上仙山的莽莽苍苍,穷极人类想象所能达到的区域,表达诗人浓郁的情感。这种诗篇包罗万象,有血有肉,真力弥满,博大精深。感情的强度和生活的广度、深度,可以帮助读者认识时代;读者还可以用自己的生活、思想、情感去领会它、补充它、丰满它,编织成绚烂的天衣,构成寻绎无竟的意境。

后四句谈豪放诗的习用技法。它往往借助幻想的彩翼,利用超越现实的材料,赋予大自然以强烈的感情色彩,不管日月星辰也好,云霓龙凤也好,任其驱遣来表现诗人的感情。驾上六鳌在太空遨游,乘上凤凰到扶桑濯足,这些假想的行动,已经被屈原、李白等伟大诗人用来表示自己的渴望和追求。这种传统的、习用的技法,能够比较准确地描绘豪放派诗人的精神世界。

刘勰在《文心雕龙·体性篇》里指出"壮丽"风格的特点是:"高论

宏裁，卓烁异采。"豪情壮志和奇辞异采有着相互依存的关系。豪放的风格是诗人浪漫主义精神的表现形式之一。无论屈原或是李白，他们往往不是或不完全是按照生活本来的样子，依据客观现实所提示的生活图景如实地反映生活，而是依靠想象对现实作了艺术加工，离开现实生活的原样"招三辰""引凤凰"，虚构一幅动人心弦的魅人景象，曲折地表现了诗人的渴望和追求，歌颂或嘲讽，欢乐或苦痛，强烈地表达了诗人的政治抱负，反映了当时的时代感受。司空图的看法已经接触到豪放风格和浪漫主义手法的关系问题了。

提到豪健奔放和婉约含蓄的分野，很自然地会联想起宋人俞文豹《吹剑续录》记录的苏轼和柳永词风不同的故事来：

> 东坡在玉堂，有幕士善讴。因问："我词比柳词何如？"对曰："柳郎中词，只好十七八女孩儿，执红牙拍板，唱'杨柳岸晓风残月'。学士词，须关西大汉执铁板，唱'大江东去'。公为之绝倒。"①

柳永的《雨霖铃》是一首写离情别绪的优美小诗（词是抒情诗的一种样式）。他摄取了一对情人临歧话别、依依不舍的情景，在刻意地抒发了痛苦心情，描写了他们彼此间无微不至的关切和体贴以后，进一步揣想将行的游子在船开以后一觉醒来，别酒已散，爱人早去，独自面对着如画的江景：晨风轻轻吹着，太阳还没有出来，朦胧的残月斜挂在杨柳枝头，江水在黎明的薄光中荡漾。这样的良辰美景在这种特定的时间里，足以增加游子对思妇的怀念。情意缠绵，低徊不尽，柳永以他浅近的语言，细致的心理描写，构成了婉约含蓄的风格。

苏轼写赤壁怀古的《念奴娇》词，用的却是另外一副笔墨。苏轼放舟在多娇的江山中，面对着波涛汹涌奔驰东去的长江，激赏着壮丽的江景，联想起曾经在赤壁建立功勋的古代少年将军周瑜，俯仰今古，吞纳宇宙。他的胸襟抱负，他的昂扬情感，使他高唱出"大江东去，浪淘尽，

---

① 《吹剑续录》，涵芬楼排印《说郛》本（卷二十四）。

千古风流人物"的壮歌。长江怒涛,滚滚东流,古代的出色人物相随逝去,他们的业绩却长留人间。看啊,多么雄伟的祖国河山,山峰陡峭,穿破碧空,惊涛喷溅,拍打江岸,激起的浪花层层叠叠,真像千堆白雪攒簇在一起。"乱石穿空,惊涛拍岸,卷起千堆雪",这些掷地作金石声的语言不仅刻画出自然景色的雄奇,也为在这种雄奇的江山环境中建立功勋的英雄周瑜叱咤风云的气概作了渲染。这首词气势磅礴,景象雄浑,色彩鲜明,境界广大,苏轼以他喷如泉涌的艺术才思和俯仰古今的感情波涛,构成了豪放的风格。

作家的生活道路不同,气质不同,美感经验和艺术习惯不同,艺术风格也会不同。苏轼和柳永迥然不同的风格,说明作家的胸襟、抱负、学问以及创作心理和风格的形成有着多么密切的关系。

当然,风格是有相对稳定性的。豪放,也只是某些作家的基调。一个具有豪放风格的诗人也会写出一些清新、明丽或含蓄的诗篇。明人徐祯卿谈得好:

> 气本尚壮,亦忌锐逸。魏祖(曹操)云:"老骥伏枥,志在千里。烈士暮年,壮心不已。"犹暧暧也。思王(曹植)《野田黄雀行》譬如锥处囊中,大索露矣。①

"暧暧"就是不露,露就不含蓄。徐祯卿赞美曹操《步出东门行》里的警句,既豪放,又含蓄,也就是主张把这两种风格统一起来。豪放和含蓄虽说是两种截然不同的风格,却不是彼此排斥的。二者统一在一起,既有劲,又有味,既透且尽,又有韵致。"观花匪禁,吞吐大荒",就包含了这一层意思。

豪放和含蓄不是对立的,和纤丽却是对立的。具有纤丽风格的诗篇,过分机巧地组织语言,琐细地展开层次,曲曲折折、遮遮掩掩地透露感情,雕章琢句,用华丽的字面掩饰空虚和脆弱的心理状态。不管它表现

---

① 《谈艺录》,何文焕《历代诗话》本。

为脂香粉腻的"香奁体"也好,浓艳妍冶的"西昆体"也好,富丽堂皇的"台阁体"也好,它只能给读者以消极的东西。柳永写过一些婉约含蓄的好诗,也写过大量的脂腻香浓的纤丽作品。苏轼在词的写作上的革新,便是把柳永作为对立面来进行的。苏轼《与鲜于子骏书》说:

> 近却颇作小词,虽无柳七郎风味,亦自是一家。呵呵!数日前猎于郊外,所获颇多,作得一阕,令东州壮士抵掌顿足而歌之,吹笛击鼓以为节,颇壮观也。①

他自己的创作没有"柳七郎风味",他教育学生秦观也不在创作上走柳永纤丽的道路:

> (秦)少游自会稽入都见东坡。东坡曰:"不意别后,公却学柳七作词。"少游曰:"某虽无学,亦不如是。"东坡曰:"'销魂,当此际'(《满庭芳》),非柳七语乎?"②

豪放对这种靡靡之音的纤丽风格是一种针砭。

豪放对境界狭窄、思路僻苦的寒伧作风也是一种针砭。

中唐诗人孟郊,一生过着饥寒贫病的日子,写了许多愤世嫉俗的诗篇,从一个知识分子的怀才不遇出发,也触及了人民生活的不幸。他的诗有较高的艺术技巧,但诗的内容却更多地抒发个人的坎坷。苏轼对孟郊诗的评价很有意义。他一方面肯定孟郊诗"诗从肺腑出,出辄愁肺腑,有如黄河鱼,出膏以自煮",推崇它是《诗经》《楚辞》的嗣响——"孤芳擢荒秽,苦语余诗骚"。另一方面他又批评孟郊诗风格的枯窘寒伧,"初如食小鱼,所得不偿劳;又如食彭蚏,竟日持空螯""人生如朝露,日夜火消膏,何苦持两耳,听此寒虫号"。人生是这样短暂,应该珍惜生命,大刀阔斧做一番事业,怎么可以纠缠在个人的不幸上,用苦语、硬

---

① 《东坡续集》卷五,宝华庵重刊明成化《东坡七集》本。
② 《历代诗余》卷一一五引《高斋词话》,蚌隐庐影殿本。

语来发泄个人牢骚，还用哀愁来窒碍读者的心胸视野呢！"我憎孟郊诗"，在豪放派诗人苏轼看来，寒伧风格是不能提供的。①

豪放也不同于空喊大叫。空喊大叫是装腔作势，虚声恫人，泛滥无归，言之无物，是浮夸作风的一种表现形式。宋人严羽在《沧浪诗话》里谈得好："词气可颉颃，不可乖戾。"陶明濬解释道：

  颉颃之与乖戾，相去在几微之间，不容不辩。豪杰之士，以文人习气，日以颓靡，于是立意矫之，李杜韩苏由此其选也。立意必求其殊特，遣词必主乎瑰玮，巨刃摩天，金鸱擘海，所谓颉颃作气势者，是其所长也。及乎末流所至，似亦不能无弊，用笔率易，行气粗豪，言语乖舛，神经错谬，有意求奇，而卒不能奇。②

离开生活基础和使人理解的原则，倾泻自己不切实际的狂想，言过其实地吹牛说大话，即使诗中充满了想象和夸张，也不能增加诗篇的生气、光彩和力量。司空图特别强调"由道返气"和"真力弥满"，对空大喊大叫也是一种针砭。

杜甫诗风格的基调是悲壮、沉郁。他的思想深沉敏锐，笔触苍老遒劲，反映的又大都是社会生活里的重大问题，深度、广度往往达到了典型的高度，气势宏伟磅礴，感情沉着悲慨。司空图用"所思不远，若为平生"形容沉着，用"大风卷水，林木为摧"形容悲慨。不假借飞驰的想象，言在耳目之内，所谓"所思不远"，但却概括了整个时代人民的普遍感受。眼前景，眼前事，一经点染，便成诗史。诗人的热情包含在冷静的理智之中，深沉的悲愤蕴蓄着一种风起水涌般摧毁一切的力量。这种风格和豪放是不同的。

但是杜甫对豪放风格的理解却非常精辟。他评价许损的诗"精微穿溟宰，飞动摧霹雳"（《夜听许十一诵诗，爱而有作》），赞美高适、岑

---

① 《读孟郊诗二首》，王文诰《苏文忠公诗注》卷十六，瞳息斋刻本。
② 陶明濬《诗说杂记》卷九，转引自郭绍虞《沧浪诗话校释》，人民文学出版社版。

参的诗"意惬关飞动,篇终接混茫"(《寄彭州高三十五使君适、虢州岑二十七长史参三十韵》),赞美李白的诗"笔落惊风雨,诗成泣鬼神"(《寄李十二白二十韵》)。①想象的彩翼翱翔太空,奔放的气势压倒雷霆,用意惬当,精神却飞动不已,篇势虽完,意境却混茫无尽。这样的风格可以惊风雨而泣鬼神,把人们的思想感情提高到一个新的领域。杜甫给豪放作出了多么高的评价。

生活在封建社会里的豪放派诗人,用火辣辣的生花妙笔在长长的冬夜里写出了春天的赞歌。歌声充满了对理想的追求,激发起读者改变现实的意志,它的艺术光彩是久而弥新的。但古代人民美好的理想,在过去的时代是难以实现的,只有在人民当家做主的新时代里才成为活生生的现实。伟大的时代,新的生活,新的思想情感,要求我们写出震撼三山五岳的豪放诗篇。豪放,它是我们时代风格的折光。豪放的风格,有着山河同在、四季常春的艺术生命。

(原载《四川文学》1962年第3期)

---

① 葛立方《韵语阳秋》卷三,何文焕《历代诗话》本。

古典诗词的炼字与炼意

锤炼，是古典诗词的特点之一。许多脍炙人口的诗篇，莫不以锤炼的语言写出诗人对客观事物的深刻感受，以形传神，虚实相生，具有一定的社会内容。优美的意境和感人的形象寄寓在高度浓缩了的字里行间，既精英突出，以一当十，又淋漓酣畅，余味曲包，使读者低回吟味，万难自已。它的艺术感染力是巨大的。诗词要做到脍炙人口，它的作者花了多少锤炼的工夫啊！

锤炼包括两个内容：一是字句上的推敲，所谓炼字；一是意境上的经营，所谓炼意。

写诗为什么要炼字、炼意呢？

诗人在纷繁的客观事物面前，触景生情，因物寄兴。飞驰的想象，既可以"思接千载"，不受时间的制约；又可以"视通万里"，不受空间的束缚。依靠想象，思想的游丝可以网罗千姿百态的落英飞絮，感情的触角可以伸向无边无际的厚地高天，但又允许把这种汹涌澎湃的思潮一齐向诗中倾泻。所谓炼意，实际上是对要抒发的情感的去粗取精，去伪存真，是剪裁浮想、剔除滥感的一种手段。没有联翩的浮想，写不出诗；不节制联翩的浮想，也写不出诗。这是一方面。

另一方面，所谓触景生情，因物寄兴，诗人对"景""物"的描写是经过艺术地选择、集中和概括的。它已不完全是"景""物"的原型,所生的"情",所寄的"兴",熔铸进了诗人的主观意绪和对"景""物"的评价。生活本身是绚丽多彩的,诗人笔下绚丽多彩的生活多半会带上自己主观的理性的光辉。刘勰在《文心雕龙·物色》篇里对诗意的酝酿作了细微的描绘:"是以诗人感物,联类不穷,流连万象之际,沉吟视听之区;写气图貌,既随物以宛转,属采附声,亦与心而徘徊。"这就是说,诗人一旦进入创作实践活动,依恋于各种景物之间,吟味于所见所闻之域,反复体察,来回斟酌,排除与客观对象不相吻合的主观感受,才能委曲宛转传达出外境的神貌,用辞藻音节表达内心的激动。"随物宛转""与心徘徊",是诗人采花成蜜的酝酿过程。没有主观的感受,写不出诗;不进行熔炼来克服主观随意性,也写不出诗。

诗词是语言的艺术。如果说炼意是对思想感情的净化,那么炼字便是对语言的净化。

炼字的目的还是为了正确反映客观事物。只有用准确、鲜明、生动的语言,才能反映千汇万状、曲折复杂的客观事物。就诗词来说,所谓准确,就是要使词意相称,恰到好处。壮美的诗篇需要有高华典重的词句,朴素的诗篇却要求淡妆素裹,是白描还是渲染,根据内容决定。所谓鲜明,就是要使语言富有感情色彩。刚健的作品应该气吞江湖,使人鼓舞;婉约的作品,应该有秘响伏彩,启人深思。所谓生动,就是要动宕飘逸,新颖流走。抒情诗要求把所感的变动着的生活的某一片段,写成相对完整的意脉贯通的整体,特别要求流动美。这种流动美,前人有的比喻为"若纳水輨,如转丸珠"(唐司空图《诗品·流动》),有的形容为"灵气往来,求之无端"(清顾翰《补诗品·生动》),有的描绘为"荷露入握,菊香在瓶"(清杨夔生《续诗品·灵活》)。水车的转动,弹丸的脱手,荷叶上的露珠,胆瓶里的菊香,空灵舒卷,无迹可求,对诗词语言的流动美作了多么形象的描绘。

宋人诗话里引用一本假托白居易写的名叫《金针集》(也叫《续金针

格》)的书说:"炼字不如炼句,炼句不如炼意。"宋人范温《潜溪诗眼》对"炼句不如炼意"的见解非常欣赏,说是"非老于文学者不能道此";对"炼字不如炼句"的见解却提出非难,说是"好句要须好字",离开炼字是谈不上炼句的(宋胡仔《苕溪渔隐丛话》前集卷八、宋魏庆之《诗人玉屑》卷八引)。炼字要服从于炼意,这是前代诗歌评论家总结出的一条经验。

炼字,前人叫它作"句中眼"(宋惠洪《冷斋夜话》卷五引宋黄庭坚语),也叫"字眼"(宋严羽《沧浪诗话·诗辩》)。诗的炼字叫"诗眼"(《苕溪渔隐丛话》后集卷三十四、元杨载《诗法家数·总论》),词的炼字叫"词眼"(宋强焕《片玉词序》、元陆辅之《词旨》)。称它叫"眼",因为它是句中的要害,最能传达出笔墨的意趣,感情的神采。

宋人诗话盛赞杜甫"戏拈秃笔扫骅骝"的"拈"字,"轻燕受风斜"的"受"字(《苕溪渔隐丛话》前集卷八、《诗人玉屑》卷六引《潜溪诗眼》),"地坼江帆隐,天清木叶闻"的"隐""闻"二字,"红入桃花嫩,青归柳叶新"的"入""归"二字(《诗人玉屑》卷八引《葛常之诗话》,今本《韵语阳秋》无此条)。宋晁补之盛赞欧阳修词"绿杨楼外出秋千"的"出"字(宋吴曾《能改斋漫录》卷十六引),姜夔和黄升都称道史达祖《双双燕·咏燕》词的"柳昏花暝"(宋黄升《中兴以来绝妙词选》卷七引),这是很有道理的。

"戏拈秃笔扫骅骝,欻见骐璘出东壁",是杜甫760年寓居成都时写的《题壁上韦偃画马歌》里的诗句。韦偃是当时有成就的画家,流落成都一段时间以后准备离开,临行留迹,本无意于作画,但内心的郁闷宣泄为笔下骐骥,不仅气吞凡马,而且笔扫骅骝。用一"拈"字,便刻画出画家的不经意,但由于有深厚的生活积累和艺术修养,所以达到了"骐骥出东壁"的神似境界。"拈"字曲折地传达出了韦偃满腹牢骚、信手拈来的神情。

"轻燕受风斜",是杜甫764年重返草堂所写《春归》诗里的句子。

苏轼非常欣赏"受"字,认为它传达出燕子低飞、乍前乍却的神采(《苕溪渔隐丛话》卷八、《诗人玉屑》卷六引《潜溪诗眼》)。如果和《水槛遣心》诗的"微风燕子斜"相比,"受"字更传神些。宋叶梦得说得好:"燕体轻弱,风猛则不能胜,惟微风乃受以为势。"(《石林诗话》卷下)字需要炼,奥秘就在这里。

"地坼江帆隐,天清木叶闻",是杜甫767年旅居夔州东屯所写《晓望》诗中的颈联。夔州地势奇险,江深崖峻,在曙色中从高处下望,土地像从山根裂开,望不见江帆;气候清新,一片幽静,连树叶微小的声音也仿佛辨别得出。"隐"字传达出诗人不愿淹留峡中急盼归帆的心情,"闻"字传达出晨光曦微客中没有游侣的孤独。情景交融,对全诗意境起了深化的作用。

"红入桃花嫩,青归柳叶新",是杜甫761年在青城山写的《奉酬李都督表丈早春作》诗的颈联。桃红,柳青,本是春天常见的景色。因为是早春,桃花是嫩红的,柳叶是新抽的。红而曰"入",写出了"嫩"的风韵;青而曰"归",写出了"新"的生机。桃花嫩红,柳叶新青,"若非'入'与'归'二字,则与儿童诗何异?"宋葛立方的体会是深刻的。诗人利用了美感的差异性,写出了在早春美景面前身遭乱离,流落在西蜀不能回乡的内心矛盾,为结句的"望乡应未已,四海尚风尘"作了极好的铺垫。一种岁序已转、回乡无日的苦痛,透过红入的嫩桃、青归的柳叶,愁肠、美景两相对比,极不协调地透露出来,比起他763年在梓州写的《送路六诗御入朝》"不分桃花红似锦,生憎柳絮白于绵"更为含蓄。

"绿杨楼外出秋千",是欧阳修描写颍州(今安徽阜阳)西湖春天景色《浣溪沙》词里的句子。他描写堤上游人追逐着画船走去,春水拍堤,天幕四垂,忽然绿蒙蒙的杨柳楼外飞出一个秋千的影子。这是多么美丽的画面。一个"出"字,传达出游人这一突然发现的喜悦,秋千就像从天外飞来似的,把他深深地吸引住了。

清李调元称"史达祖《梅溪词》最为白石奇赏，炼句清新，得未曾有"(《雨村诗话》卷三)。"红楼归晚，看足柳昏花暝"，是史达祖《双双燕·咏燕》词里的句子。说柳是"昏"，说烟是"暝"，黄昏中的花柳神态已经表现无遗，曲折地描绘出双双燕子沉醉在花柳之间，流连到黄昏暮色的那种志得意满的骄恣神态。无怪乎，陆辅之《词旨》把"柳昏花暝"列入了"词眼"。

从以上例句可以悟出，为了如实地抒发感情，反映情思，炼字只是炼意的一种手段。它要求千锤百炼，归于自然，使外在的题材在诗人头脑的熔炉里冶炼成艺术品。司空图《诗品》认为"如矿出金"的洗练手法是为了达到"古镜照神"反映真实的目的，收到"流水今日，明月前身"自然圆润的效果：一种炉火纯青的境界。这也就是清沈祥龙《论词随笔》里所标榜的"极炼如不炼"。

在炼意上主要有些什么要求呢？

一是情景交融。宋普闻《诗论》把炼字和句高、格胜结合起来讲，颇有新意。他说："天下之诗莫出于二句：一曰意句，二曰境句。"并举了几个例子(元末陶宗仪《说郛》卷六十七引)。今举其中二例，看看他的诠释。

宋黄庭坚《寄黄几复》诗的颔联："桃李春风一杯酒，江湖夜雨十年灯。"同时代诗人张耒称它是"奇语"(宋阮阅《诗话总龟》前集卷十四引《王直方诗话》)。这首诗是1085年黄庭坚在德州德平镇(今山东德平)写寄给黄介的。上句写两人过去曾一起赏春，下句写时隔十年这样的相聚游处不可再得。宋普闻《诗论》解释说："春风桃李但一杯，而想象无聊，屡空为甚；飘蓬寒雨十年灯之下，未见青云得路之便，其羁孤未遇之叹具见矣，其意句亦就境中宣出。桃李春风，江湖夜雨，皆境也。昧者不知，直谓境句，谬矣。"意思是说，"一杯酒"把"桃李春风"的景色"意化"了，寓情于景，写出了当日穷困的生活；"十年灯"把"江湖夜雨"的景色"意化"了，借景抒情，写出了今天仕途的坎坷。

宋陈与义《次韵周教授秋怀》诗写于1115年左右，当时陈与义任开德府（今河南汉阳）教授。他担任这个职务已经三年了，深感官卑禄薄，诗书误人，不如归去。于是，诗一起便说："一官不办作生涯，几见秋风卷岸沙。"宋普闻《诗论》解释说："这也是'意从境中宣出'，'秋风卷岸沙'的境，着'几见'二字，便成意句。"

宋普闻自诩他的见解是"觑见诗人千载之妙"，他确实接触到抒情诗炼意时情景交融、物我冥合所谓的"意境"问题。"意"指诗人内在的思想感情，它同外在的"境"有着血肉不可分割的关系。意是抽象的，只有与外在的境结合起来，才能创造出一个既可捉摸又可感受的形象。诗人在写"境"的同时，不可避免地要表现他的自身：他的创作意图，他的精神境界，他的品格，他对社会认识的深度，他的爱憎、信念，以及他的审美能力，等等。境象是客观存在的，意念是主观产生的。炼意，要求通过外在的境象把内在的意念具体化，要求主客观的统一。诗要美，人品更要美，诗如其人，则是我们的时代对审美的要求。

二是清新相接。欧阳修《六一诗话》引梅尧臣的话说："诗家虽率意，而造语亦难。若意新语工——得前人所未道者，斯为善也。"意新，是写诗的另一要求。在求新上，苏轼的诗最为突出。金元好问《论诗》，一则认为苏诗的"奇外无奇更出奇"对后代产生了流弊；二则认为"坡诗百态新"是苏诗的一病。清人赵翼不同意这种看法，写道："新岂易言！意未经人说过，则新；书未经人用过，则新；诗家之能新，正以此耳。若反以新为嫌，是必拾人牙后，人云亦云；否则，抱柱守株，不敢踰限一步：是尚能成家哉？尚能成大家哉？"（《瓯北诗话》卷五）

《诗人玉屑》卷十七引宋范季随《陵阳室中语》说："子瞻作诗，长于譬喻。如《和子由》诗云：'人生到处知何以？应似飞鸿踏雪泥。泥上偶然留鸿爪，鸿飞那复计东西。'"这首诗写于1061年，是和他兄弟苏辙《怀渑池》一诗的，原题是《和子由渑池怀旧》，范季随引的是这首律诗的前四句。说它意新，因为通过譬喻提出了一个对人生怎样理解的哲学课题。前人对人生的看法，有人比喻为树上的花，随风飘落（《南史·范缜传》）；有人比喻为萍生水中，随波飘泊，蓬叶随风，转动不定（晋潘岳《西征赋》）。不论说"飘茵落溷"，还是说"萍飘蓬转"，都是指或出或处，身不由己，有着浓厚的虚无主义色彩。苏轼这句譬喻，意思就非常新颖。他把人生比作飞鸿翼下一个无穷无尽的长途，所到的地方不过鸿鸟偶然停下在雪上留的一个爪印、一点迹象，是人生长途中的一个小站，远远不是终点。这种不留恋过去，而寄希望于未来的新意，是前人诗中没有说过的。苏轼写这首诗时才二十六岁，奇特的想象，迷人的诗意，对人生的真知灼见，新意里闪耀着青春的光彩，这也是苏诗的魅力所在。

三是寄兴深微。清沈祥龙《论词随笔》说："词贵愈转愈深，稼轩云：'是他春带愁来，春归何处，却不解带将愁去。'下句即从上句转出，而意更深远。"

辛弃疾词以豪放见称，但其中某些作品写爱情的缠绵，别离的怀念，伤春怀人，充满了苦闷。沈祥龙举的《祝英台近·晚春》词便是这样的作品。前人认为这首词是借痴男怨女的相思，寄托自己对时局的感慨（清黄蓼园《蓼园词选》、张惠言《词选》）。词的上片描写别离的地方：烟柳受着风雨的摧残；片片落花，无人怜惜；恼人的流莺却啼个不停，劝止不住。写的显然不仅是伤春，这里有对落花烟柳的怜惜，有对流莺啼声的怨恨，使人产生一种晚春时节的压抑感。下片才转入用花来卜归期和梦里的怀念。结尾三句，一波三折。"春带愁来"，概述了上文的烟柳、飞红、啼莺的酿愁环境。"春归何处"，传达出内心深处的一股惜春感情。"却不解带将愁去"，却是无计驱愁又十分天真的痴语。清人谭献在《词辨评》里说这三句"托兴深切"。"深切"，是指不用直笔用曲笔，愈转愈深说的；"托兴"，是指借题发挥，寄托政治感情说的。花柳萧条，流莺乱啼，这样的环境是谁造成的？给大地带来了愁却又不带走它，这个责任又该谁承担呢？怨春，问春，用辛弃疾《摸鱼儿》词"怨春不语,算只有殷勤,画檐蛛网,尽日惹飞絮"来印证,显然是有所讽刺的。清末王闿运认为讽刺的是张浚、秦桧这批投降派(《湘绮楼词选》),就说得太执着了。

诗词的炼意是千变万化的,很难用几条来概括。这里说的,仅仅是前代评论家总结出的部分内容。它有助于增强鉴赏力,对诗歌创作无疑是有借鉴作用的。

锤炼的结果,可以写成"少或两韵"的短诗,也可以写成"大或千言"的长诗。短诗需要锤炼,长诗更需要锤炼。

自然,古往今来也有许多不朽的诗作,产生于途间马上、即兴口占、登山临水、仓卒命笔,而不是旬锻月炼推敲出来的。那也只是蕴蓄于平日,取用于俄顷,我们不能用这样的表面现象来否定写诗必须炼字和炼意。

(原载《四川文学》1982 年第 11 期)

李贺诗的意境

读了毛主席《给陈毅同志谈诗的一封信》，使人视野开阔，浮想联翩。

毛主席说："诗要用形象思维，不能如散文那样直说，所以比、兴两法是不能不用的。"又说："李贺诗很值得一读。"李贺的诗在运用形象思维，特别是在使用比、兴两法创造意境上有许多值得我们借鉴的地方。

李贺在艺术上是一位呕心沥血、刻意创新、有卓越成就的唐代诗人，在现存的二百多首诗作中有较多成功的诗篇。这些诗想象丰富，寄托深邃，给抽象的思想和微妙的感受披上了一层绚丽缤纷的语言外衣，创造了一个优美新奇的艺术境界。

李贺在捕捉形象创造意境上使用了独特的艺术手段，《李凭箜篌引》是能说明这一问题的。这首诗描写的是他听唐宫廷音乐家李凭演奏箜篌这种乐器的感受。他捕捉形象的办法不同于李白那样用高度概括的艺术语言描绘音乐的动人，"为我一挥手，如听万壑松"（《听蜀僧浚弹琴》）。巧妙的手指，一挥之间带来的却是千山万壑的松涛声。"为我""如听"，用比的方法把诗人的主观感受和音乐的动听美妙统一起来了，把诗人的意和听音乐的境统一起来了，感情是奔放的，意境是恬静广阔的。比的方法的运用，达到情景交融，它是诉诸听觉的。白居易的《琵琶行》捕捉形象的手段又有所不同。他写那个天涯沦落的女艺人弹奏琵琶："大弦嘈嘈如急雨,小弦切切如私语。嘈嘈切切错杂弹,大珠小珠落玉盘。间关莺语花底滑,幽咽泉流冰下难。"粗弦的音响像急风骤雨,细弦的音响像切切细语,四弦并作像大珠小珠泻落玉盘,流走转动,优美动人,又像黄莺的鸣声圆润婉转,像冰下的水流幽咽冷涩。"急雨""私语""珠落玉盘""间关莺语""幽咽泉流"这一连串的比喻,传达出女艺人沦落不遇的极不平静的心潮,也融合着诗人被贬谪的不幸际遇,感情是凄苦的,意境是幽冷的,也是用诉诸听觉的比的手法达到意与境的统一的。

　　李贺写《李凭箜篌引》捕捉形象的方法就不同了。他不走一般诗人走的道路,另辟蹊径,"离绝远去笔墨畦径间"(杜牧《李贺集序》)。"吴丝蜀桐张高秋,空白凝云颓不流。江娥啼竹素女愁,李凭中国弹箜篌。"一个明媚高爽的秋天,李凭在京师弹奏箜篌,他卓越的技艺吸引住天空的浮云堆在一起,凝聚不流,专心倾听,感动得多情的湘妃泪洒斑竹,鼓瑟的素女含愁停立。响遏行云,本来是古代音乐家秦青演奏效果的传说,李贺把它更加形象化了。后面描写音乐产生的效果是:"十二门前融冷光,二十三弦动紫皇。女娲炼石补天处,石破天惊逗秋雨。梦入神山教神妪,老鱼跳波瘦蛟舞。吴质不眠倚桂树,露脚斜飞湿寒兔。"李凭优美动听的乐调使有着十二道城门的整个京师冷气消失,把京师的气候都变暖了。秋天鼓琴,可以使"温风徐回,草木发荣",音乐的旋律居然改变了寒冷的天气,这些古代音乐家师文和邹衍的传说在李贺笔下也更加形象化了。乐调感动了上帝,感动了女娲,女娲简直无法控制自己的感情,以致把补天的五色石也弄破了,天没修补好,引起秋雨纷纷。乐声还把人引进了梦境,仿佛在神山之上教神妪弹奏,连蛟鱼也感动得舞蹈起来,连月亮里的吴刚也一直听到月斜露飞,倚着桂树不愿入睡。"云颓不流""江娥啼竹""素女愁""融冷光""动紫皇""石破天惊""吴质不眠""鱼蛟起舞"等形象联袂而出,呈现眼前。诗人把只能听到的音乐声响转化为可以看到的视觉形象,表达了诗人对李凭技艺的心折,这种物我一体捕捉形象、表达形象的独辟蹊径的艺术手法,在创造意境上起了很微妙的作用。

意境是可以感受又似乎是不可捉摸的一种艺术境界，它用有限的形象提供了无限的场景。意境，前人是分开来讲的，"文学之事，其内足以摅己，而外足以感人者，意与境二者而已。上焉者意与境浑，其次或以境胜，或以意胜。苟缺其一，不足以言文学。原夫文学之所以有意境者，以其能观也。出于观我者，意余于境，而出乎观物者，境多于意。然非物无以见我，而观我之时，又自有我在。故二者常互相错综，能有所偏重，而不能有所偏废也"（王国维托名樊志厚写的《人间词乙稿序》）。这就是说，文学是抒发感情使人通过形象感染读者的。意境的特征是"能观"，即有鲜明的艺术形象。它的最高境界是"意与境浑"，即意与境的统一，主观的情和客观的景的统一，理想和现实的统一。要做到这样，就要求"观物微"和"托兴深"。李贺对李凭演奏箜篌进行了深入的体验和观察，然后加以提炼、概括，把不容易捉摸的听觉的微妙感受变为可以捉摸的具体的视觉形象，达到了"观物微"的境界。写的是听音乐的艺术享受，却在一连串的比喻所创造的艺术形象和它所渲染的气氛中给人以遐想。"瓠巴鼓瑟，而流鱼出听。"（《荀子·劝学》）荀况不是用它来比喻学习的"锲而不舍"所达到的效果吗？"古来杰出士，岂待一知己？"（杜甫《听杨氏歌》）杜甫不是用音乐的效果来比喻知音之感吗？听箜篌，在李贺写来，起了一个象征的作用，达到了"托兴深"的境界。"兴者，先言他物以引起所咏之词也。"兴是有联想、象征作用的，既意余于境，反映了诗人听乐的主观感受，又境多于意，反映了听乐的现象，引起读者的遐想。诗人的主观感受是通过听乐的现实所构成的视觉形象体现的，比兴在这里起了主要的作用。李贺继承和发展了古代诗歌比兴象征的艺术传统，比兴是他摄取形象、抒发感情的主要方法，奇诡的想象和另辟蹊径的取喻是他表达形象经常使用的手段，"意与境浑"是他追求的艺术境界，这些都是值得我们借鉴的。

（原载《四川文艺》1978年第2期）

《梅溪词》四论

一、史达祖其人

南宋史达祖的《梅溪词》,当时评价很高。张镃认为,"可以分镳清真,平睨方回,而纷纷三变行辈,几不足比数"(《梅溪词序》)。姜夔也称许他的词,"奇秀清逸,有李长吉之韵,盖能融情景于一家,会句意于两得"(黄升《中兴以来绝妙词选》引姜夔《梅溪词序》)。陈造甚至认为,史梅溪与高竹屋的作品"皆周、秦之词,所作要是不经人道语。其妙处,少游、美成若唐诸公亦未及也"(《中兴以来绝妙词选》引)。稍后,张炎在《词源》一书中把他与北宋秦观和南宋高观国、姜夔、吴文英并举,说:"此数家格调不侔,句法挺异,俱能特立清新之意,删削靡曼之词,自成一家,各名于世。"又盛赞他的咏物词和节序词。张炎的学生陆辅之在《词旨》中也说:"'周清真之典丽,姜白石之骚雅,史梅溪之句法,吴梦窗之字面',是四家的长处。"

为什么与周、姜、梦窗齐名甚至被誉为超过唐代词人和北宋秦观、周邦彦的梅溪词,却得不到后代的肯定呢?原因之一,据说在于他的"人品"。

王士禛《跋史邦卿词》(《蚕尾集》卷八)写道:

史达祖，邦卿，南宋后词家冠冕。然考其人，乃韩侂胄堂吏耳。御史中丞雷孝友《弹侂胄疏》云：苏师旦即逐之后，堂吏史达祖、耿柽、董如璧三名随用事，言无不从，公受贿赂，共为奸利。叶绍翁记苏师旦、周均等本末云：师旦即逐，韩为平章，专倚省吏史邦卿，奉行文字，拟帖撰旨，俱出其手。权炙缙绅，侍从柬札，至用申呈。有李其姓者，尝与史游，于史几上大书曰：危哉邦卿，侍从申呈。未几致黥云。其人品流，又远在康与之下，今人但知其词之工尔。

王氏所引雷孝友疏，见叶绍翁《四朝闻见录》戊集《臣僚雷孝友上言》。孝友，字季仲，开禧元年（1205）知枢密院事兼参知政事，见陈骙《南宋馆阁续录》所引《侂胄、师旦、周均等本末》，亦见《四朝闻见录》戊集。叶绍翁还说，就在雷孝友上疏之后，开禧三年（1207）十一月五日三省同奉圣旨：史达祖、耿柽、董如璧并送大理寺根究，史达祖被判处黥刑，就是大理寺的裁决。这位才人的遭遇是很不幸的。王氏说："其人品流，在康与之下。"康与之依附秦桧，是十狎客之一。用秦桧比韩侂胄，用康与之比史达祖，却是极不公正的。

张宗橚《词林纪事》引楼敬思云：

史达祖，南渡名士，不得进士出身，以彼文采，岂无论荐？乃甘作权相堂吏，至被弹章，不亦降志辱身之至耶！读其《满江红·书怀》词："好领青衫，全不向诗书中得。""三径就荒秋自好，一钱不值贫相逼。"亦自怨自艾者矣。又读其《满江红·出京》词："更无人撷笛傍官墙，苔花碧。""老子岂无经世术，诗人不预平戎策。"亦善于解嘲者矣。然集中又有《龙吟曲·留别社友》："楚江南，每为神州未复，阑干静，慵登眺。"新亭之泣，未必不胜于兰亭之集也。乃以词客终其身，史臣亦不屑道其姓氏，科目之困人如此，不禁三叹。

楼敬思，名俨，号西浦，清浙江义乌人，"其学于词最深，自宋以下词家，原委派别，求其指归"（《清史列传》卷七十一）。楼俨肯定了史达祖的爱国感情，举目有山河之异的新亭之泣，比之一觞一咏畅叙幽情的兰亭修禊是有差别的，故在留别词社社友中流露出来。他把史达祖的降志辱身，归之于科目困人，远没有接触到问题的实质。吴衡照《莲子居词话》卷一云："史邦卿奇秀清逸，为词中俊品。张功甫序其集而行之，乃甘作权相堂吏，身败名裂，卒与耿柽、董如璧辈并送大理，何其悖也。"他慨叹史达祖不能像程有徽那样不顾韩侂胄的拉拢拂袖而归，认为"邦卿顾不出此，而为苏师旦之续，致使雕华妙手，姓氏不见录于文苑中。其才虽佳，其人无足称已。楼敬思俨科目困人之语，非持平之论"（陈廷焯《白雨斋词话》卷五也有同样看法）。由于受传统的影响，评论者对史达祖的附韩缺乏正确的认识。

号称"桂派先河"的清末词坛巨匠王鹏运甚至在《四印斋所刻词》的《梅溪词跋》中怀疑词人史达祖与侂胄堂吏史达祖不是同一人。《跋》云：

> 右史邦卿《梅溪词》一卷，陈氏《书录解题》云："汴人史达祖邦卿撰，张约斋镃为作序，不详何人。"叶绍翁《四朝闻见录》云："韩侂胄为平章，专倚省吏史达祖，韩败黥焉。"或遂谓邦卿即侂胄吏，并引词中陪节北行"一钱不值"等语实之。按陈氏去侂胄未远，邦卿果为其省吏，何必曲为之讳，猥云不详？即以词论，如《满江红》之"好领青衫"，《齐天乐》之"郎潜白发"，皆非胥吏所能假托。且约斋为手刃侂胄之人，何至与其吏唱酬，复作序。颠倒如此，殆不然矣。堂吏非舆台；侂胄之奸，视秦、贾有间。邦卿真为省掾，原不必深论。特古今同时同姓氏者，正自不乏，强为牵合，亦知人论世者所宜辨也。

《跋》中提出的疑点凡三：一是陈振孙生活的时代离韩侂胄不远，不应不知史达祖；二是就词论词，不是一个胥吏的口吻；三是张镃参预诛韩，不可能和他的胥吏往还。其实，这些怀疑都缺乏事实根据。王鹏运自己说得好："堂吏不是舆台，韩侂胄不是秦桧、贾似道一流。"他认为"不必深论"的，却接近于事实。

钱大昕《十驾斋养新录》卷十四《直斋书录解题》条考陈振孙于淳熙四年（1177）官国子司业，端平三年（1236）知台州（陆心源·丁宝书《湖州府志·人物·陈振孙传》作端平四年，所据皆《会稽续志》），嘉熙元年（1237）知嘉兴府。陈振孙虽与韩侂胄生活年代相近，但不在临安，不一定知道他的区区省吏。张镃则与韩府有通家之好，史弥远接受张镃建议欲杀韩侂胄，还得利用张镃与韩的关系，借韩爱姬三夫人号满头花的生辰，移庖侂胄府，酣饮达旦，致使侂胄大醉，烧去了周均的告变帖子（周密《齐东野语》卷三《诛韩始末》）。《四库总目·梅溪词提要》举集中的北行词五首，说："核其词意，必李壁使金之时，侂胄遣之随行觇国，故有诸词。知撰此集者，即侂胄所用之史达祖。"又谓："考玉津园事，张镃虽预其谋，而镃实侂胄之狎客。""此编前有镃序，足证其为侂胄党。序末称'数路得人，恐不特寻美于汉'，亦足证其实为掾吏，确非两人。"史非一般胥吏，两人往还，无可置疑。张镃醉心禄位，自以诛韩有功，赏不满意，又想用同一手腕除掉史弥远，结果事败被谪死去。（《齐东野语》卷十二《张功甫豪侈》）这样的人是不会顾虑与胥吏往还有沾他王孙身份的。至于王氏所举"好领青衫，全不向诗书中得""郎潜几缕，渐疏了铜驼，俊游俦侣"词句，不但不能证成其说，反而说明史达祖的"省吏"身份。

《梅溪词》中有《夜合花·赋笛》一阕，写得低徊凄婉，十分沉痛。它的下半阕云："当时低度西邻。天淡阑干欲暮，曾赋高情。子期老矣，不堪带酒重听。纤手静，七星明。有新声应更魂惊。梦回人世，寥寥夜月，空照天津。"词人用向子期听邻人吹笛怀念被害好友嵇康、吕安的故实想说明什么呢？嵇康因为"与魏宗室婚"的关系，无辜地和吕安一道被司马昭杀害了。他们的好友向秀在《思旧赋序》中写道:"予与嵇康、吕安,居止接近。其人并有不羁之才。然嵇志远而疏,吕心旷而放。其后各以事见法。嵇博综技艺,于丝竹特妙。临当就命,顾视日影,索琴而弹之。余逝将西逝,经其旧庐。于时日薄虞渊,寒冰凄然。邻人有吹笛者,发声寥亮。追想曩昔游宴之好,感音而叹。"赋中又说:"昔李斯之受罪兮,叹黄犬而长吟。悼嵇生之永辞兮,顾日影而弹琴。托运遇于领会兮,寄余命于寸阴。听鸣笛之慷慨兮,妙声绝而复寻。伫驾言之将迈兮,故援翰而写心。"在当时残酷的政治环境里,向秀既没有对这场政治迫害表白自己看法的自由,又没有一掬同情之泪放声一哭的权利,只能提提过去聚首的情谊,用寥寥几行悼词弯弯曲曲地写心了。词人哪里是单纯用笛的典故,而是以垂暮之年经过被害故交的旧庐,借这个故实传达难以言传的内心痛苦。我曾怀疑这是词人"老矣"悼念韩侂胄的词,而韩侂胄这位"志远而疏"的外戚与嵇康身世多么类似啊!一结更借李谟天津桥上闻笛故事点明时移世易、欲哭无泪的哀愁。元稹《连昌宫词》:"李谟擫笛傍宫墙,偷得新翻数般曲。"元稹自注云:"玄宗尝于上阳宫夜后按新翻一曲。属明夕正月十五日,潜游灯下。忽闻酒楼上有笛奏前夕新曲,大骇之。明日密遣捕捉笛者诘验之。自云其夕窃于天津桥玩月,闻宫中度曲,遂于桥柱上插谱记之,臣即长安少年善笛者李谟也。玄宗异而遣之。"很显然,这里写的是政局变化以后的沧桑之感和身世之痛。《梅溪词》中另有《满江红·中秋夜潮》一阕,同样是郁勃烦冤,宣泄了难言之隐。全词托潮抒情,哀悼忠良的冤死。《吴越春秋·夫差内传》载吴王夫差冤杀了功臣伍子胥,子胥的尸体随流扬波,依潮来往,荡激崩岸。又《勾践伐吴外传》载越王勾践杀了功臣文种,一年以后,伍子胥的英灵从海上穿山把文种挟持了去,变为潮神。潮头潘侯,子胥所化;潮尾重水,文种所化。词的上半阕说:"想子胥今夜见嫦娥,沉冤雪。"下半阕说:"激气已能消粉黛,举杯便可吞吴越。"一则希望子胥、文种之灵能使沉醉在粉黛之中的统治者清醒；二则慨叹忠良被害，自毁长城，国事遂不堪问。范成大《题夫差庙》诗云："千龄只有忠臣恨，化作涛江雪浪堆。"估计是悼念虞允文的。梅溪则借潮以悼韩侂胄，所以下面接着写道："待明朝说似与儿曹，心应折。""心折骨惊"，本是江淹《别赋》中语，用来说明自己的苦痛心情，并让儿辈记取这一血的教训。这恐怕是韩侂胄被害之后，在投降派气焰嚣张之际为韩翻案的第一首词。这与陆游为韩侂胄翻案的诗"上蔡牵黄犬，丹徒作布衣。苦言谁解听？临祸始知非"（《书文稿后》）有异曲同工之妙。陆游以李斯相秦的功勋，刘毅剪除桓玄的业绩，结果不免诛戮来哀悼韩侂胄，史达祖则以子胥、文种寄概，这难道还不足以证明史达祖的身份吗？

史达祖为什么要依附韩侂胄？这使我们联想起爱国词人辛弃疾和上面提到的爱国诗人陆游与韩侂胄的关系。辛弃疾对韩侂胄的称赞是："君不见，韩献子，晋将军，赵孤存。千载传忠献，两定策，纪元勋。孙又子，方谈笑，整乾坤。"（《六州歌头》）从韩厥的保存赵氏孤儿到韩琦的定策立宋英宗和宋神宗，谈到韩琦曾孙韩侂胄为了一洗"靖康之耻"重整乾坤的锐意北伐。由衷的称赞，产生于"整乾坤"这一共同信念。陆游《韩太傅生日》一诗，一则说"天为明时生帝傅"，再则说"问今何人致太平？绵地万里皆春耕。身际风云手扶日，异姓真王功第一"，同样是把韩侂胄当作主战派领袖看的。韩侂胄前后柄政十三年，追封爱国将领岳飞为鄂王，削去卖国贼秦桧的王爵，发动收复金人占领区的北伐战争，这些政策措施是大得人心的。终因北伐准备的不足，信任的非人，在投降派的暗害下，以致有"玉津园之变"，但不能因北伐失败连主战的历史功勋也加以否定。只要看看金国谥之为忠缪侯，称其"忠于为国，缪于为身"（《四朝闻见录》乙集、《齐东野语》卷三、张瑞义《贵耳集》卷下）的事实，这个问题也就易于理解了。《宋史》列秦桧、韩侂胄入《奸臣传》，明代诗人李东阳为此写了《两太师》一诗为韩侂胄申诉冤屈，诗曰："和议是，塞外蒙尘走天子。和议非，军前函首送太师。议和生，议战死。生国仇,死国耻。两太师,竟谁是!"清代学者钱大昕在《过安阳有感韩平原事》四诗中更慨乎其言之。其一云:"十年富贵老平原,一著残棋一局翻。毕竟未忘青盖辱,九京不愧魏公孙。"其二云:"胸无成算掷千钧,壮与区区那得伸?一样北征师挫衄,符离未戮主谋人。"其三云:"忽忽函首议和亲,昭雪何心及老秦。朝局是非堪齿冷,千秋公论在金人。"其四云:"成败论人亦可嗤,谁将秦镜炤须眉。如何一卷《奸臣传》,却漏吞舟史太师?"有爱国思想的史达祖和辛弃疾、陆游一样,对韩侂胄寄予收拾旧山河的希望,怎么能说是"降志辱身"呢?史达祖的友人高观国在《东风第一枝·为梅溪寿》一词中说:"调羹雅意,好赞助清时廊庙。羡韵高只有松筠,共结岁寒难老。"颇能写出史梅溪傲霜寒梅的气骨,一洗后代"其人品流"之诬。清代爱国词人,与林则徐一道以鸦片战争而名播宇内、光昭史册的邓廷桢在所写《双砚斋词话》中说:"史邦卿为中书省堂吏,事侂胄久。嘉泰间,侂胄持恢复之议,邦卿习闻其说,往往托之于词。"又说:"梅溪词'大抵写怨铜驼,寄怀甓幕,非止流连光景,浪作艳语也'。"灵犀一点,异代相通,这段话颇能道出史达祖的心曲。

二、咏怀词和北行词

其实,要谈史达祖的人品,《梅溪词》里的一些咏怀词早为自己作了准确的写照。如《满江红·书怀》:

好领青衫,全不向诗书中得。还也费区区造物,许多心力。未暇买田青颍尾,尚须索米长安陌。有当时黄卷满前头,多惭德。

思往事,嗟儿剧。怜牛后,怀鸡肋,奈稜稜虎豹,九重关隔。三径就荒秋自好,一钱不值贫相逼。对黄花常待不吟诗,诗成癖。

这是一首怀才不遇、抑郁不平的咏怀词。上半阕感慨于诗书的无功,以致沉沦下僚，耻同厮养。"青衫"，是官阶很卑微的章服。《新唐书·车服志》："深青为八品之服，浅青为九品之服。"白居易《琵琶行》有"江州司马青衫湿"，李商隐《春日寄怀》有"青袍似草年年定，白发如丝日日新"，都是用它发泄官职卑微的不平。词人所感叹的却是，即是区区小官也不是从诗书中得来，它浪费了造化主多少心力啊！这里面有科目困人的不平，有仕途坎坷的辛酸，有榱栋之材不合以为藩落的愤慨。在这样的处境里，既不敢存欧阳修"终当卷簟携枕去，筑室买田青颍尾"（《石枕竹簟》）的奢望，只有像东方朔在"臣朔饥欲死"的呼声中过着"无令但索长安米"的屈辱生活。面对昔日书卷，除了怀惭以外，又能做什么呢？下半阕更进一步指出造成个人悲剧的社会原因。南宋王朝一直是投降派掌权，一些有爱国抱负的知识分子，不是遭到排挤、受尽迫害，便是投闲置散做一个无所作为的小吏。史达祖总结自己的遭遇，牛后般的地位，鸡肋般的生活，完全是一场儿戏。"儿戏"，在宋人诗词中或作"儿嬉"（苏轼《曹寅甫和李台卿诗，复次其韵》《送安惇秀才失解西归》），或作"儿剧"（张渠《芸窗词·贺新郎》），这是多么沉痛的语言。词人进一步对当时的社会现实作了典型的艺术概括：君门九重（宋玉《九辩》），还有虎豹把守啄害下人（《楚辞·招魂》），是接近不了的。"稜稜"，本是用来形容严冬的霜气，这里用来形容皇帝周围狐群狗党的声势。南宋的最大投降派是皇帝，史达祖把个人的不幸和朝廷力主和议、群小狼狈为奸的现实联系起来，点明了悲剧产生的原因。末尾是自怨自艾之词，陶渊明的归隐生活既不可得，一钱不值的贫贱处境日相煎熬，心情甚恶，本可不必用词来抒写怀抱，无奈写诗成癖，强烈的创作意念难以压抑，终于对那窒息人的时代提出了抗议。

《齐天乐·白发》中也有类似的感慨："人间公道惟此，叹朱颜也恁，容易堕去。涅不重缁，搔来更短，方悔风流相误。郎潜几缕，渐疏了铜驼，俊游俦侣。"一则慨叹于时光易逝，事业无成；二则慨叹于头白作吏，老于郎署。词人巧妙地运用杜牧《送隐者一绝》"公道世间唯白发，贵人头上不曾饶"，及颜驷三世不遇老于郎署的典故（《文选·思玄赋》李善注引《汉武故事》），说明庞眉郎潜是当时好尚乖违的必然结果。这里面能说没有举世和戎、我独策战，"文帝好文，而臣好武"的含义吗？《湘江静》云："酒易醒，思正苦。想空山桂香悬树。三年梦冷，孤吟意短，屡烟津钟鼓。屐齿厌登临，移橙后几番凉雨。潘郎渐老，风流顿减，《闲居》未赋。"淮南小山《招隐士》云："桂树丛生兮山之幽。"又云："攀援桂枝兮聊淹留。"词人用"想空山桂香悬树"来表达归隐不得的苦闷，致使天涯倦客仍自淹留。"梦冷"而曰"三年"，"烟津钟鼓"而曰"屡"，"登临"而曰"厌"，旅途奔波之苦，旧梦难续之恨，无聊生活中抑郁难堪之情，包含的内容已经够深广了，而下更接以"移橙后几番凉雨"，更使人唏嘘欲啼。杜甫《遣意》诗云："细雨更移橙。"又云："渐喜交游绝，幽居不用名。"离群索居，幽处逃名，其中有许多不幸遭遇，许多人事干扰，尽在不言之中，勿怪词人有"潘郎渐老"之感了。潘岳《闲居赋序》云："自弱冠涉知命之年，八徙官而一进阶，再免，一除名，一不拜，职迁者三而已矣。虽通塞有遇，抑亦拙者之效也。"潘岳深感于拙宦，作《闲居赋》；词人亦深感于拙宦，却归隐不得。这些作品，估计写在受知于韩侂胄之前，所以反复表达了怀才不遇、与世相迕的苦痛心情。当受知于韩侂胄之后，词人的思想感情来了一个大的转折。

开禧元年（1205）闰八月，李壁出使金国（《金史·交聘表》）。李壁使金是有秘密使命的。《四朝闻见录》乙集《开禧兵端》戊壬诗事云："韩平原欲兴兵而未有间，乃遣张嗣古觇敌，张使还，大拂韩旨。因复遣李壁。壁还，与张异辞，因是居政府。后又与诛韩之谋。壁使金时曾有诗曰：'天连海岱压中州，暖翠浮岚夜不收。如此河山落人手，西风残照懒回头。'"李壁出使，史达祖随行。

史达祖这次北行，反映在《梅溪词》里的有《水龙吟·陪节欲行，留别社友》《秋霁》《齐天乐·中秋宿真定驿》《鹧鸪·卫县道中，有怀其人》《惜黄花·九月七日定兴道中》《满江红·九月二十一日出京怀古》诸阕。

《水龙吟》是这组词里的第一首。《金史·交聘表》云："金章宗泰和五年（宋宁宗开禧元年）闰八月辛巳（二十七日，《金史·章宗纪》作'九月甲寅朔'，误。九月朔日为甲申），宋使吏部尚书李壁，广州观察使林仲虎贺天寿节。"此词当作于七月初。南宋的使金路线，据楼钥《北行日录》、范成大《揽辔录》及《石湖诗集》中《使金绝句》等记载，一般是从临安出发，经吴江、无锡、丹徒、镇江、高邮、盱眙，渡淮水以后车行，经宿州、亳县、宁陵、南京（金改称归德府，今商丘市）入东京城（今开封市），再经滑州、相州（今临漳）、邯郸、邢州、栾城、望都、定兴至燕山，即金中都（今北京市）。由临安至中都，一个单程，包括习仪和金人途中接待，大约需要两个多月，所以拟定这首词写于七月初。词一开头："道人越布单衣，兴高爱好苏门啸。有时也伴，四佳公子，五陵年少。歌里眠香，酒酣喝月，壮怀无挠。"对自己往昔生活作了细致的概括，像东汉陆闳那样"越布单衣"，讲究衣着；像西晋孙登那样，讲求栖神导气之术；与好客的王孙贵族交游，酒肆歌馆眠香买醉。生活是浪漫的、乘兴的，有时甚至是无聊的。但放眼半壁河山，想着大好神州沦于金人，沧桑之感、今昔之感一齐奔来笔底："楚江南每为，神州未复，阑干静，慵登眺。"这是多么强烈的爱国感情。下半阕接着写道："今日征夫在道，敢辞劳风沙短帽。休吟稷穗，休寻乔木，独怜遗老。"见黍离悲旧京，见乔木思故国，只是一般的家国沦亡之感，而曰"休吟"、曰"休寻"，意义就完全不同了。《孟子·梁惠王》篇云："所谓故国者，非有乔木之谓也，有世臣之谓也。"只要人心不死，世臣还在，神州的恢复是大有希望的，故曰"独怜遗老"。词人对北方人民寄予了多么深切的希望。

《秋霁》大约是同时的作品，也写于北行之始。上半阕云："虚阁先凉，古帘空暮，雁程最嫌风力。"下半阕云："露蛩悲清灯冷屋，翻书愁上鬓毛白。"陈匪石《宋词举》认为："'废阁'（当依陆敕先校本作'虚阁'）、'古帘'近就所居言之，与下之'清灯冷屋'同为驿店邮亭气象。'雁程'句不专写西风之劲，且为征人远行时之心情。"所言甚是。上半阕又云："故园信息。爱渠入眼南山碧。念上国。谁是鲙鲈江汉未归客。"陶潜"悠然见南山"的归隐思想，张翰思念吴中鲈鱼鲙的怀乡情绪，都在"念上国"的一念中被排除了。"谁是"，是"谁能作"的意思。下半阕在"年少俊游"之后接以"浑断得"，也是"念上国"一念的自我排解。

南宋的积贫积弱，使金的词人到了金国国境，这一感受就具体化了。《齐天乐·中秋宿真定驿》云："殊方路永。更分破秋光，尽成悲境。有客踌躇，古庭空自吊孤影。"闰八月的中秋月是团圆的，但祖国河山金瓯已缺，面对团圆的夜月，怎么不引起词人"更分破秋光，尽成悲境"的感受呢？它真实而生动地塑造了词人驿馆徘徊、孤影自吊的爱国者的形象。

《满江红·九月二十一日出京怀古》最能代表词人的爱国思想。从这次行程看，九月七日在定兴，九月二十一日在汴梁，都是在贺金天寿节后回程中写的词。"京"，即北宋旧京汴梁。词云：

> 缓辔西风，叹三宿迟迟行客。桑梓外，锄耰渐入，柳坊花陌。双阙远腾龙凤影，九门空锁鸳鸯翼。更无人擫笛傍宫墙，苔花碧。
> 天相汉，民怀国。天厌虏，臣离德。趁建瓴一举，并收鳌极。老子岂无经世术，诗人不预平戎策。办一襟风月看升平，吟春色。

用孟轲"予三宿而后出昼，于余心犹以为速"（《孟子·公孙丑下》）抒写在秋风中缓辔而行不忍仓卒离开旧京的复杂感情，给人以迷离怅惘的情绪感染。下面正面描绘徘徊近郊远望高大宏丽但却沦陷了的汴京：宫观双阙，留下了龙楼凤阁的影子；旧宫九门，门户成双成对像鸳鸯翼般紧紧锁着，引起了元稹《连昌宫词》所记"李谟擫笛傍宫墙"的感喟就是必然的了。如果说元稹用李谟故事抒发的是盛衰之感，那么词人在"擫笛"之上着以"更无人"，在句下更以"苔花碧"的凄凉景色铺垫，所抒发的则完全是半壁河山之痛了。

"天相汉，民怀国。天厌虏，民离德"是有具体内容的，与《宋史·辛弃疾传》中辛弃疾由绍兴被召廷对时所说"金国必乱必亡，愿望之元老大臣，务为仓卒应变之计"的看法是一致的。《齐东野语》卷十一《邓友龙开边》云："时金人方困于兵，且其国岁荐饥，于是沿边不逞之徒，号为'跳河子'者，时时剽猎事状，陈说利害。友龙得之，为奇货，献于韩。"又卷三《诛韩始末》云："时金虏实已衰弱，初非阿骨打（金太祖完颜旻）、吴乞买（金太宗完颜晟）之比。丙寅（开禧二年）之冬，淮襄皆受兵，凡守城者皆不能下。次年，遂不复能出师，其弱可知矣。"形势就是如此，金邦已弱，遗民思宋。所以，词人认为义旗一举，以高屋建瓴之势收复河山，指日可待。词人不无愤慨地说，自身岂乏治世之术，只是不预平戎之策。这里有政治才能的自负，有卑贱地位的自卑，有沉沦下僚的不平，百无聊赖，唯有用诗词来襄赞成功、讴歌升平了。韩元吉叙述南宋出使金邦的人，一般是"率畏风埃，避嫌疑，紧闭车内，一语不敢接"（《南涧甲乙集》卷十六《书朔行日记后》），可是随李壁使金的史达祖却能完成"觇国"的使命，在了解金人虚实之后写出这样充满爱国激情的词作。高观国《齐天乐·中秋夜怀梅溪》云："孤光天地共影，浩歌谁与舞，凄凉风味。古驿烟寒，幽垣梦冷，应念秦楼十二。归心对此。想斗插天南，雁横辽水。试问姮娥，有愁能为寄？"《八归·重阳前二日怀梅溪》云："关河迥隔新愁外，遥怜倦客音尘，未见征鸿。雨帽风巾归梦杳，想吟思吹入飞蓬。料恨满幽苑离宫，正愁黯文通。"挚友的寄语，有助于了解梅溪北行词的思想。

三、咏物词

张炎《词源·咏物》举史达祖《东风第一枝·咏春雪》《绮罗香·咏春雨》和《双双燕·咏燕》后说:"此皆全章精粹,所咏了然在目,且不留滞于物。"咏物词更是《梅溪词》中表达爱国激情的力作。试以《双双燕·咏燕》为例,词云:

过春社了,度帘幕中间,去年尘冷。差池欲住,试入旧巢相并。还相雕梁藻井,又软语商量不定。飘然快拂花梢,翠尾分开红影。

芳径,芹泥雨润。爱贴地争飞,竞夸轻俊。红楼归晚,看足柳昏花暝。应自栖香正稳,便忘了天涯芳信。愁损翠黛双蛾,日日画阑独凭。

词的上半阕写双燕寻巢情景:社日刚过,双燕归来,在落满尘埃的旧日帘幕前徘徊不定,软语商量,然后决心出幕,另寻香巢。词的下半阕写双燕定巢情景:衔泥定巢,踌躇满志,游荡在花柳之间,留恋到黄昏暝色。词人笔锋一转,对双燕进行谴责:朝欢暮乐,忘记了寄书的职责,致使闺中玉人念远生愁。前引邓廷桢《双砚斋词话》在谈到"史达祖习闻韩侂胄收复的议论,往往把家国之感托之于词"一段话后,就举了这首《双双燕》与《瑞鹤仙》"归鞭隐隐,便不念芳盟未稳",《金缕曲》"落日年年宫树绿,堕新声玉笛西风劲"与《玉蝴蝶》"故园晚强留诗酒,新雁远不致寒暄"(此词亦见《梦窗乙稿》,冯煦《蒿庵论词》谓语意似与邦卿为近)作证,说明写的是铜驼荆棘的感慨。陈匪石《宋词举》更说:"如以寄托言,则'红楼归晚'以下六句,讥其不思恢复宴安鸩毒之非,喻中原父老望眼欲穿之苦。曰'看足',曰'应自',曰'便忘了',曰'愁损',曰'独凭',微而显,志而晦,婉而成章,居然《春秋》之笔。"这类讥刺南宋小朝廷宴安鸩毒的题材在诗篇中是数见不鲜的。如陆游《秋夜将晓出篱门迎凉有感》其一云:"三万里河东入海,五千仞岳上摩天。遗民泪尽胡尘里,南望王师又一年。"林升《题临安邸》云："山外青山楼外楼，西湖歌舞几时休！暖风熏得游人醉，直把杭州作汴州。"但都写得很显露。这首咏物词却将对国事的忧虑和对统治者的谴责蕴含在双燕寻巢、定巢这一艺术形象之中。沈祥龙《论词随笔》云："咏物之作，在借物以寓性情，凡身世之感，君国之忧，隐然蕴于其内，非沾沾焉咏一物矣。"这首词不用一般的情事两显的手法，却以华美的具体形象，给我们留下了更多的思索余地和美的艺术享受。

再以《绮罗香·咏春雨》为例，词云：

> 做冷欺花，将烟困柳，千里偷催春暮。尽日冥迷，愁里欲飞还住。惊粉重蝶宿西园，喜泥润燕归南浦。最妨它佳约风流，钿车不到杜陵路。
>
> 沉沉江上望极，还被春潮晚急，难寻官渡。隐约遥峰，和泪谢娘眉妩。临断岸新绿生时，是落红带愁流处。记当日门掩梨花，剪灯深夜语。

词的上半阕由将雨写到下雨，写到蝶燕无迹，误尽淑偶佳期。既是为雨而愁，也是因雨生怨。下半阕转入怀人，望见雨中冥迷的山，联想到伊人的眉妆。遥想今后，雨后新涨的江水，带愁飘零的落花；回忆当初，雨打梨花与伊人闭门夜话的情景。从对雨生情之中，寓怨而不怒之旨。这首细腻描绘春雨的词却有着讽刺时代的内容。耽误淑偶佳期，妨碍钿车到来的是春雨；引起春潮晚急，以致津渡难寻的也是春雨；远山含泪，引起谢娘眉妩联想的还是春雨。但雨水却浸淫渐渍，联绵不已。黄蓼园《蓼园词选》说是写的"小人情态"，已经把这首词看作政治讽刺诗了。它和《东风第一枝·咏春雪》有着相似之处。词人抱怨春雪，一则说"东风欲障新暖"，二则说"不卷重帘，误了乍来双燕"，又是"障"又是"误"，怨恨的感情溢于笔墨之外，而这些哀怨又是从"旧游忆著山阴，厚盟遂妨上苑"产生的。王子猷雪中咏左思《招隐诗》离开山阴访戴安道的雅兴，邹阳、枚乘、司马相如雪中随梁王相约游于菟园的寒盟，从过去想到现在,是谁在起"妨"的作用呢?过去留下的美好回忆,今天却成了损害,难道这不是或和或战、国策举棋不定的形象再现吗?我们谈南宋的爱国词人应该给史达祖以一席之地。

四、艺术成就

《梅溪词》的艺术技巧是多方面的。词风的多变,咏物词的钻貌取神,句法的千锤百炼,三者尤为突出。

梅溪的词风,正如张镃说的,"有瑰奇警迈、清新闲婉之长"。"清新闲婉",亦即姜夔所谓"奇秀清逸"。它的表现是,用典浑成,托意深婉,用笔起伏顿挫,回环曲折,上下关合在若断若续、若即若离之间,但却构成了一幅完整生动的画面,形象鲜明,意境清新,神气空灵。这是梅溪词风的一个方面,是梅溪的本色。另一方面"瑰奇警迈"之作也不少。前面提到的《满江红》的"万水归阴"一阕,"好领青衫"一阕,"缓辔西风"一阕放在《稼轩长短句》中,不仅拳拳忠爱的内容相近,而且深于用事,精于构思,炽烈的感情、豪迈的气魄、慷慨沉郁的语言也极为相似。其他如《临江仙》的"倦客如今老矣,旧时不奈春何"一阕,《贺新郎》的"同住西山下,是天地中间爱酒能诗之社"一阕,"西子相思切,委萧萧风裳水佩照人清越"一阕,《齐天乐》的"秋风早入潘郎鬓,斑斑遽惊如许"一阕,也都以豪迈词风见长。

梅溪词的主要艺术成就是咏物词的刻画物态,穷形尽相,借物寓情,神与境合。张炎曾论之云:"诗难于咏物,词为尤难。体认稍真,则拘而不畅;模写差远,则晦而不明。"这是深得咏物神髓的甘苦之谈。所谓"体认稍真",即一味追求外貌的形似,捕捉到的只是外在的形象,即使惟妙惟肖,如宋人之刻楮叶,虽茎柯毫芒可以乱真,但缺乏生香活色,不能感人,所以说"拘而不畅"。所谓"模写差远",即离开精细准确描绘去追求所咏之物的神韵和气质,在牝牡骊黄之外用功夫。这样做的结果，作家的创作意向虽然表达了出来，但读者却不能把作家抽象的概念变成可感的形象，所以说"晦而不明"。被张炎誉为"全章精粹"的梅溪咏物词却没有这两方面的局限，而能钻貌取神，在形似的基础上追求神似，如张炎所说的"收纵联密，用事合题"。《中兴以来绝妙词选》引姜夔最为称赏《绮罗香》"临断岸"以下数语，又引姜夔极称《双双燕》的"柳昏花暝"，黄升也说这首咏燕词是"形容尽矣"。这些都是值得我们认真探索的。如描写春雨之将临，只"做冷欺花"三句已描绘出春雨酝酿过程：春寒酿成春雨，花受到欺凌，柳困在烟雾之中不能舒展，暗暗地催促着暮春的到来。起首三句便把作者受到压抑的精神境界若隐若现地传达出来了。"临断岸"一结，雨后江涨，落花飘零，春雨带来了今后更为痛苦的生涯。未来是身临断岸，落花带愁；当初则雨打梨花，闭门共话。一喜一愁，一聚一散，两两对照，只增感喟，词人的自叹身世也就蕴藏在这情景混融的结尾里了。黄蓼园称许说："自有身分，怨而不怒。"又如《双双燕·咏燕》词的上半阕，呢喃双燕的形象只"软语商量"四字已经形容尽致了，接着却笔酣墨饱地描绘燕子的翩翩身影轻掠花梢，双双翠尾分开花丛，形象而具体，生动得简直到了传神的地步。"柳昏花暝"而曰"看足"，双燕沉醉在花柳之中志得意满的神态可以想见，娇痴的双燕形象与词人谴责燕子的曲折用心便水乳交融在一起了。词人对双燕的描绘既善用绮丽华艳的辞藻，又善用轻描淡写的语言，或用浓墨渲染（宋征璧谓"史邦卿之刷色"，即就渲染而言。见田同之《西圃词说》），或用淡墨白描，使"雕梁藻井"的设色与"软语商量"的白描和谐地结合在一起的手法，也是令人惊服的。陈廷焯《白雨斋词话》卷一云："所谓沉郁者，意在笔先，神余言外，写怨夫思妇之怀，寓孽子孤臣之感，凡交情之冷淡，身世之飘零，皆可于一草一木发之。而发之又必若隐若现，欲露不露，反复缠绵，终不许一语道破。匪独体格之高，亦见性情之厚。"离开了思想内容，即陈廷焯所说的"性情"，是无法理解梅溪咏物词的艺术技巧的。

为陆辅之《词旨》所盛称的句法，是梅溪词的另一成就。句法与语言文字的锤炼有关。《诗人玉屑》卷八引唐诗人皮日休说："百炼为字，千炼为句。"张炎《词源》也说："句法中有字面，盖词中一个生硬字用不得，须是深加锻炼，字字敲打得响，歌诵妥溜，方为本色语。"这就是说，句法是通过清浊抑扬敲打得响的音律和自然、独到、深刻、精工的语言文字来表达的。《词旨》在"属对""警句""词眼"中多引梅溪词句。李调元《雨村词话》卷三中有《史梅溪摘句图》，称："史达祖《梅溪词》最为白石奇赏，炼句清新，得未曾有，不独《双双燕》一阕也。余读其全集，爱不释手，间书佳句，汇为摘句图。"分起句、尾句、散句三部分摘录，可以说是洋洋大观了。今就其中二例，作一简析。《秋霁》的"但可怜处，无奈冉冉魂惊，采香南浦，剪梅烟驿"，用浸渐的惊魂描写九回衷肠，是虚写。《九歌·河伯》云："子交手兮东行，送美人兮南浦。"陆凯诗云："折梅送驿使，寄与陇头人。江南何所有，聊赠一枝春。"（此诗见周邦彦《片玉集》卷二陈元龙注引《荆州记》，言陆凯赠范晔诗。方回《瀛奎律髓》卷二十云："诗家以为晋人，非宋文时范晔，姑从其说。"）"采香南浦"，是折花送别；"剪梅烟驿"，是折花寄远。虚写的感情附丽在实写的故实上，词人的惊魂所系全在旧情这一难于传达的意念就巧妙地传达出来了。这一结尾之妙，妙在虚实相生，寓深情于典实。又如《三姝媚》的"讳道相思，偷理绡裙，自惊腰衩"，委婉曲折地刻画了一位多情妇女的形象。连魂梦都萦绕在情人身上的女人，在别人面前却讳莫如深地掩盖自己的感情，当她暗中整理罗裙，却突然发现腰围瘦减而惊呆了。这里有故作矜持的娇痴，有难于掩抑的动作，有起伏的感情，有跳动的画面。这样复杂的内容却凝聚在短短十二字中，既经济又含蓄，艺术概括力之高达到了极境。

就是这样一位有卓越成就的爱国词人，前代评论家对他的词大都欣赏他的艺术技巧却惋惜他的为人，缺乏全面的、深入的、实事求是的分析。1949年以后，有的选本如胡云翼《宋词选》，甚至说其"缺乏意境和气骨，尤其是他的致命伤","除了描写技巧以外，也就没有什么可以称道的了","玩弄文字游戏，缺乏真情实感"。针对这些情况，用确凿的材料，发潜德之幽光，正是我们今天的古代文学研究者不可推卸的职责。

（原载《四川师范学院学报》1983年第3期）

朱彝尊《词综发凡》在词学理论上的贡献

朱彝尊的《词综发凡》和冯煦的《宋六十一家词选例言》、周济的《宋四家词选目录序论》一样，由于撰著者本身便是卓有成就的词人，《词综》等书又是具有代表性的选本，所以撰著者不但有创作和选词的实践，而且这些实践也是在真知灼见的理论指导下进行的。探索《词综发凡》在理论上的贡献，将有助于对清代影响巨大的浙西词派进行深入认识，推动词学发展史的研究工作。

《词综》这个选本，推许它的说是"简择不苟"（《四库总目提要》），"迥出诸家词选之上"（《四库简明目录》），"鉴别精审，殆无遗憾"（郭麟《灵氛馆词话》卷一），"搜罗广而选择精，舍是无从入之方"（张载华所辑许昂霄《词综偶评》识语），诋毁这个选本的又认为"意旨枯寂，后人继之，尤为冗漫。以二窗为祖祢，视辛、刘若仇雠"（文廷式《云起轩词钞序》）。焦循还指出这个选本"规步草窗"，假如读者不读宋人词集只读此书，其结果"宋词遂以朱氏之词"（《雕菰楼词话》）。陈廷焯虽然承认它"两宋精华，约略已具"（《白雨斋词话》卷八），却又说张惠言《词选》超过这个选本十倍（《白雨斋词话》卷一）。造成评价上分歧的原因，只能从朱彝尊的《发凡》里寻找答案。

《发凡》一共十七条，是书的例言，谈的是选词的来源、评选的标准，以及词人姓氏爵里、书法和文字校雠体例等，但从中明显地可以看出朱彝尊的词学见解。尽管这些见解隐藏在字里行间，东鳞西爪，极不完整，但我们仍然可以从一鳞一爪中窥见理论的神龙那婉媚夭矫的姿影。

《发凡》第三条说："世人言词，必称北宋。然词至南宋，始极其工，至宋季而极其变，姜尧章氏最为杰出。"

两宋词各有代表作家，很难用时代来分优劣。《白雨斋词话》卷八说："词家好分南宋北宋。国初诸老，几至各立门户。窃谓论词只宜辨正是非，南宋北宋，不必分也。若以小令之风华点染，指为北宋，而以长调之平正迂缓，雅而不艳，艳而不幽者，目为南宋。匪独诬北宋，抑且诬南宋也。"陈氏所说"国初诸老"，即包括朱彝尊在内。朱彝尊在《水村琴趣序》中说："予尝持论，谓小令当法汴京以前，慢词则取诸南渡。"《鱼计庄词序》里又说："小令宜师北宋，慢词宜师南宋。"阐述的都是这一观点。

朱彝尊为什么要提倡南宋词呢？这里有时代的因素。吴衡照对此作了很好的阐发，他说："词至南宋，始极其工，秀水创此论，为明季人孟浪言词者救病刀圭，意非不足夫北宋也。苏之大，张之秀，柳之艳，秦之韵，周之圆融，南宋诸老，何以尚兹！"（《莲子居词话》卷四）又说："自明季左道言词，先生标举准绳，起衰振聋，厥功良伟。"（《莲子居词话》卷三）明代后期在词史上是一个中衰时期。当时词人只知道拾《花间集》《草堂诗余》牙慧，只要看看陈耀文词集选本《花草粹编》就可以知道当时的好尚。陈氏先拟将《花间集》和《草堂诗余》合刻，后来搜集的唐宋词多了，就用"花"代表五代词，"草"代表宋词，选成了十二卷的这部选本。吴梅慨叹明词的不振，便诿过于这两部书，说："才士模情，辄寄言于闺闼；艺苑定论，亦揭橥于《香奁》。托体不尊，难言大雅。"又说："谀闻下士，狂易成风，守升庵《词品》一编，读弇州《卮言》半册，未悉正变，动肆诋諆，学寿陵邯郸之步，拾温、韦牙后之慧，'衣香百合'（杨慎《如梦令》），止崇祚之余音，'落英千片'（王世贞《玉蝴蝶》），亦《草堂》之坠绪，句摭字捃，神明不属。"（《词学通论·概论四》）吴梅的见解是符合朱彝尊原意的。《发凡》第十六条就明确指出杨慎的《词品》、王世贞的《艺苑卮言》是"强作解事"。谢章铤《赌棋山庄词话》卷九解释说："明自刘诚意、高季迪数君而后，师传既失，鄙风斯煽。误以编曲为填词，故焦弱侯《经籍志》备采百家，下及二氏，而倚声一道缺焉，盖以鄙事视词久矣。升庵、弇州力挽之，于是始知李唐、五代、宋初诸作者。其后耳食之徒，又专奉《花间》为准的，一若非《金荃集》《阳春录》举不得谓之词，并不知尚有辛、刘、姜、史诸法门。于是竹垞大声疾呼，力阐宗旨，而强作解事之讥，遂不禁集矢于杨、王矣。"这就使人信服地说明了朱彝尊推崇南宋词的原因。原因何在呢？

一是为了救弊，救明季专学《花间》《草堂》把词的题材范围局限在闺帏绮语、花草闲题这个狭小圈子里的弊病。明代自弘治以后，一些词人好行小慧，内容则偎红依翠，语言则纤艳尖新，气格卑弱少骨。小令时有佳作，却不善于写慢词；追求词眼、警句，却有好句而少完篇。南宋的慢词的确不失为治病针砭。

北宋的慢词虽有一些写个人政治遭遇和羁旅行役的词，但比之那些寄情闺阁的艳情词，数量还是很少的。像苏轼那样"一洗绮罗香泽之态"，寄慨无端，别辟天地，节序风物，名山胜水，送行留别，怀古感旧，以至迎神纪梦，谈禅说道，无不入词，这样的词家究竟有几个呢？到了南宋，由于偏安一隅，国势阽危，当时的词人为爱国感情所激励，不仅运用苏轼开创的词境，把朝政得失、今昔盛衰一一寓之于词，而且运用秦观、周邦彦开创的词境，用缜密的结构，驭精工的语言，或意脉贯注，或转折错综，描写物态则曲尺其妙，缘情写意则敷衍见长，意境沉郁，用笔空灵，寄托个人的遭遇和时代的感受，抒写难以表达而又不忍不表达的感情，寄寓不敢明说而又不吐不快的感受。特别是南宋末年，亡国之祸迫在眉睫，一批有寄托的咏物词大量产生，词的题材明显地扩大了。当然，南宋的慢词也有许多脱离现实的作品。就其主流说，它的时代特色是较北宋突出的。

二是为了尊体，"诗言志"的传统使它得到继承。词本是"应歌"产生的一种文体，柔靡侧艳，托体不高。苏轼虽然意识到"柳七郎风味"不能表现丰富多姿的社会生活，想用创作实践把生活的激浪、时代的风雷、历史的烟云融入词境中去，把词提高到"诗"的地位，但他的成就在北宋一代却没有得到应有的肯定。到了南宋，胡寅才在《向子諲酒边词序》里畅谈了苏词的贡献：一则说，词是诗的一体，上承《风》《骚》，以提高词的文学地位；二则说，唐五代以来作者把词看作"谑浪游戏"的情趣表现，写了词却又"自扫其迹"；三则说，到了苏轼才把词从《花间集》、柳永《乐章集》的桎梏中解放出来，使词体与诗体同等。朱彝尊提倡南宋慢词，有尊重词体这一因素在内。他在《陈纬云红盐词序》里曾把词看作是不得志于时者的寄情工具，说："词虽小技，昔之通儒钜公往往为之。盖有诗所难言者，委曲倚之于声，其辞益微，而其旨益远。善言词者，假闺房儿女之言，通之于《离骚》、变《雅》之义，此尤不得志于时者所宜寄情焉耳。"郭麟称竹垞此论"真能道词人之能事"（《灵芬馆词话》卷一）。这一论点可以和《发凡》此条相生发。有人片面地根据朱彝尊《紫云词序》所说"诗际兵戈俶扰，流离琐尾，而作者愈工；词则宜于宴嬉逸乐，以歌咏太平"来指摘他把词作为献谀的工具，这是不了解言者的苦心的。朱彝尊是明大学士朱国祚的曾孙，明亡以后，怀古咏物词中往往有所寄托，如《百字令·度居庸关》《长亭怨慢·雁》等词作感慨于兴亡之际。管绳莱在《追述旧时诗注》中曾提到清初文人以结社写诗词来抒发亡国的哀思，于是文字狱如"雷霆勃发"，王渔洋、朱竹垞、吴园次的诗词曾一度遭到禁毁。《紫云词序》的见解正是在这种政治迫害下的遁词，不能作为不尊词体的证据。

《发凡》这一条推尊姜夔词，道理也值得深思。朱彝尊在《黑蝶斋诗余序》里曾说:"词莫善于姜夔。"《发凡》第十三条又说:"填词最雅,无过石帚。"他的友人汪森《词综序》里迳谓西蜀、南唐以后作家:"言情者或失之俚,使事者或失之伉。鄱阳姜夔出句琢字炼,归乎醇雅。"汪积山《尊闻录》说:"厉鹗'尝病倚声家冶荡者失之靡,豪健者失之肆'。"阐述的都是这一观点。他们推崇姜夔意在树立一个风格语言醇正安雅的典型来挽救"俚""靡""伉""肆"的词风,好像既反对柳永一派,又反对辛弃疾一派,其实只要看看《词综》选柳词达二十一首,辛词达四十三首(包括补词),就可以知道这只是表面上敢于说出的一点理由。宋翔凤《乐府余论》里就谈了深一层的理由:"词家有姜白石,犹诗家有杜少陵,继往开来,文中关键。其流落江湖,不忘君国,皆借托比兴于长短句寄之。如《齐天乐》,伤二帝北狩也;《扬州慢》,惜无意恢复也;《暗香》《疏影》,恨偏安也。盖意愈切而辞益微,屈宋之心,谁能见之?乃长短句中复有白石道人也。"陈廷焯《白雨斋词话》卷二中也阐述了同一观点,并且指出白石词的特点是"感慨全在虚处,无迹可寻,人自不察耳。感慨时事,发为诗歌,便已力据上游,特不宜说破,只可用比兴体。即比兴体中亦须含蓄不露,斯为沉郁,斯为忠厚"。朱彝尊还推崇张炎词,《解佩令·自题词集》云:"倚新声玉田差近。"也是因为《山中白云集》把沧桑之感、不仕之意等难言的感慨,全用虚写来表现。"全在虚处,无迹可寻",可以说是发现了浙西词派宗尚姜、张的一个秘密。身处易代之际的作者有许多感受,有迹可怕索隐,说实了更招祸,于是托物寓意,借水怨山,姜夔、张炎这种表现方法便非常投合这些人的脾胃。郭麟对此作过解释:"倚声家以姜、张为宗,是矣。然必得其胸中所欲言之意,与其不能尽言之意,而后缠绵委折,如往而复,有一唱三叹之致。"(《灵氛馆词话》卷二)朱彝尊的友人李符说《江湖载酒集》里的艳词"寄托遥深"(《江湖载酒集序》),也道出了其中消息。他们不想回避生活里的矛盾,又不敢公开表现这种矛盾,浙派提倡姜、张是有其隐曲的用心的。有人认为,浙派词人不讲寄托,常州派词人才讲寄托,这话脱离了当时的创作实际。王昶《姚芑汀词雅序》说:"国朝词人辈出,其始犹沿明之旧。及竹垞太史甄选《词综》,斥淫哇,删浮俗,取宋季姜夔、张炎诸词以为规范,由是江浙词人继之,蔚然跻于南宋之盛。"厉鹗《张今涪红螺词序》也说:"尝以词譬画,画家以南宗胜北宗。稼轩、后村诸人,词之北宗也;清真、白石诸人,词之南宗也。"浙派心目中的南宋,是醇雅词派的同义语,即厉鹗南宗的概念,不仅以时代为分野的。

《发凡》第四条叹息古词选本如《绝妙好词》等都佚失没有传下来,"独《草堂诗余》所收最下最传,三百年来,学者守为《兔园册》,无惑乎词之不振也。"第十三条又说:"言情之作,易流于秽,此宋人选词,多以雅为目。"

这和上面提到的作家推崇姜夔,词风提倡醇雅的主张是一致的。《草堂诗余》是南宋人的一个词的选本,宋翔凤《乐府余论》根据当时姜名未盛所以其中没有选姜夔词,进而推断选者"当与姜尧章同时"。这是一部风行一时且对后世很有影响的选本,朱彝尊却诋毁这个选本不遗余力。《发凡》中一则说它"最下最传";二则说它不选姜词而选胡浩然《满庭芳·吉席》和僧仲殊《金菊对芙蓉·桂花》,"可谓无目"。又在《书绝妙好词后》说:"词人之作,自《草堂诗余》盛行,屏去《激楚》《阳阿》,而《巴人》之唱齐进矣。"郭麟《灵氛馆词话》卷一说:"本朝词人,以竹垞为至。一废《草堂》之陋,首阐白石之风。"又说:《草堂诗余》,玉石杂糅,芜陋特甚,近皆知厌弃之矣。然竹垞之论未出之前,诸家皆沿其习,故《词综》刻成,喜而成词曰:'从今不按,旧日《草堂》句'(《摸鱼子·同青士重访晋贤,时书楼落成,订〈词综〉付雕刻,有怀周士、季青在吴兴》)。"朱氏这一论点,曾引起后人的议论。谭献《复堂日记》庚辰:"《草堂》所录,但芟去柳耆卿、黄山谷、胡浩然、康伯可、僧仲殊诸人恶札,则两宋名章警句传诵人间者略具,宜与《花间》并传,未可废也。"王国维《人间词话》卷下也说:"自竹垞痛贬《草堂诗余》而推

《绝妙好词》,后人群附和之。不知《草堂》虽有亵诨之作,然佳词恒得十之六七,《绝妙好词》则除张、范、辛、刘诸家外,十之八九皆极无聊赖之词。古人云:'小好小惭,大好大惭'询非虚语。"

朱彝尊选《词综》时还没有见到《绝妙好词》,后来帮助他考订《词综》中词人爵里的柯崇朴从侄子柯煜处借得钱遵王所藏,朱氏才钞得这部选本。朱氏《书绝妙好词后》云:"周公谨《绝妙好词》,虽未全醇,然中多俊语。方诸《草堂》听录,雅俗殊分。"在理论上,朱彝尊是用雅俗来区别《绝妙好词》和《草堂诗余》的。他还从词史上找来了论据。《乐府雅词跋》记他与殷伯岩等说:"作长短句必曰雅词,盖词以雅为尚。得是编,《草堂诗余》可废矣。"《群雅集序》又说:"盖昔贤论词,必出于雅正,是故曾慥录《雅词》,鲖阳居士辑《复雅》也。"浙派的后继词人厉鹗在《群雅词集序》中更阐发了这一观点,他说:"由诗而乐府而词,必企夫雅之一言,而可以卓然自命为作者,故曾端伯选词名《乐府雅词》,周公谨善为词,题其堂曰志雅。词之为体,委曲啴缓,非纬之以雅,鲜有不与波俱靡者矣。"鲖阳居士的《复雅歌词》及朱彝尊曾为之作跋的宋词选本《典雅歌词》今均佚失不传,可以不论。曾慥选本以"雅"命名的原因,曾氏在《自序》中说得很清楚,他删除的是"涉谐谑"的作品和艳词,提倡的是"词章幼眇"的作品,并把这类词作和《风》《骚》以来的优良传统联系起来。所谓"词章幼眇",指的是用比兴手法委曲不露地表达所感,即厉鹗所说的"委曲啴缓"。如前所述,"全在虚处"是浙派词人在写作手法上的要求,"醇雅"却是他们用来调和慷慨激昂词风在风格上的要求。浙西词派从朱彝尊到李良年、沈皥日、李符、沈岸登、龚翔麟,直至厉鹗、郭麟,在理论上的主张都没有超越这个范围。另一方面,崇雅黜浮,在选本中删除流于亵诨的作品。这样的评选标准,也有其可取的一面。

《词综》在理论上的贡献,四库馆臣在《总目提要》中归结为四条:

一是"以姜夔为词家正宗",二是"小令当法汴京以前,慢词则取诸南渡",三是"论词必出于雅正",四是"盛称《绝妙好词》甄录之当",并说由于"立说大抵精确,故其所选能简择不苟如此"。应该承认,浙西词派的理论,既不系统,又不全面,远不能和常州词派的理论相比。但把它放在当时的历史条件下,比之那些记篇章、录警句、探本事、资闲谈的词话,却大大前进了一步。其首开清代词论之风的功绩仍是不可淹没的。

其实,我并不完全同意四库馆臣的看法。朱彝尊的理论有很大局限,在这种理论指导下选的《词综》虽有特色,却不能反映唐宋金元词的全面发展情况。一个好的选本是应该兼顾各种流派、各种风格,既去取精审,又兼容并包的。理论上的局限,主要表现为两点:

第一,在慢词中强分南、北的差别,对苏轼在词体上的革新精神缺乏认真的总结。周济《介存斋论词杂著》说得好:"北宋词,下者在南宋下,以其不能空,且不知寄托也;高者在南宋上,以其能实,且能无寄托也。南宋则下不犯北宋拙率之病,高不到北宋浑融之诣。"小令取北宋、慢词取南宋的说法殊嫌笼统。

第二,标榜姜、张、草窗的门户之见,对《花间》以来前辈词人创造的高华词境缺乏全面的认识。南宋的后期,作家以绮丽为尚,满眼雕绘,失之质实,所以姜、张救之以清空;明代的后期,作家以浮滑为尚,以尖为新,以纤为艳,所以朱彝尊救之以姜、张。用它作为个人主张可以,但用它作为选词标准使千流万派、千回百折的大江变成微波荡漾的一泓清泉,这就大大缩小了生活的领域,也使读者无从窥见词海的全貌。正如鲁迅在《且介亭杂文二集·题未定草六》里说的:"选本所显示的,往往并非作者的特色,倒是选者的眼光。"当然,离开了当时选家时代的因素,党同伐异的缺点就更加突出。朱彝尊在《鱼计庄词序》里曾对浙派作过一番解释,说:"在昔鄱阳姜石帚、张东泽,弁阳周草窗,西秦张玉田,咸非浙产,但言浙词者必称焉。则是浙词之盛,亦由侨居者为之助。犹夫豫章诗派，不必皆江西人，亦取其同调焉耳。"宗派之见十分明显。

反映在创作上，局限尤为明显。谭献说："浙派为人诟病，由其为姜、张为止境，而又不能为白石之涩、玉田之润。"（《箧中词》二）吴梅也说："玉田固疏，而其沉着处，虽白石亦且不及。浙词专学玉田之疏，于是打油腔格，摇笔即来。""又好运用书卷，不知词之佳处，不必以书卷见长，搬运类书，最无益于词境也。"（《词学通论·概论四》）

当然，其他的选本，如张惠言的《词选》，周济的《词辨》《宋四家词选》，朱祖谋的《宋词三百首》等，也都存在着这样的局限。各执一蠡之具，欲测江海之波，又怎能不产生这样的局限呢？

（原载《四川师范学院学报》1982年第4期）

杜甫的咏物诗

一

宋人张戒认为,"言志乃诗人之本意,咏物特诗人之余事",赞美那些"本不期于咏物,而咏物之工,卓然天成"的好诗,"视《三百篇》几乎无愧,凡以得诗人之本意也"。(《岁寒堂诗话》卷上)张戒的话,涉及咏物诗"志"与"物"的关系问题。在传统的理论里,"志"就是感情(《左传·昭公二十五年》孔颖达《正义》释"六志"云:"在己为情,情动为志,情志一也。")。"言志",就是抒情。诗人把自己要抒发的感情,寄寓在某一具体的有形之物之中,通过对有形之物栩栩如生、精细准确的描绘,把抽象的概念变成了可感的形象,让这种看得见、摸得着又使人容易认识的形象,直接作用于读者的感情,透过诗人笔下描绘的有形之物,玩味诗人含而不露的"本意",这就是咏物诗。咏物诗既有诗人歌咏的客观形象,即张戒所说的"物",又有诗人自我的主观感受,即张戒所说的"志",它是"物"与"志"的统一体。

我国有着悠久的咏物诗传统。白居易曾举《诗经》里借风雪花草之物来言志的诗篇作例:"设如'北风其凉',假风以刺威虐(《邶风·北风》)也,'雨雪霏霏',因雪以愍征役(《小雅·采薇》)也,'棠棣之华'，感华以讽兄弟(《小雅·棠棣》)也，'采采芣苢'，美草以乐有子(《周南·芣苢》)也。"说这些诗篇，"皆兴发于此，而义归于彼"(《白氏长庆集》卷二十八《与元九书》)。"兴发于此"即托物起兴，"义归于彼"即借物抒情，即言在此而意在彼，亦即所谓寄托。

魏晋以后，就有了专题的咏物诗。《文选》里曹植的《朔风诗》、陆机的《园葵诗》，就是这类的作品。翻开《文苑英华》，在"诗类"的一百八十卷中，咏日、咏月、咏星、咏梅、咏柳、咏竹、咏兰、咏燕、咏雁、咏蝉等咏物诗就有几百首之多。为杜甫推许为"江河不废"的初唐四杰集中，都有咏物诗。其中，骆宾王不仅写了较多的咏物诗，还在《在狱咏蝉》的"小序"中写道："仆失路艰虞，遭时徽纆，不哀伤而自怨，未摇落而先衰。闻蟪蛄之流声，悟平反之已奏；见螳螂之抱影，怯危机之未安。感而缀诗，贻诸知己。庶情沿物应，哀弱羽之飘零；道寄人知，悯余声之寂寞。非谓文墨，取代幽忧云尔。"这首诗前面由蝉声引起了身世之感，蝉与人是分写的，后面描写的句句是蝉，句句又似乎说的是自己，蝉与人融为一体。他同情蝉的不幸遭遇，"露重飞难进，风多响易沉"，有翅难飞，有声难响，表面上怜悯蝉，实际上怜悯自己以及历史上、现实中一切有着不幸遭遇的"高洁"的人。既是咏物，又是抒情，所以说"情沿物应"。结尾写道："无人信高洁，谁为表予心。"他不仅是替自己呼号，而且反映的是封建社会受压迫的知识分子的典型感受，所以说"道寄人知"。咏物诗有多种写法，要求借物抒情，要求反映典型感受，这一点却是共通的。骆宾王"情沿物应""道寄人知"二语是这类写法很好的概括。杜甫继承了诗史上的这些好传统，在内容上凭借外物熔铸进自己的时代感受和鲜明爱憎，在形式上也有不少的创造和发展。

杜集中的咏物诗是很多的。明人钟惺曾说："少陵如《苦竹》《蒹葭》《胡马》《病马》《鸂鶒》《孤雁》《促织》《萤火》《归燕》《归雁》《鹦鹉》《白小》《猿》《鸡》《麂》诸诗，'于诸物有赞羡者，有悲悯者，有痛惜者，有怀思者，有慰藉者，有嗔怪者，有嘲笑者，有赏玩者，有劝诫者,有指点者,有计议者,有用我语诘问者,有代彼语对答者,蠢者灵,细者巨,恒者奇,默者辩。咏物至此,仙佛圣贤帝王豪杰具此,难着手矣'。"(《唐诗归》卷二十一)。杜甫除不时写些咏物诗外,还比较集中地写过四组咏物诗。乾元二年(759)七月在秦州,艰难的遭遇使他对生活有了很深的感受,他不时思考着眼前的苦难和历史提出的重大问题,因物寄感,写了《天河》《初月》《捣衣》《归燕》《促织》《萤火》《蒹葭》《苦竹》这一组咏物诗。入蜀以后,上元二年(761)秋在成都写了《病柏》《病桔》《枯棕》和《枯楠》;宝应元年(762)在成都又写了《江头五咏》,即《丁香》《栀子》《丽春》《鸂鶒》《花鸭》;大历元年(766)在夔州又写了《鹦鹉》《孤雁》《鸥》《猿》《麂》《鸡》《黄鱼》《白小》。杜甫以饱满的诗情,使一切有生命和无生命的物类都有了思想感情,惟妙惟肖地传达出它们的动态和静态。他笔下的"物",已不再是六朝文人的"嘲风月,弄花草",而是白居易所称道的"兴发于此而义归于彼"的"比兴"了。比和兴,在《诗》的六义中本来是两个概念,齐梁以后逐渐成了一个整体概念。刘勰说是"物虽胡越,合则肝胆",既有区别,又紧密结合而不可分,起到"讽兼比兴"的讽喻作用。(《文心雕龙·比兴》)唐初诗人陈子昂批评齐梁间诗"兴寄都绝"(《与东方左史虬修竹篇序》),盛唐诗人李白也提倡"兴寄深微"(孟棨《本事诗·高逸》)。比兴、兴寄、寄托,都是同义语。用此法咏物,在于加强作品的思想性。清人黄生说:"前后咏物诸诗,合作一处读。始见杜公本领之大,体物之精,命意之远。"(《杜诗说》)

二

杜甫咏物的作品既多,思想内容和艺术技巧方面牵涉到的问题非常广泛,全面论述,请俟异日。今仅就其中部分作品,从三方面加以探讨:

(一)杜甫咏物诗中的神似与形似的关系问题。既是咏物,当然要求图形肖貌。怎样图形肖貌呢？这里牵涉到形似和神似的问题。刘勰在《文心雕龙·物色》里批评了宋齐以来"文贵形似"的缺陷，指出：即使做到"功在密附"的贴切，"如印印泥"的准确，"曲写毫芥"的细致，也不算"图形写貌"的传达出了物的神气。因为"物有恒姿"，做到形似比较容易，但是"思无定检"，思想没有一定标签，要传出事物的"神"，必须写出作者"无定检"的独特感受，追求"神似"。唐张彦远论画，既强调"形似"，又强调"神韵"，并进一步指出"以气韵求其画，则形似在其间矣"（《历代名画记》）。当然，形似不一定就能达到神似境界，但取神也不能脱略有形之物的状貌，相反地只有在外貌逼真的基础上才能传达出外物的活生生的神韵或气韵，即所谓钻貌得神。张戒论杜甫《江头五咏》时说："物类虽同，格韵不等。同是花也，而梅花与桃花异观；同是鸟也，而鹰隼与燕雀殊科。咏物者要当高得其格致韵味，下得其形似，各相称耳。"（《岁寒堂诗话》卷下）清人刘熙载曾就杜甫诗与韩愈诗作一比较，认为："昌黎炼质，少陵炼神。昌黎无疏落处，而少陵有之。然天下之至密，莫少陵若也。"（《艺概·诗概》）试以杜甫最早的咏物诗《房兵曹胡马》为例：

　　　　胡马大宛名，锋棱瘦骨成。
　　　　竹批双耳峻，风入四蹄轻。
　　　　所向无空阔，真堪托死生。
　　　　骁腾有如此，万里可横行。

此诗大约写于开元二十八、二十九年间（740—741），即杜甫游齐赵归东都时，与《画鹰》诗一样都是青年气盛之作，活跃在诗中的胡马形象既是诗人凌云壮志的写照，同时又是唐代盛世时代精神的缩影。宋人黄彻曾对杜集中咏鹰、咏马诗既多，还屡用鹰、马属对的缘故作了研究，认为："盖其致远壮心，未甘伏枥；嫉恶刚肠，尤思排击。"（《碧溪诗话》卷二）他不单借鹰马来抒情，可贵的是，在情感的后面蕴藏着一种光彩夺目的理性光辉。元人赵汸和清人纪昀对杜甫咏物的刻貌得神更作了深入的探讨。赵汸说："前辈言咏物诗戒粘皮着骨，公此诗，前言胡马骨相之异，后言其骁腾无比，而词语矫健豪纵，飞行万里之势，如在目中，所谓索之于骊黄牝牡之外者，区区模写体贴以为咏物者，何足语此。"（《杜律五言选注》卷三）纪昀也说："后四撇手游行，不拘于题，妙仍是题所应有。如此乃可以咏物。"（《瀛奎律髓刊误》卷二十七）"所向无空阔"，把胡马奔腾万里的气魄传达了出来。"真堪托死生"，又传达出胡马的血性，把马人格化，这里有着诗人强烈的主观色彩，有着诗人对未来充满信念的高昂乐观的感情波澜，浑灏流转，余味曲包，似疏实密。这就是刘熙载在《艺概·诗概》里所说的"炼神"。但这些是以逼真地刻画马的骨相为基础的，如果离开锋棱瘦骨、耳如削简的具体描绘，也就谈不上取神。所谓"索之于骊黄牝牡之外"，绝不是离开形似的"变形"手法所能达到的。杜甫的创作经验告诉我们：写咏物诗，既重视质，又重视神，取神离不开刻貌。

（二）杜甫咏物诗中的用事。六朝以来的咏物诗，都非常讲求用典用事。这绝不是一时的风气使然，而是由于经过选择的典故史实，能够更准确地表达那些难于表达的思想感情，具有刘勰所说的"寸辖制轮，尺枢运关"的作用（《文心雕龙·事类》）。杜甫的《病马》诗，在用事上不露痕迹，却十分工巧：

乘尔亦已久，天寒关塞深。
尘中老尽力，岁晚病伤心。
毛骨岂殊众，驯良犹至今。
物微意不浅，感动一沉吟。

赵次公云："此篇暗使田子方事之意。田子方出游于野，见病马焉。问之御者。对曰：'此故公家畜也，罢而不为用，故出放之。'曰：'少尽其力，而老弃其身，仁者不为也。'命束帛赎之。"（《韩诗外传》卷八）

此诗写于乾元二年（759）七月以后，时客秦州（今甘肃天水县）。这是杜甫一生中生活最困难的时期。他因房琯党祸，由左拾遗出为华州司功参军。这一年关辅饥馑，七月便弃官西去，度陇，到秦州依其侄杜佐。他感到自己是被唐王朝遗弃的"逐臣"，所以十分同情遗弃之物。诗人借田子方的故实，概括了封建社会在用人上"少尽其力，而老弃其身"的典型事例，通过病马委婉地传达出他的心曲，并借以含蓄地批评唐肃宗。像他这样"辛苦贼中来"（《自京窜至凤翔喜达行在所》）的旧臣，得到的却是"近侍归京邑，移官岂至尊"（《至德二载，甫自金光门出，间道归凤翔，乾元初，从左拾遗移华州掾，与亲故别，因出此门，有悲往事》）的结局，怎么不使他愤慨？在华州时，他曾写《瘦马行》，借一匹被遗弃的官马来寄托一己的身世，表达的是同样的思想。这首诗不像《瘦马行》把重点放在描绘凄苦之状"天寒远放雁为伴，日暮不收乌啄疮"上，却把重点放在"老尽力"上。诗人捕捉住病马的个性特征，用富有创造性的、独特的观察，突出了这匹马的外貌并无"殊众"的地方，只是一匹平平凡凡的马，但可贵的是它的内在的美，如果说有"出众"之处，那就是它的款款忠心：相依既久，关塞又远，天寒岁晚，风尘澒洞，还在为我尽力；已经折磨致病，且犹驯良如故。诗人注意了这个"微物"的个别性，突出了这种"意不浅"的个别性。诗人就是依靠这种个别性来表达这一时代的爱国知识分子的时代感受的。一般是通过个别而存在的。他所说的"意不浅"，也就是《瘦马行》说的"谁家且养原终惠，更试明年春草长"的意思，他仍寄希望于朝廷。"时危思报主"（《江上》），杜甫的忠君是与他爱国思想一致的。

（三）杜甫咏物诗中的寄托。时代的苦难，生活的折磨，青年杜甫万里横行的壮志，初到秦州驯良至今的理想，一齐幻灭了。他开始用社会赋予他的由于饱受折磨逐渐聪明起来的头脑思考着所遇到的、所听到的一些现实问题，用苦难的眼睛凝视着明月河汉、寒虫衰草，把生活的感受以形象暗示出来，使他们成为可悲的现实里具有象征意义的有形之物。

宋人尹师鲁（洙）尝论："子美作诗，深音，格高，思深，凡咏物寄赠，率皆托意于物。"（宋陈应行《吟窗杂录》卷二十三引蔡传《历代吟谱》）杜甫在秦州写的一组咏物诗，达到了一种深邃的境界，有着人民智慧的闪光，不仅反映了"吾道属艰难"（《空囊》）的个人生活遭遇，而且反映了"满目悲生事"（《秦州杂诗》）的可悲社会现实，把咏物诗的写作推到了一个新的高度。明胡应麟曾说："咏物起自六朝。唐人沿袭，虽风华竟爽，而独造未闻。唯杜诸作自开堂奥，尽削前规。"（《诗薮》内编卷四）秦州的这一组咏物诗就是这类作品。

自开堂奥，戛戛独造，特别表现在寄托上。如《天河》：

> 常时任显晦，秋至转分明。
> 纵被微云掩，终能永夜清。
> 含星动双阙，伴月落边城。
> 牛女年年渡，何曾风浪生。

《九家注》谓："贤人虽为群小所掩，然终不害其明也。"前举《吟窗杂录》引尹洙的话，下面又举此诗末二句，说："谓贤君世世为治，何尝致此播迁之风浪！"

再如《初月》：

> 光细弦初上，影斜轮未安。
> 微升古塞外，已隐暮云端。
> 河汉不改色，关山空自寒。
> 庭前有白露，暗满菊花团。

夏竦、王洙均认为这首诗是讽刺唐肃宗的。宋魏泰《临汉隐居诗话》云："夏郑公竦评老杜《初月》诗，'以为意主肃宗'。"《山谷诗话》引王原叔说，也认为："此诗为肃宗而作。"郭思《瑶溪集》说得更具体，把"光细"二句讲成肃宗"位不正，德不充"，把"微升"二句讲成"才升便隐，似当日事"，把"河汉"二句讲成"河汉是矣，而关山自凄然"，把"庭前"二句讲成"天之泽止及于庭前之菊，成功之小如此"（《苕溪渔隐丛话》前集卷十三引）。这里牵涉到怎样理解寄托这一问题。寄托要求物我打成一片，在表面意义之外蕴藏着另一层意思。诗人为什么要用寄托这种手法？一是由于文网严密，怕罹祸患，所以用隐晦曲折的方式；二是因为含蓄不露，较之直说更能传达欲尽不尽之情。寄托要求思想深沉，能引起读者的联想。《天河》诗写银河平时时隐时现，秋天长夜分明，微云难掩，牛女可渡，表达的只是一种对于清明境界的思慕之情。《初月》诗写的是新月刚出，光细影斜，形状如弦，想全满成轮，却因处在运动之中，暂时亏缺，所以说"未安"。以下专写月光隐去，天上河汉如故，四海皆同；地上塞外凄凉，此地独异。它是寒冷的陇山啊！陇外徘徊，月光又隐，露满花团，有景观赏，表达的是不满意初月隐去的感受。这两首诗写的是边城的河汉，陇外的初月，地方特色非常鲜明，表达了作者在秦州时追求清明、憎恨朦胧的两种感情。夏竦、王洙、郭思等评论家却索隐式的一字一句找寄托的史实，像汉人注《诗经》《楚辞》那样深求。纪昀评《瀛奎律髓》说得好："立乎百世之下，而执史籍之一字一句，以当时之诗比附之，最为拘滞，注少陵及义山诗者同犯此病。"这种对原诗凿之使深，牵强附会地讲寄托，不仅破坏了杜诗的韵味，也使读者无法理解杜诗沉郁顿挫的风格。

　　杜甫的才能是多方面的，既写了意味含蓄的咏物诗，也写了意味明朗的咏物诗。在成都写的《病柏》，歌颂柏树"偃蹇龙虎姿"的英姿，哀叹它们"日夜柯枝改"的病态。宋刘克庄释之云："唐自阉者（高）力士、（李）辅国、（仇）士良、（鱼）朝恩弄权怙宠，元勋老将如汾阳（郭子仪）、临淮（李光弼）、西平（哥舒翰）、北平（马燧），皆凛凛不自安。"（《后村诗话》前集）这种解释是否就是原有的托意可以不论，但杜甫的用意不在叹息柏树的病态，而在表达志士失路的悲哀，这点却是非常明显的。《病桔》则完全用赋的手法，描绘桔病堪怜，进而指出应该停止贡桔，不要以口腹疲民，更借汉唐献鲜荔枝以致"百马死山谷"的历史教训来告诫统治者，用意更为显豁。《枯棕》则用比的手法，"比民之残困"（叶梦得《石林诗话》卷上，下面引文同）。上元二年（761）四月，梓州刺史段子璋赶走了在绵州的东川节度使李奂，自称梁王。五月，西川节度使崔光远与东川节度使李奂平定了绵州段子璋的叛乱。当时军兴频繁，棕皮成了军用物资，斧斤交加，恣意割剥，杜甫在哀叹枯棕之余，沉痛地写道："伤时苦军乏，一物官尽取。嗟尔江汉人，生成复何有！有同枯棕木，使我沉叹久。死者即已休，生者何自守？""死者""生者"，既指棕树，也指受残酷剥削的四川人民，一语双关。已经死了的让它们死了吧，暂时未死的，拿什么来保住自己的生命呢？一唱三叹，真挚动人，描绘了当时血淋淋的现实，控诉和声讨了封建剥削的残酷，倾注了诗人对处在水深火热之中的人民由衷的关注和同情，我们也从这类诗篇中体会到了诗人心灵的颤动。《枯楠》同样用比的手法，以枯楠比喻某些栋梁之材的被弃置不用。叶梦得说是"当为房次律（琯）之徒作"，似乎绝对了些。稍后写的《丁香》《栀子》《丽春》《鸂鶒》《花鸭》，寓意都非常明显。如《鸂鶒》的"六翮曾经剪，孤飞卒未高"，比喻在政治打击之后猝难高举。《花鸭》的"稻粱沾汝在，作意莫先鸣"，则是一种反语，表面上说眼前得到一饱，就不要再鸣再叫了，实际意义却是，群心嫉妒也好，稻粱相沾也好，统治者的目的在于不要你说话，你就不要"先鸣"吧！这是对自己以直言受祸，终于流落成都的可悲经历的抗议。张戒说《江头五咏》"字字实录"（《岁寒堂诗话》卷下），就是这个意思。清顾宸认为："《丁香》，立晚节也；《丽春》，守坚操也；《栀子》，适性幽也；《鸂鶒》，遣留滞也；《花鸭》，戒多言也。此虽咏物，实自咏耳。"（《杜律注》）就是对"字字实录"的发挥。

　　杜甫在夔州写的咏物诗，把含蓄与明朗结合起来，做到色彩明朗，诗意含蓄。如《孤雁》：

> 孤雁不饮啄，飞鸣声念群。
> 谁怜一片影，相失万重云。
> 望尽似犹见，哀多如更闻。
> 野鸦无意绪，鸣噪亦纷纷。

这首诗表达的是流离之感。在孤独中最容易产生念群的想法，杜甫在蜀中一住七年，"万事已黄发，残生随白鸥"（《去蜀》），万事无成，垂老漂泊，诗人是无时不系念乡井的，所以托意于孤雁。片影重云，突然相失，"望断矣而飞不止，似犹见其群而逐之者；哀多矣而鸣不绝，如更闻其群而呼之者"（浦起龙《读杜心解》），把孤雁迫切念群的深情曲折地传达出来。宋俞文豹《吹剑录》曾引杜甫乾元二年（759）在秦州写的《月夜忆舍弟》"戍鼓断人行，天边一雁声。露从今夜白，月是故乡明"和此诗比较，说："杜工部流离兵革中，更尝患苦，诗益凄怆。"又说："其思深，其情苦，读之使人忧思感伤。"俞文豹把念群是作为系念乡井、怀思兄弟来理解的。杜甫有四个弟弟，此时杜丰独在江左，寂无消息；杜观在湖北，尚未来夔州；杜颖、杜占都在山东。俞文豹的理解是正确的。末二句意在说明孤雁的哀鸣比之野鸦的群噪，更能表现国家乱离、家人分散这种时代的苦闷。宋王彦辅《增注杜工部诗》把这两句讲成"讥不知我谡谡者"。赵次公驳之云："末句则言野鸦之纷鸣不若孤雁之独鸣为有意也。岂有不知我而谡谡之意邪？"（《九家注杜诗》）王彦辅解释的毛病，就在于把色彩明朗的语言弄隐晦了。

前人常用中唐人崔涂的《孤雁》诗和这首诗相比较。崔诗云："几行归塞尽，念尔独何之？暮雨相呼失，寒塘欲下迟。渚云低暗度，关月冷相随。未必逢矰缴，孤飞自可疑。"表现了江湖孤客索漠的愁绪和疑畏的心理，语切境真，寓情无限。赵次公引范温《诗眼》云："尝爱崔涂《孤雁》诗，豫章先生（黄庭坚）使余读老杜'孤雁不饮啄'者，然后知崔涂之无奇。"（《九家注杜诗》）方回认为，崔诗"亦有味，而不及老杜之万钧力也"(《瀛奎律髓》卷二十七)。含蓄是两首诗共通的,但那种神采飞越、行气如虹的所谓劲健的美,杜诗远远超过了崔诗。研究杜甫咏物诗的寄托,应该探索杜甫那种和其他作家相区别的创作特色,特别是能够显示他精神面貌的既含蓄又劲健的沉郁顿挫风格。

杜甫咏物诗中也有寄托很明显的。如大历三年(768)在江陵写的《归雁》:

> 闻道今春雁,南归自广州。
> 见花辞涨海,避雪到罗浮。
> 是物关兵气,何时免客愁。
> 年年霜露隔,不过五湖秋。

这是一首时事讽刺诗。清钱谦益笺注引《唐会要》:"大历三年,岭南节度使徐浩奏:十一月二十五日,当管怀集县阳雁来,乞编入史。从之。先是五岭之外,朔雁不到。浩以为阳为君德,雁随阳者,臣归君之象也。"然后引申说:"史称浩贪而妄,公诗盖深讥之。"雁过衡阳则回,但去年却到了岭表的罗浮,现在又远离极南的涨海,连怀集县也见到朔雁,徐浩认为这是国家吉祥的征兆,杜甫却不是这样看。杜甫认为,禽鸟得气最先,禽鸟的异常状态乃是战乱的象征,怎么不使他焦虑呢?清施鸿保更从"闻道""年年""不过"等字面推敲,认为"似尚寓不信之意。浩既贪佞,安见其不假托以希恩宠耶?盖不但深讥之也"(《读杜诗说》卷二十一)。"何时免客愁",一个传闻,引起诗人那样深沉的忧虑,是不能用无寓意来解释的。

总之,杜诗咏物的情况很复杂:一种是用赋、用比的方法,寄托明显,如《病桔》《枯棕》;一种是用比兴方法,除物象本身而外,别有寄托,如《归雁》;一种是用比兴方法,似乎确有寄托,却没有办法指实,不过离开所寄托的内容本身,其赖以寄托的艺术形象又非常完整,这样的诗就只能从它整个意蕴上去理解,如《天河》《初月》。我们既不能用猜谜的方法对这些寄托在若有若无之间的作品探微索隐，也不要故意回避那些包藏着的复杂深沉的意蕴。至于其中个别诗篇涉及个人身世的，也不一定事事关系君国，如《孤雁》所抒发的只是一种友于之情。诗人是诚实的，他总是用发自内心的语言，去挑开生活的帷幕；诗人是直率的，他总是以毫不留情的比喻，去揭露统治者所加于人民的剥削和压迫；诗人是敏感的，他总是站在时代的前列，去预示光明、朦胧这些政治上的风云晴雨；诗人是思考的，他总是毫不含糊地去回答现实提出的问题。只有这样去理解，才能把杜甫在咏物诗中的寄托加以区别，并把各种写法作为有益的营养吸收过来。

三

杜甫的咏物诗给后代的影响最大的是比兴手法，亦即所谓兴寄和寄托。宋洪炎《豫章黄先生文集序》云："诗人赋咏于彼，兴托于此，阐绎优游而不迫切，共所感寓尝微见其端，使人三复玩味之，久而不厌，言不足而思有余，故可贵尚也。若察察如老杜《新安》《石壕》《潼关》《花门》之什，白公《秦中吟》《乐游园》《紫阁村》，则几乎骂矣。"把杜甫有兴寄的咏物诗看作胜过"三吏""三别"一类作品，这点我并不同意，但杜甫咏物诗寄托遥深的表现手法，成就确实是伟大的。奇怪的是，除晚唐一些作家如李商隐《初食笋呈座中》《垂柳》《杏花》《破镜》《园中牡丹为雨所败》《赋得鸡》《蝉》《流莺》等作深得杜意外，继承这一传统的反而是南宋的咏物词，如姜夔《暗香》《疏影》的咏梅，史达祖《双双燕》的咏燕、《绮罗香》的咏春雨，张炎《解连环》的咏孤雁、《疏影》的咏荷叶，王沂孙《天香》的咏龙涎香、《眉妩》的咏新月、《高阳台》的咏梅、《庆清朝》的咏榴、《齐天乐》的咏蝉，彭远逊《六丑》的咏杨花。清沈祥龙《论词随笔》云："咏物之作，在借物以寓性情，凡身世之感，君国之忧，隐然蕴于其内，斯寄托遥深，非沾沾焉咏一物矣。"从南宋的咏物词足见杜甫咏物诗影响的深远。清陈廷焯《白雨斋词话》也说："所谓沉郁者，意在笔先，神余言外，写怨夫思妇之怀，寓孽子孤臣之感。凡交情之冷淡，身世之飘零，皆可于一草一木发之。"又说："感慨时事，发为诗歌，便可力据上游。特不宜说破，只可用比兴体。即比兴中亦须含蓄不露，斯为沉郁，斯为忠厚。"我认为，这是杜甫咏物诗沉郁顿挫的风格影响于南宋咏物词的最好的阐发。

学杜甫咏物诗最忌形象冷僻、诗旨晦涩，不仅南宋咏物词这方面的局限很显著，就连李商隐的咏物诗也有这个弊病。晋颜延之谈阮籍《咏怀》诗云："嗣宗身事乱朝，常恐罹谤遇祸，因兹发咏，故每有忧生之嗟。虽志在刺讥，而文多隐避。百代之下，难以情测。"（《文选》李善注引）钟嵘在《诗品》中既肯定《咏怀》诗高度的艺术联想能力，"言在耳目之内，情寄八荒之表"，又指出它晦涩的弊病，"厥旨渊放，归趣难求"。清沈德潜《说诗晬语》更说："阮公《咏怀》，反覆零乱，兴寄无端，和愉哀怨，俶诡不羁，令读者莫求归趣。"如果把咏物诗的寄托弄成索解人不得，那就失掉咏物的作用了。

（原载《草堂》1981年第1期）

苏轼的生平、思想和艺术成就
——纪念苏轼诞生 920 周年

一

今年农历腊月十九日,是我国杰出的具有多方面艺术才能的伟大的文学家苏轼诞生 920 周年纪念日。

苏轼的作品无论是诗词或是散文,都有着卓越的成就,永远为人们所热爱并深刻地影响着后代的作家。陆游在《老学庵笔记》中写道:"建炎(1127—1130)以来,尚苏氏之学,学者翕然从之,而蜀士尤甚。亦有语曰:苏文熟,吃羊肉;苏文生,喫菜根。"宋孝宗赵昚描绘乾道、淳熙年间(1165—1189)的文风,说是"人传元祐之学,家有眉山之书"[①]。

苏轼,这位中国文学史上的伟大人物,他的全部创作活动给予我国传统文化的影响是很大的。

二

苏轼(1037—1101),字子瞻,自号东坡居士,四川眉山人。父亲苏

[①] 宋孝宗《苏文忠公赠太师制》。

洵是当时有名的散文家，母亲程氏也通晓诗书。苏轼十岁时，苏洵游学在外，程氏亲自教苏轼读书。良好的家庭教育，使他在少年时期获得了许多历史文化知识。

在二十二岁的时候，苏轼来到了当时的政治文化中心——首都汴京（今河南开封市）。那时，汴京许多散文家、诗人在欧阳修的领导下，正推行着一种使文章走上平正通达道路的文体革新运动，而苏轼的到来立刻使这一运动深刻化。欧阳修读了他的文章，赞美到这样的地步："此我辈人也，吾当避之。"①

熙宁四年（1071），宋神宗赵顼为了解除当时的社会危机，缓和日趋尖锐的阶级矛盾，任命王安石推行新法。新法的实质主要是限制大地主、大商人的特权，在一定程度上对农民和手工业者作了让步。苏轼当时在朝廷任职，对这个"招来新进勇锐之人，以图一切速成之效"的新法提出了反对意见。他指出，新法推行的结果是"商买不行，物价腾涌"；执行的人员是"事少而员多，人轻而权重"；将来可能发生的流弊是"数世之后，暴君污吏"，将使新法变质。②从苏轼的反对意见看来，苏轼和王安石政见不同，主要集中在新法改革太急和推行过程中产生了流弊这些问题上。后来，旧党司马光执政，准备废除免役法恢复差役法，他又"条陈不可"，认为免役法绝对不能废去③。苏轼对新法并不是一概反对的。在新法的执行中，他也没有采取不合作的态度，而是上书韩绛对免役法的推行提出了建设性的意见。在旧党中，他的政治态度是最开明的。

因为反对新法，他不愿意留在京师。中年以后，苏轼在杭州、密州、徐州、黄州、登州、汝州、颍州、定州做过地方行政官吏。在徐州，他曾率领人民防守过因黄河决堤而造成的水灾；在杭州，兴过水利，筑成苏堤，还设置病坊（医院）免费替穷人治病；在定州，修缮营房，整饬

---

① 苏轼《太息一篇送秦少章归京》。
② 苏轼《上皇帝书》。
③ 苏辙《亡兄子瞻端明墓志铭》。

军纪,巩固了国防。由于他对国家对人民作了许多有益的工作,获得了人民的爱戴。在当时,杭州人民对他是"家有画像,饮食必祝"①的。

1094年,受到朋友章惇出卖,苏轼被贬官到荒远的惠州(今广东惠阳县)。在惠州四年,又迁到昌化(今海南岛昌江县)。昌化在当时是很荒凉的地方,物质生活条件很差,"此间食无肉,病无药,居无室,出无友,冬无炭,夏无寒泉"②。在这种艰苦的环境里,他居然能够以吃藷芋、饮清水、和陶渊明诗的生活为乐。他异想天开:自己饿瘦了,老弟苏辙贬在海康(今广东海康县)也可能饿瘦了,饿瘦有什么关系,将来"相看会作两臞仙,还乡定可骑黄鹄"③。他用积极乐观的态度回答了章惇等对他的迫害。

1101年,当他死在常州的消息传开的时候,江浙的人民和京师的知识界,对他表示了深深的悼念。"吴越之民,相与哭于市。太学之士数百人相率饭僧慧林佛舍。"④

三

苏轼生活的时代是民族矛盾和阶级矛盾日趋尖锐的时代。王小波和李顺在四川青神的起义军虽然被残酷地镇压下去,但农民暴动仍在河北、山东一带不断发生。辽国和西夏的威胁仍然存在。国库空虚,国防力量薄弱。在这种内外紧张的局面下,整理财政、增强国防、解除社会危机、缓和阶级矛盾的政治革新,已经成为宋朝政府的客观要求了,而变法和党争就是这一要求的反映。党争是从韩琦、范仲淹、欧阳修一派与吕夷简、夏竦一派的斗争开始的。苏轼八岁时,读到了别人从京师钞来的党

---

① 苏辙《亡兄子瞻端明墓志铭》。
② 苏轼《答程天侔书》。
③ 苏轼《闻子由瘦》。
④ 苏辙《亡兄子瞻端明墓志铭》。

人石介讥讽夏竦的《庆历圣德诗》，非常激动①。十岁时，便对母亲程氏表示愿意做东汉遭党锢之祸牺牲的爱国志士范滂②。苏轼对革新政治是有强烈要求的。由于阶级出身和家庭教养的关系，他终于"可悲"地卷入到了旧党的漩涡中。

一面认为应该改革政治，一面又反对像王安石那样激进地改革政治，这就构成了苏轼思想里深刻的矛盾。一面反对新法，一面又得推行新法，这又构成了苏轼生活里的矛盾。这种矛盾的思想和生活在他的诗歌里露骨地反映了出来，便为舒亶、李定所构陷而成为"乌台诗案"的公案。

在苏轼生活的早期，他就喜欢庄子的文章，说："吾昔有见，口未能言；今见是书，得吾心矣。"③矛盾的生活和开朗的性格使他逐步地接受了道家的思想，想用道家"齐物我，同是非"的思想来统一自己思想深处的矛盾。在道家思想的影响下，一方面他敢于对不合理的现实和儒家的传统观念作大胆的揭露，坦率地提出了自己的主张——他的作品也就以坦直和率真获得了人民的热爱；另一方面，他的思想也不知不觉被打上了老庄虚无思想的烙印，这就是他反复咏叹着"寄蜉蝣于天地，渺沧海之一粟，哀吾生之须臾，羡长江之无穷"④的"人间如梦，一尊还酹江月"⑤的思想。这里面固然有消极的东西，但由于他对现实的蔑视和否定，使他的思想经常敝屣现实沉浸在精神世界中，使他藏在心灵深处的真挚情感采取了富有鲜艳色彩和强烈想象的表现方式。这种真挚的情感包括了他愿意做一些为统治阶级所反对、为人民所欢迎，如开浙江运河、整理松江入海水道等⑥高尚的理想在内的事。感情的真实，思想的超越，这是苏轼作品被人民热爱的另一原因。

---

① 苏轼《范文正公集序》。
② 苏辙《亡兄子瞻端明墓志铭》。
③ 苏辙《亡兄子瞻端明墓志铭》。
④ 苏轼《前赤壁赋》。
⑤ 苏轼《念奴娇·赤壁怀古》。
⑥ 苏辙《亡兄子瞻端明墓志铭》。

由于生活在民族矛盾与阶级矛盾日趋尖锐的时代，使他念念不忘建立功业；由于阶级的偏见，使他在政治上陷于保守；由于政治上的失意，使他不满意现实；由于长时期做地方官吏，使他对百姓的要求和愿望有了一些朦胧的理解，做了一些因法便民的事；由于学识广博，走过的地方又多，使他对生活有广阔的理会。尽管他的不满意现实与人民的叛逆精神有着本质的不同，尽管他为人民做的好事与王安石变法有着本末的区别，但这种想法和做法常常修正着他的阶级偏见，使他成为接近人民并为人民所喜爱的文学家。

四

苏轼在文学上的贡献是多方面的。

在散文方面，苏轼是欧阳修的继承者。欧阳修的贡献在于他用平易近人的语言和唱叹摇曳的格调，纠正了杨亿、刘筠只在形式上讲求妍华骈俪的文风。苏轼发扬了欧阳修平易近人的优点，纠正了欧阳修内容平庸空虚的短处，使之有内容、有气魄。

苏轼散文的语言是平淡的。这种平淡，是他对道理探究得非常透辟又具有高度的语言技巧能够正确表达出来的结果。

苏轼散文又是驰骋纵横的。苏轼在说理文中倾注了强烈的爱憎情感，随着情感的波动构成了多样的章法。这种驰骋纵横，是他把广博的历史文化知识、丰富的经历和浓厚的情感具体表现在文章里的结果。

他对文学界的新生力量是异常关怀的。"一时文人如黄庭坚、晁补之、秦观、张耒、陈师道举世未之识，轼待之如朋俦。"[①] 一股新的文学力量很快在他领导下形成。这股力量扩大了文体革新运动的影响，把欧阳修以来在这个运动里取得的成果巩固下来，并使这一运动得到深化。

---

① 《宋史·苏轼传》。

边警和农民革命风暴的纷至沓来,党争的此起彼伏,使得社会生活日趋复杂。过去诗人们所沿用的含蓄、蕴藉的传统手法,用来反映这种社会状态已经是不能胜任的了。苏轼打破了这个僵局,给宋代诗坛开辟了一条新的道路。

散文化是苏轼诗的显著特色,诗歌的散文化是在他手里完成的。

散文化的结果,扩大了诗歌的表现领域,丰富了诗歌的表现手法,可以用诗歌抒情,也可以用诗歌叙事,还可以用诗歌发议论,使诗歌负担起反映更复杂的现实生活的任务。苏轼在杜甫、白居易之后,对诗歌作了又一次重大的变革。

散文化的结果,也可能产生抒情成分缩小、平铺直叙、浅率乏味的后果。苏轼运用了夸张、想象等艺术手法,达到气象壮阔、铺叙宛转、议论形象、外枯而中膏、似淡而实腴的境界,巧妙地解决了从唐代韩愈以来直到宋代王禹偁、苏舜钦、梅尧臣等人所没有解决的问题。

在曲子词方面,苏轼的成就是空前的。

词的作用本来是为了配合歌曲演唱的,文人接受民间这种文学样式又是从歌女转手的。这就是爱情、离别、女人的命运总是成为苏轼之前词人的主要题材的原因,也是被视为正宗的婉约派词人的笔下总带着深厚的脂粉气味和低沉的伤春伤别情绪的原因。苏轼以诗为词,扩大了词的抒情范围,打破了婉约派的传统。在他的笔下,词才变成了可以多方面抒情达意的新的文学样式。宋胡寅在《酒边词序》里写道:

> 柳耆卿后出,掩众制而尽其妙,好之者以为不可复加。及眉山苏轼,一洗绮罗香泽之态,摆脱绸缪宛转之度,使人登高望远,举首高歌,而逸怀浩气,超然乎尘垢之外,于是花间为皂隶,柳氏为舆台矣。

苏轼的"一洗绮罗香泽之态",把词从《花间集》和柳永的《乐章集》的狭小圈子里解放了出来。词体的解放,给南宋爱国词人张孝祥、辛弃疾等在五、七言诗体以外另辟了一个抒情达意的园地。张孝祥写好了作品必定要问门人："比苏轼如何？"①辛弃疾的门人范开也说："世言稼轩居士辛公之词似东坡。"②事实说明，苏轼在词史上写下了划时代的一页，他是辛弃疾的先驱者。

在文学上，苏轼这些成就的取得是和当时的社会发展分不开的。北宋王朝开国以来对内采取了巩固中央集权的政策，对外采取了百般让步的屈辱路线，取得了一个较长时期的苟安。文学就在这个安定的环境里发展到了一个新的高度。特定的历史时代陶铸了苏轼，他的丰富经验和广博知识促成了从他身上可以体现文学所达到的高度的可能。

这些成就的取得也与他对过去文学遗产的接受和利用分不开。到了晚年，他还虚心地向陶渊明学习，并和了一百二十首陶诗。从他的创作（主要是诗词）里，还可以看出他对《庄子》《史记》《汉书》，李白、杜甫、白居易诗，韩愈文熟悉到了惊人的程度。这些优秀的文学遗产，经过他的吸收、融合和创造，终于提炼、镕铸成为他自己的东西。

苏轼作品也有消极的一面。他在创作中宣扬了有闲阶级庸俗的生活趣味，散播了颓废的老庄虚无思想，但这些和他的整个艺术成就比较起来毕竟是次要的了。

（原载 1957 年 1 月 21 日《四川日报》）

---

① 叶绍翁《四朝闻见录》。
② 范开《稼轩词甲集序》。

苏轼词的风格

刘熙载云:"诗品出于人品。"(《艺概·诗概》)诗歌风格是作家创作个性和人品的生动体现。内在的思想形成外在的风格,是作家长期艰苦的艺术实践的结果。在我国源远流长的文学史上,不是所有的文学家都具有自己的独特风格,也不是一个作家只具有一种风格。苏轼是宋词中独具风格的最有代表性的作家之一,自从晁补之用"横放杰出"(胡仔《苕溪渔隐丛话》后集卷三十三引)、陆游用"豪放"(《历代诗余》卷一一五引)评苏词以来,后世没有异议。苏轼本人对豪放是怎样理解的?豪放风格形成的基础是什么?又怎样理解苏词风格的多样性?这些问题,都值得进一步探讨。

一

婉约和豪放是两种不同的风格,过去有人曾用它来概括柳永词和苏轼词流派上的差异。一种流派的形成因素是很多的,它与当时诗文的革新风尚以及作家对他们所处时代的现实生活态度有关,也与作家的胸襟、抱负、气质所形成的美感体验和表现习惯等强烈的创作个性有关。时代不同，作家的个性不同，自然会有不同的艺术风格，形成不同的流派。随意轩轾，妄加雌黄，是不能令人信服的。但婉约含蓄的风格和靡靡之音的纤丽风格却截然不同。柳永写过一些婉约含蓄的好词，苏轼就曾经肯定过柳永《八声甘州》里的"渐霜风凄紧，关河冷落，残照当楼"，说"此语于诗句不减唐人高处"（赵令畤《侯鲭录》卷七）。但柳永却又写过一些脂腻香浓的纤丽作品，过分机巧地组织语言，委委曲曲地透露感情，大量使用没有提炼的俚俗语言来描写空虚和脆弱的心理状态，这不能不算《乐章集》里的瑕疵。苏轼在词的写作上的革新，便是把"凡有井水处，即能歌柳词"（叶梦得《避暑录话》卷三）这位在词坛上有着巨大影响的柳永作为对手来进行的。苏轼《与鲜于子骏书》说："近却颇作小词，虽无柳七郎风味，亦自是一家。"（《东坡续集》）他对自己的创作要求是"无柳七郎风味"，对后进词人也要他们不走柳永的道路。曾慥《高斋诗话》记："少游（秦观）自会稽入都见东坡。东坡曰：'不意别后，公却学柳七作词。'少游曰：'某虽不学，亦不如是。'东坡曰：'销魂，当此际（秦观《满庭芳》），非柳七语乎？'"（《历代诗余》卷一一五引）可以说明这一问题。

宋人从词史的角度肯定了苏轼继承唐五代以来的好传统且又不受《花间集》《乐章集》的某些束缚，用豪放词风战胜纤丽词风，开创豪放这一流派的历史功绩。宋王灼说："东坡先生以文章余事作诗，溢而为词曲，高处出神入天，平处尚临镜笑春，不顾侪辈。或曰：长短句中诗也。为此论者，乃是遭柳永野狐涎之毒。"又说："东坡先生非心醉于音律者，偶尔作歌，指出向上一路，新天下耳目，弄笔者始知自振。今少年妄谓东坡移诗律作长短句，十有八九不学柳耆卿，则学曹元宠（组），虽可笑，亦无用笑也。"（《碧鸡漫志》卷二）宋胡寅为向子諲《酒边词》写序也说："柳耆卿后出，掩众制而尽其妙，好之者以为不可复加。及眉山苏氏，一洗绮罗香泽之态，摆脱绸缪宛转之度，使人登高望远，举首高歌，而逸怀浩气，超然乎尘垢之外，于是《花间》为皂隶，而柳氏为舆台矣。"(《宋六十名家词·酒边词》)所谓"指出向上一路"，就是说苏轼以"雄视百代"的气魄，冲破词坛上的习惯势力，扩大了词的题材，提高了词的意境，使在歌席筵前聊助清欢的词变成了可以多方面抒情达意的文学样式，在词的发展史上是一个转折点。

什么是豪放风格的特征呢？苏轼自己有几句话很值得重视。他称赞吴道子的画："得自然之数，不差毫末。出新意于法度之中，寄妙理于豪放之外。所谓游刃余地，运斤成风。"(《东坡前集·书吴道子画后》)称赞陈慥的词："又惠新词，句句警拔，诗人之雄，非小词也。但豪放太过，恐造物者不容人知此快活。一枕得无睡，辄亦得之耳。"(《东坡续集·答陈季常》)苏轼从陈慥豪放的词风联想到自己"辄亦得之"的有着同样风格的词，甚至认为这样酣畅淋漓地抒发感情将会引起造物者的嫉妒。苏轼心目中的豪放是和法度并行不悖的，只有在法度的容许之下，出新意，寄妙理，做到句句警拔，自然高妙，才能算作豪放。这就是说，豪放既要有为造物者所不容的"如此快活"的激情，又要有在艺术规律容许下的"新意""妙理"，还要有"游刃余地，运斤成风"的技巧。它既不允许空喊大叫、泛滥无归，又不允许中正闲雅、体气平庸，还不允许用笔率易、作文字游戏。豪放和粗犷、冲淡的风格是不相容的。

二

苏轼早期词走的还是婉约派的道路，标志着词风的转变是他在政治上不得意外放密州（今山东诸城）知州时期。能够代表词风转变的，是宋神宗熙宁八年（1075）冬天写的《江城子·密州出猎》一词。他本人对这首词很得意，在《与鲜于子骏书》里说："数日前猎于郊外，所获颇多，作得一阕，令东州壮士抵掌顿足而歌之，吹笛击鼓以为节，颇壮观也。"(《东坡续集》)词的上阕，描绘了倾城看他习射放鹰的盛况："老夫聊发少年狂，左牵黄，右擎苍，锦帽貂裘，千骑卷平冈。为报倾城随太守,亲射虎,看孙郎。"借写"千骑卷平冈"的盛况和颂扬孙权投戟射虎的故事,表现了作者效命疆场的用世豪情。宋仁宗、宋神宗时期,西北边疆是不平静的,辽国和西夏在军事上经常威胁中原。宋王朝一味妥协退让,订立和约,输送银绢,仍解除不了威胁。王安石为了应付边患,任用王韶于熙宁七年(1074)收复了熙、河、洮、泯、叠、岩等州,取得了宋开国以来对西北地区用兵的最大一次胜利。苏轼对新法虽持异议,但整饬军纪、加强国防的主张和王安石却是一致的。词的下阕,表达了对朝廷的期待:"酒酣胸胆尚开张,鬓微霜,又何妨!持节云中,何日遣冯唐?会挽雕弓如满月,西北望,射天狼。"汉文帝命令冯唐持节赦免魏尚的罪,使他重返前线做云中太守的历史往事使苏轼神往。年华虽逝,但和以往一样胸怀仍然开阔,胆气仍然豪迈,他对执政者有多么强烈的期待啊!这里没有丝毫政治上的失意之感。他在同时写的《和梅户曹会猎铁沟》诗说:"谁信儒冠也捍城。"《祭常山回小猎》诗也说:"圣朝若用西凉簿,白羽犹能效一挥。"用晋朝西凉主簿谢艾书生从军、顾荣羽扇却敌的故事,表达了儒冠捍城的壮志。《江城子·密州出猎》这首词声情激越,气势豪迈,用狂飙突起、挥洒自如的语言把内心世界表达得淋漓尽致。建功立业的抱负,使苏轼写出了时代的壮歌。

在此前一年,苏轼在杭州通判任内,也写过一些很有气魄的词。如《南乡子》:"旌旆满江湖,诏发楼船万舳舻。投笔将军应笑我,迂儒,帕首腰刀是丈夫。"这首词汲古阁本题作《赠行》,是送杨元素(绘)离开杭州知州任到西北前线典兵写的。同时,张子野(先)赠杨绘的词也说:"浴殿词臣亦议兵,禁中颇牧党羌平。"又说:"诏卷促归难自缓。"(《子野词·定风波令·次子瞻韵送元素内翰》)用廉颇、李牧来歌颂这位投笔将军。苏轼却从另一面来嘲笑自己的笔墨无功,写出了自己的痛苦和追求。如同年十月写的《沁园春》:"当时共客长安,似二陆初来俱少年。有笔头千字,胸中万卷,致君尧舜,此事何难。用舍由时,行藏在我,袖手何妨闲处看。"写出了自己的追求和痛苦,还情不自禁地用议论来直接抒写怀抱，倾泻着奔放的感情。但通观全首，却没有构成句句警拔的雄浑气象，只能看作是词风转变的过渡阶段。

如果说这些词现实主义因素稍多的话，熙宁九年（1076）苏轼在密州写的《水调歌头》，浪漫主义幻想就占主要的了。词的上阕："明月几时有？把酒问青天。不知天上宫阙，今夕是何年？我欲乘风归去，又恐琼楼玉宇，高处不胜寒。起舞弄清影，何似在人间？"一个有着朦胧醉意的人，对着中秋分外皎洁的月光，驰骋着像野马一样的想象。他疑问：天上从什么时候起就有了月亮？天上今夜又该是什么时代？他感到人间清冷，幻想仙游到月宫里去，但却又怕月殿高寒，得不到人间温暖。他时而把自己想象成暂谪人间的仙人，时而又把自己想象成眷恋人间的达者，既想出世，又想入世。最后，对人间的爱恋终于超过了对天上的追求，入世思想还是战胜了出世思想。

这种突兀而新颖的想象是有现实基础的。就在五年前，苏轼因为不赞成熙宁新法，要求外任。政治上的失意摇撼着他的心，即使五年以后，美好的月光还像风雨一样激起了他心灵深处的波澜。试想：一个政治上苦闷的词人，产生了飞升月宫的出世思想，不是很自然的吗？一个心胸坦荡的词人，在产生出世思想的同时产生了眷恋人间的念头，不是同样也很自然的吗？这里，他向我们宣露了心灵深处的秘密，刻画出了不做幻想俘虏的诗人自我形象。

人间既是如此可恋，苏轼想起了和他几年没有见面的在齐州（今山东济南）的兄弟苏辙。下阕写道："转朱阁，低绮户，照无眠。不应有恨，何事长向别时圆？人有悲欢离合，月有阴晴圆缺，此事古难全。但愿人长久，千里共婵娟。"月影转移，不眠望月，但并没有使苏轼陷进离别的愁苦里。石曼卿（延年）的诗句说："月如无恨月长圆。"（司马光《温公诗话》引）天上的月亮未必无恨，如果无恨就只圆不缺了。词人作了进一步阐发：中秋之夜，月亮已圆，便不应该有恨了，但为什么偏要趁着别人兄弟离别的时候团圆来引起别人的痛苦呢？他从月的阴晴圆缺联想到人的悲欢离合，认为事物总是充满着矛盾的，这是古今难全的必然，世界也本来不会只有欢没有悲、只有合没有离的。如果能月长圆，人长寿，"隔千里，共明月"，不是仍然可以从苦闷里求解脱吗！这种对人生离合越转越深的看法，是从渴望会见兄弟又不可能会见的深深的怀念中产生的；"千里共婵娟"的愿望，是从会面既不可能只好宽慰一下自己也宽慰一下兄弟的想法下产生的，理智终于战胜了感情。

苏轼词是以写景见长的。这首词，苏轼却非常珍惜地运用写景的笔墨。除了"转朱阁"等句外，苏轼用全力去写他驰骋着的想象，去写对人生离合的精湛的理解，用高昂的调子和明快的语言去表达出世与入世的矛盾、理智与情感的矛盾这样的哲学命题。波澜起伏的想象既深刻而概括地表达了词人的生活态度，富有哲学意味的议论又深刻而概括地反映了词人的生活见解。这些想象和议论浸透着词人旷达的性格特征，有力地塑造了热爱生活的自我形象。有人把抒情诗里的说理、议论和形象对立起来，好像诗词中有了说理和议论的成分就会破坏诗词的形象性，破坏诗词的抒情味。苏轼的创作实践告诉我们：说理也好，议论也好，如果在艺术规律允许之下出新意、寄妙理，把词人的主观世界直接袒露在读者面前，不仅不会破坏词人的自我形象，破坏诗词的抒情味，还可以起到直抒胸臆的抒情作用，更好地完成诗人自我形象的塑造。从美学的观点看，生活中的美是感性的居多，而艺术创造的美，除了感性的以外，有时比生活本身深邃得多，要求用理性的语言来表达。胡仔《苕溪渔隐丛话》说："中秋词自东坡《水调歌头》一出，余词尽废。"说明这首用议论抒发作者真情实感、独具风格、独辟蹊径的词是非常成功的。

宋神宗元丰二年（1079），苏轼因作诗讽刺新法，被御史李定、舒亶、何正臣等牵强附会、深文周纳，于是年八月被捕入狱，几乎丧命。经历了这一场文字狱，苏轼被贬到黄州（今湖北黄冈）做团练副使，不得签署公事。这个有政治抱负、一心想建功立业的词人，正当精力充沛的盛年，却被投闲置散，但他用旷达的态度迎接了政治上的这场暴风雨。

元丰五年（1082），苏轼在黄州写了《定风波》。题注说："三月七日，沙湖道中遇雨，雨具先去，同行皆狼狈，余独不觉。已而遂晴，故作此。"词云："莫听穿林打叶声，何妨吟啸且徐行。竹杖芒鞋轻胜马，谁怕？一蓑烟雨任平生。料峭春风吹酒醒，微冷，山头斜照却相迎。回首向来萧瑟处，归去，也无风雨也无晴。"一个途中遇雨的寻常小事，诗人却借它表达了不避风雨的生活态度和雨过天晴的政治信念，道的是眼前景，却曲折地反映了安时处顺的坦荡胸怀。

也是这一年三月写的《浣溪沙》，词人在"溪水西流"上发挥了事物会向相反方面发展的哲理——"谁道人生无再少，门前流水尚能西，休将白发唱黄鸡"，并对白居易《醉歌》"谁道使君不解歌，听唱黄鸡与白日。黄鸡催晓丑时鸣，白日催年酉时没。腰间红绶系未稳，镜里朱颜看已失"那种悲叹衰老的颓废思想作了针砭。坎坷不平的遭遇没有使苏轼消极下来，反映在创作思想上，更把豪放词风向前推进了一步。

最能代表豪放词风成熟的作品是这一年七月写的《念奴娇·赤壁怀古》。苏轼心里充满才能被埋没的牢骚，游览了赤壁鏖兵的历史胜地。其实，周瑜大破曹操的赤壁，在嘉鱼不在黄冈。苏轼为了借古抒怀，便信手拈来了。

在那江山如画的雄奇景色中，面对着洪波涌起、浩渺东去的长江，激赏着壮丽的江景，联想到古代曾在这里建立了卓越功勋的风流人物，俯仰古今，感慨万端，使诗人高唱出"大江东去，浪淘尽，千古风流人物"的壮歌。江水，浪花，英雄，浑然一体，热情地赞美了有着悠久历史的祖国壮丽江山。古代的风流人物虽然被历史长河波淘浪洗已成陈迹，但他们的英雄业绩却长留人间。看啊，多么雄伟的河山："乱石穿空，惊涛拍岸，卷起千堆雪"，山峰陡峭，穿破碧空，惊涛喷溅，拍打江岸，激起的浪花前推后挤，真像千堆白雪攒簇飞撒。滔天波涛的吼声，如雪浪花的丽色，诗人以如椽巨笔再现了祖国长江的英姿。"江山如画，一时多少豪杰"，如画的祖国江山，孕育了多少英雄！

这首词以豪放见称，笔致的挪转，语气的开合，却十分绵密。从东去长江想到逝水般的历史，从如画的江山想到千古风流人物，由人物递入周郎，又由"三国周郎赤壁"递入孙刘联军中的无数豪杰。一气呵成，却又层层递进，递进以后又随手翻出，寓细针密线于豪情壮采之中，与粗犷的作品截然不同。

词的下阕一面突出地赞美周瑜，倾吐着自己对周郎的仰慕之情，反映了词人渴望为国家建功立业的愿望："遥想公瑾当年，小乔初嫁了，雄姿英发。羽扇纶巾，谈笑间，强虏灰飞烟灭。"一面又感叹自己头发花白，碌碌无成："故国神游，多情应笑我，早生华发。"三国时代，造就了周瑜这样的青年英雄；北宋王朝，却逼得自己过早的头发花白。周瑜值得羡慕，但离自己又是多么遥远啊！词人除了游山玩水、对月把盏外还能做些什么呢？"人生如梦，一尊还酹江月。"在淡淡的牢骚下掩盖着的却是企羡古代英雄，追求理想的豪情壮志；在消极的语言里充满着的却是积极的期待，期待改变这"不得签署公事"的罪人处境。

这首词气势磅礴，感情横溢，境界广阔。俞文豹《吹剑续录》说："东坡在玉堂，有幕士善讴。因问：'我词比柳词何如？'对曰：'柳郎中词，只好十七八女孩儿，执红牙拍板，唱杨柳岸晓风残月；学士词，须关西大汉，执铁板，唱大江东去。'公为之绝倒。"这位幕客是很懂得柳永词和苏轼词的风格差异的。

这年八月，苏轼又写了《念奴娇·中秋》。通篇借助于幻想的彩翼，利用超越现实的材料，赋予大自然以强烈的感情色彩："凭高眺远，见长空万里云留无迹。桂魄飞来，光射处，冷浸一天秋碧。玉宇琼楼，乘鸾来去，人在清凉国。"长空万里，一碧无际，月光澄彻，秋气逼人。月宫中玉宇琼楼，一片清凉，素娥仙子乘鸾往来于桂树之下。词人远望历历烟树，举杯邀月，翩然起舞。感情在幻想中飞升，居然"便欲乘风，翩然归去"，无奈"水晶宫里，一声吹断横笛"，音乐已经停止，暂谪人间的仙人成了归去不得的游子。诗人用假想的行动表达自己的不遇和追求，而这种自屈原以来"托云龙""求佚女"的传统技法是能够表达词人的精神世界的。

元丰六年（1083）五月，苏轼在《满庭芳》里用"三十三年，今谁存者，算只君与长江。凛然苍桧，霜干苦难双"赞美在黄州弃去官职达三十三年的王长官是傲霜苍桧。同年六月写的《水调歌头》，通过写景来写人："落日绣帘卷，亭下水连空。知君为我新作，窗户湿青红。长记平山堂上，欹枕江南烟雨，杳杳没孤鸿。认得醉翁语，山色有无中。"从面临长江、浸在青山红日下的黄州快哉亭想到了扬州的平山堂，想到了修建平山堂逝去的欧阳修，想到了欧阳修《醉偎香》词里的警句——"平山栏槛倚晴空，山色有无中"，并引起了深深的怀念。词的下阕写亭上所见："一千顷，都镜净，倒碧峰。忽然浪起掀舞，一叶白头翁。"浩渺平静的长江，忽然波起浪涌，操舟老人出没于巨浪之中，这是多么动人心魄的壮丽景色。作者没有矜才使气，只平平地写去，对乘风破浪、操舟若神的老人的景仰之情已流露无遗。写景是为写"醉翁""白头翁"服务的。词人还就宋玉《风赋》中楚襄王所赞叹的"快哉此风"来谈"快哉亭"命名含义，为此阐发了一通议论："堪笑兰台公子，未解庄生天籁，刚道有雌雄。一点浩然气，千里快哉风。"词人认为，宋玉把风分为大王的雄风和庶人的雌风两种，是不懂庄周在《齐物论》里所说的"吹万不同"这种自然神妙的音响的。有了开拓的心胸，浩然的正气，就能乘风破浪，临危不惧，披襟当此"千里快哉风"。欧阳修是如此，操舟的白头翁也是如此，谁管它大王雄风还是庶人雌风呢！苏轼在黄州把豪放词风推到了一个新的高度。

苏轼的一生是坎坷的。四十年宦海浮沉，得志时少，失意时多，在朝日少，外任时多。他形容自己的处境是："惊魂未定，梦游缧绁之中，只影自怜，命寄江湖之上。"（《东坡前集·谢量移汝州表》）晚年更被贬到海南琼州（今海口市），但政治上加于他的打击并没有改变他的旷达态度。苏轼的诗文是他的生活写照，他的词同样是豪迈奔放的感情、坦率开朗的胸怀的真实记录。

这里牵涉到怎样看待苏轼对王安石变法所持异议以致迭受打击的问题。

苏轼的思想是复杂的。由于家庭教养以及和旧党张方平、司马光、范镇等人有较深的友谊而受到的影响，他的思想基本上是保守的，终于"可悲"地卷入了旧党反对新法的漩涡中去。苏轼政治上的保守态度限制了他在文艺上的成就，这是一方面。政治上的挫折，逐渐影响了他的生活态度。对于新法的某些成就，苏轼称之为"圣德日新，众化大成"，也改变了他对新法的某些看法。在黄州时期，他承认"新法之初，辄守偏见"，"追思所犯，真无义理，与病狂之人蹈河入海者无异"（《东坡续集·与滕达道书》及《与章子厚书》），加上历任地方官对民生疾苦有着一定的理解，产生了同情人民的某些软弱但善良的愿望，故而江山文藻又丰富了他的才思，这是另一方面。后来新法变质，曾布、杨畏等人虽以新党自居，实际是借新党新法之名行争权夺利之实，苏轼反对他们，却是另一个问题了。

以上我们简要地叙述了苏轼豪放词风形成和发展的过程，可以看出：苏轼建功立业的抱负，牢落不偶的身世，奔放乐观的性格，"一肚皮不合时宜"的愤懑却处之以坦荡的生活态度，正是他豪放词风形成的个性基础。

苏轼词反映的是一种复杂的现象：直接反映政治斗争和社会现象的不多，大量的却是政治斗争和社会生活中个人的主观感受。独特的创作个性使他的主观感受具有浪漫主义因素，艺术技巧又非常高，思想倾向大都是健康的。这类豪放词在苏轼的全部词作里虽说占的比例不够大，却是留给后代的宝贵遗产。

三

苏轼还有另一种被张炎称为"清丽舒徐，高出人表"，为"周（邦彦）秦（观）诸人所不能到"（《词源》卷下）的婉约风格的词。这些词有的写在早期，有的写在前面所举豪放风格词的同时，有的写在后期。风格，是有相对的稳定性的。豪放，只是苏词的基调。苏轼词集中大量的婉约风格的词，说明了这两种艺术风格之间本来就没有隔着一条不可逾越的鸿沟，也说明了苏词风格的多样性。

《少年游》是很能代表"清丽舒徐"的风格的。词云：

> 去年相送，余杭门外，飞雪似杨花。今年春尽，杨花似雪，犹不见还家。
>
> 对酒卷帘邀明月，风露透窗纱。恰似姮娥怜双燕，分明照，画梁斜。

这首"闺情"词，缠绵悱恻，秀丽绝伦。谢道韫曾用柳絮比雪（《世说新语·言语》），伍辑之曾用雪比杨花（《艺文类聚》卷八十九引《柳花赋》），比拟虽然巧妙，但只是在外形上找出二者之间某种相同的属性。苏轼却颇具匠心地把这两种比拟联系在一起，用它来表现时间的推移。在描绘游子飞雪时离别，絮飞时犹未归，因而在产生离情别绪上起了点染的作用。下阕用细腻的笔触描写思妇凄冷孤寂之情：在风露透窗纱的料峭春寒里，卷帘对月，把酒怀人，皎洁的月光，双栖的燕子，更加深了寂寞的感受。诗人把自己的情感融注到了景物中去，他想到孤处月宫的嫦娥，碧海青天，充满凄冷，是最能理解离人的痛苦的，所以用月光护着这画梁双燕，情真语痴，意趣盎然。这景，这情，是最能传达思妇的内心活动的。

这首词果真是"代人寄远"的吗？这是作者的托词。王文诰《苏诗总案》说："苏轼因行役未归，'故托为之词'是可信的。"这首词写于熙宁七年（1074）四月。苏轼熙宁四年（1071）十一月到杭州做通判，熙宁六年（1073）十一月起到润州（今江苏镇江）一带拯救饥民，长期的羁旅行役使他感到苦恼，在寄给杭州知州陈襄的诗里说："浮玉山头日日风，涌金门外已春融。二年鱼鸟浑相识，三月莺花付与公。"（《常润道中有怀钱塘寄述古》)多风的镇江,怎么能不使他想起莺花的杭州?他所关心的还不只是浮玉山的多风,而是政治上的风风雨雨,故而描绘此时的心情是:"天静伤鸿犹戢翼,月明惊鹊未安枝。"(《杭州牡丹开时,仆犹在常润,周令作诗见寄,次其韵,复次一首,送赴阙》)他把自己比作听到空弦就会落下的惊弓鸿雁,"绕树三匝,无枝可依"的月下乌鹊。苏轼真是忧深思广啊!

苏轼贬谪黄州以后,已经是罪人身份,这种不甘寂寞怕处孤独的感情,就变成自甘寂寞愿处孤独的感情了。如被黄庭坚称为"语意高妙","非胸中有数万卷书,笔下无一点俗气,孰能至此"(《山谷题跋》)的《卜算子·黄州定惠院寓居作》,就表达了这种心情。

这首词写于元丰五年(1082)十二月。上阕:"缺月挂疏桐,漏断人初静。谁见幽人独往来,缥缈孤鸿影。"缺月,疏桐,环境是寂寞的;漏断,人静,时间是幽寂的。此时此地,往来的是孤独的幽人;见到幽人的只有翱翔远天之上的孤鸿。"谁见",说明除幽人、孤鸿之外,万籁俱寂,群动俱息。幽人和孤鸿的形象,二者是统一的,甚至达到相互交融的境界。那种索漠的愁绪,孤独的处境,饱含着作者生活中"天静伤鸿犹戢翼"的实感,是伤鸿,也是惊鸿。下阕专写孤鸿:"惊起却回头,有恨无人省。拣尽寒枝不肯栖,寂寞沙洲冷。"词人敏锐地捕捉住了这一最能表现自我形象的孤鸿,它对栖身之地的千选万择,最后只好徘徊沙洲,自处寂寞,非常蕴藉、含蓄地传达出由政治上失意所带来的不被别人了解的心情。

心胸旷达的苏轼,既有索漠之感,也有盛时之忧。宋哲宗元祐二年(1087)正是苏轼在京供职翰苑得意的时候,在《水龙吟·次韵章质夫杨花词》里却对未来产生了前途渺茫、怅惘不已的预感:

似花还似非花,也无人惜从教坠。抛家傍路,思量却是,无情有思。萦损柔肠,困酣娇眼,欲开还闭。梦随风万里,寻郎去处,又还被，莺呼起。

不恨此花飞尽，恨西园落红难缀。晓来雨过，遗踪何在？一池萍碎。春色三分，二分尘土，一分流水。细看来不是杨花，点点是离人泪。

花落是有人同情的，柳絮似花非花，谁会爱惜它呢？只好任它抛家傍路，飘来飘去。词人把杨花虚拟成一个闺中思妇。上阕借飘荡的杨花传达出思妇没有拘管的梦魂，开拓出一个迷离凄婉的境界。下阕急转直下，专谈杨花的归宿。春事衰残，落花难拾，已经够苦了，而杨花却比难缀的落红的结局更不堪设想。一夜春雨，大部分委于尘土，小部分随流水而去，杨花是离人眼泪的化身啊！苏轼在失意时旷达乐观，自处索漠，这是容易理解的。但在得意的时候为什么会产生这种怅惘难甘的情绪呢？他失意时不满意王安石的变化"流入于刻"，得意时又不满意司马光的保守"或至于媮"。他说："昔之君子，惟荆（王安石）是师，今之君子，惟温（司马光）是随。所随不同，其为随一也。"（《东坡续集·与杨元素》）苏轼写这首词时，司马光已于一年前死去，但御史台多是司马光安插的人。一个叫朱光庭的左司谏摭取苏轼学士院试馆职策里的"或至于媮""流入于刻"的片言只语，说他攻击了宋仁宗和宋神宗，要求高太后治苏轼的罪来"戒人臣之不忠者"（《续资治通鉴长编》卷三九三及苏轼《东坡奏议集·辨试馆职策问劄子》二首）。苏轼对司马光的元祐新政是不满意的，对他们必然失败的下场是有预见的，而他自己既不幸地卷入了新党与旧党的党争，更不幸地又卷入了洛党与蜀党的党争。朋党祸起，国事日非，怎能不使他对未来充满忧虑和感到漠然呢？环境要求他不能把道理说透，他只能用极巧的构思、精细的刻画和幽怨缠绵的语言来表达他深沉绵邈的思想。钟嵘论阮籍的《咏怀》诗说："言在耳目之内，情寄八荒之表。"（《诗品·上》）苏轼的这首词是达到了这种艺术境界的。这也说明了风格是受选取的题材、使用的艺术手段的制约的。

苏轼词的风格,既有豪放的一面,又有婉约的一面。这两种艺术风格又往往是互相渗透的,这就使得豪放不流于粗犷,婉约不流于纤弱,但总的倾向是以豪放为主的。苏轼在继承晚唐五代以来婉约词风优点的同时,扬弃了它的缺点。苏轼的艺术实践说明:创造是离不开继承的。有继承,才能撷艺苑之菁英;有创造,才能出个性的异彩。

刘熙载又云:"东坡《定风波》云:'尚余孤瘦雪霜姿。'《荷华媚》云:'天然地别是风流标格。''雪霜姿''风流标格',学坡词者便可从此领取。"(《艺概·词曲概》)苏轼既是一个感情奔放的人,又是一个感情深沉的人,他旷达的性格和踔厉风发的气概,是"雪霜姿"的豪放风格的生动体现;而他恬淡的胸襟和忧深思广的识见,又是"风流标格"的婉约风格的生动表现。如果离开了苏轼的生平和思想,是无法理解苏词风格的多样性的。

词是抒情诗的一种。抒情诗要求作者毫不回避地表现自己具有个性的见解,非常鲜明地抒发具有典型个性的感受,这样的作品才能具有强烈个性的风格特点,也才能感动别人。苏轼词,在当时震撼了整个词坛,在后世留下了巨大影响,这都是与苏轼创造了豪放词风和发展了婉约词风分不开的,而探讨苏轼词的风格将有助于词史的研究。

(作者雷履平、罗焕章,原载《社会科学研究》1979年第3期)

爱国诗人宇文虚中

宇文虚中是由宋入金的爱国诗人，他的诗坚持了现实主义创作道路。他曾经领导了汉族人民反金归宋的起义，为了反对女真侵略者牺牲了自己的生命。民族斗争的烈火，考验着他，锻炼了他。

宇文虚中（1079—1146），字叔通，成都人①。诗人还在中年时，女真族已经建立了金国，占领了长江以北的大片土地，掳走了宋徽宗、宋钦宗父子，宋王朝被迫南迁。1128年，宇文虚中应募充当宋王朝出使金邦的"太上祈请使"，任务是说服金主放还二帝。入金后，他对金人劫留二帝却让他单独回来的措施提出了强烈的抗议："奉命北来，祈请二帝，二帝未还，虚中不可归。"这样，他便留在金邦②。他亲眼看到女真侵略者的铁骑在祖国土地上蹂躏，北中国的各族人民在残酷剥削下过着辛酸的日子。残酷的现实培育了他的爱国思想，他在《己酉岁书怀》诗里写道：

生死已从前世定，是非留与后人传。

---

① 宇文虚中的家世，《宋史》卷三七一、《金史》卷七十九、《宇文虚中传》都记载得很略。楼钥《攻媿集》卷一〇九《赠银青光禄大夫宇文公墓志铭》《文安郡夫人房氏墓志铭》两文和张栻《南轩先生文集》卷四十一《宇文使君墓表》，在给宇文时中之子师说夫妻和宇文粹中之子师献写墓志的时候提了一些材料。毛汶《宇文虚中年谱》由于没有看见这些材料，列的《宇文虚中之家庭》一表就有许多错误。毛谱载《国学论衡》第二、三期。

② 《宋史》本传。

> 孤臣不为沉湘恨，怅望三韩别有天。

既不愿学沉江的屈原，却又不能做逃到海外的箕子，内心的苦闷是可想而知的。以箕子自誓，正表明了他决不投降金邦的志气。金人几次诱降，要他担任汉奸傀儡政权伪齐刘豫的宰相，被他毅然拒绝了[1]。他的朋友张孝纯回宋，他寄了诗[2]，说："有人若问南冠客，为道西山采薇薇。"他用行动实践了自己的誓言。

留金期间，他曾不止一次地用白矾写密信把金人的军事计划和派遣入宋的奸细姓名告诉宋宣抚使张浚，表现了一个爱国志士的坚定立场[3]。

为国牺牲的信念是坚定的，生活是困苦的，在他写给家属的信里谈得很明白：

> 中遭迫胁，幸全素守。唯期一节，不负社稷。一行百人，今存者十二三人。有人使行，可附数千缗物来，以救艰厄。[4]

又说：

> 虚中囚系异域，生理殆尽，困苦濒死，自古所无。……惟一节一心，待死而已。[5]

寄给夫人黎氏的信更沉痛：

> 自离家五年，幽囚困苦，非人理所堪！今年五十三岁，须发半白，满目无亲，衣食仅续。惟期一节，不负社稷，不愧神明。[6]

在这段时间里，他写了很多眷怀祖国并表明自己志节的诗。

留在金邦十二年以后，他做了金邦的官，翰林学士，知制诰，兼

---

[1] 宋徐梦莘《三朝北盟会编》卷二一四、二一五引《宇文虚中行状》。
[2] 宋李心传《建炎以来系年要录》卷三十七。
[3] 宋徐梦莘《三朝北盟会编》卷二一四、二一五引《宇文虚中行状》。
[4] 宋李心传《建炎以来系年要录》卷五十八。
[5] 宋徐梦莘《三朝北盟会编》卷二一四、二一五引《宇文虚中行状》。
[6] 同上书。

太常，封河内郡开国公。这是不是变节投敌呢？他用一系列的行动作了回答。

金主屡次要把他留在宋方的家属接到北方来，但他都不愿意。1137年，他秘密地写信给他的儿子："若敌人来取家属，愿以没贼为言。"①1143年，金方再次通知宋方索取他的家属，南宋卖国政府为了谄媚金人而把他的全家都送到了北方。他的儿子师瑗想给他留一个孙子在宋，南宋政府不许；师瑗自己要求留下，也不许。②一个长期羁留金邦，朝夕渴望"强食小儿犹解事，学妆娇女最怜他"的人，却不愿家属北来，这难道和他后来起义的行动没有联系吗？

1140年，他在燕京遇见南宋使臣洪皓。洪皓因他降金很鄙视他，他却在金主面前推荐洪皓③。这难道是为了分谤或仅仅是他的豁达大度吗？

他等待着献身祖国的时机，把金邦的机密不止一次地用蜡丸通知南宋王朝。卖国贼秦桧却出卖了他，把这件事情告诉给了金国派来的间谍④。1146年二月，宇文虚中领导的包括金邦内外官员七十多人的起义军核心力量已经秘密组成。他们准备用兵包围金营，捉住金熙宗并要他退还侵占的土地，然后把宋钦宗赵桓劫回南方。起义前几天，间谍杜天佛留向金政府告密。宇文虚中得知事泄，提前行动。起义军从金人武库中夺得了武器，直抵金主帐下。由于金主有了戒备，起义失败了，宇文虚中本人也被捕。这位爱国诗人和全家一百多口全被金主残酷地烧死⑤。为了祖国的统一，他壮烈地牺牲了。他的一生是英雄的一生。

宇文虚中长期领导着金代初期的诗坛，被尊为当时北方诗界的盟主。他用诗歌记录了可歌可泣的一生，以及从生活里获得的一些真切感受。他的诗，每一行每一字都渗透着他对祖国热爱的激情，渗透着他在严峻

---

① 宋徐梦莘《三朝北盟会编》卷二一四、二一五引《宇文虚中行状》。
② 宋李心传《建炎以来系年要录》卷一四六。
③ 《宋史》《金史》本传。
④ 宋徐梦莘《三朝北盟会编》卷二一四、二一五引《宇文虚中行状》。
⑤ 宇文虚中起义的经过，全祖望《与杭堇浦论金史第二帖子》考证得很详细，见《鲒琦亭集外编》卷四十二。

的生活面前产生的美好的情思。

敌骑纵横，河山破碎，羁留北方，心系祖国，这是他诗里经常吟咏的主题。《在金日作》三首最能代表他的思想：

> 满腹诗书漫古今，频年流落易伤心。
> 南冠终日囚军府，北雁何时到上林！
> 开口摧颊空抱朴，胁肩奔走尚腰金。
> 莫邪利剑今安在，不斩奸邪恨最深！
>
> 遥夜沉沉满幕霜，有时归梦到家乡。
> 传闻已筑西河馆，自许能肥北海羊。
> 回首两朝俱草莽，驰心万里绝农桑。
> 人生一死浑闲事，裂眦穿胸不汝忘。
>
> 不堪垂老尚蹉跎，有口无辞可奈何！
> 强食小儿犹解事，学妆娇女最怜他。
> 故衾愧见沾秋雨，短褐宁忘柝海波。
> 倚杖循环如可待，未愁来日苦无多。

这三首诗见引于施德操《北窗炙輠录》。"有口无辞可奈何"，写出了作为一个弱国使节被囚系的困难处境。在这种境遇中，他表现了苏武一样的民族气节。"北雁何时到上林"，他盼望有这样一天，宋廷像汉廷向匈奴索取苏武似的也来索取他。当他听说金人要以他为"国师"的消息时，"传闻已筑西河馆，自许能肥北海羊"，一再以苏武自喻，深刻地表达了对故国的忠贞。但积弱的故国，二帝被俘，萎靡不振；富饶的北方，农桑绝迹，成了金人的牧地。他怀着无限的酸楚，撕破了趋奉敌人、腰围金带、有权有势的汉奸的假面具，愤愤不平地恨不能以莫邪利剑尽斩奸邪。

这种愤慨的情感是他爱国思想的具体表现。如此，说明他早已作了反金归宋的打算,而且表示此事不成,继之以死。目眦尽裂,义愤填膺,他的愤慨是可想而知的。

这种愤慨的情感使他写了不少诗篇。《别赵光道》云:

穷愁诗满箧,孤愤气填胸。
脱身枳棘下,顾我雪窖中。
竟日朋合簪,论文一樽同。

他的诗就是在"穷愁"的环境中怀着"孤愤"的情感写的,他的诗传达出了中华民族在苦难深重的时代里一个爱国志士的心声。在囚系生活中,他坚信祖国一定可以救亡图存:"雷霆倘肯矜雕弊,草芥何须计死生。"塑造了一个把个人死生置之度外,力图祖国能够生存下去的炽热的爱国主义者的庄严形象。《岁寒堂》云:"不随风月媚,肯受雪霜侵。"表现了诗人不肯随俗浮沉、不怕威胁的英雄性格。《安定道中》云:"未甘迟暮景,伏枥意犹存。"表现了诗人老当益壮,以六十八岁高龄领导反金归宋起义军的凌云壮志。他不怕威胁,不为利诱,为祖国而呼吁,为祖国而抗争,他尽到了他力所能及的最大努力——"行范蠡曹沫之事"。

他的诗,语言质朴,风格明快,没有华丽的字句,少用夸张的手法,指陈事实,直抒胸臆。因为它写的是生活里的矛盾和斗争中的真切感受,是诗人从肺腑中流露出的真情实感,所以读起来使人感到异常亲切,可以培养读者的爱国主义感情。

他的诗现存五十多首,绝大部分收集在金人元好问编的《中州集》里。这些诗篇是祖国文化宝库里的一项珍贵遗产。当然这五十几首诗并不都是十分成熟的作品,其中有些诗内容较单薄,形象欠鲜明,质朴有余,深刻不足。在金代诗坛上,他所起的作用比起元好问来是逊色的,他只起了一个先驱者的作用。

他不仅诗写得好,散文也写得好。可惜他的诗文集《宇文肃愍公文集》①已经失传了，能看到的只有十多篇散文②，风格也非常质朴。他对经学也有研究，写过《春秋纪咏》三十卷③，可惜也失传了。

像他这样的爱国者，在过去是得不到应有的重视的。就在他死后不久，他的侄孙宇文绍节请求南宋政府抚恤他，却受到反动统治集团的压抑和打击。他的侄媳房妙光写信给他的侄孙宇文绍节，叫他"尽力做去，不要考虑家人安危"④。元好问在《中州集》诗人小传里说他不是真心叛金，只是受了汉族起义军所谓"上京诸虏俘"的利用，这当然是对事实的歪曲。清人汤运泰在《国师叹》一诗里甚至讽刺他不自量力，说什么"吁嗟金源值全盛，若个力能劫渊圣（宋钦宗）"⑤，宣扬了宿命论思想。清人全祖望也责备他"不知几"，以致"置身不测之地，以觊非常之功"⑥，这是对他的爱国行为没有正确的认识，对他的爱国诗篇也没有作出正确的评价。我认为：宇文虚中是无愧于爱国诗人这一光荣称号的，他的诗篇应在爱国诗歌的领域里占有一个重要的位置。

（原载《四川文学》1961年12期）

---

① 马端临《文献通考》卷四十一《经籍考》。
② 傅增湘《宋代蜀文辑存》卷六辑了佚文十二篇，还有漏略。《文献通考》卷一引后溪刘氏《宇文虚中集序》里的宇文虚中《答曾晦之书》，傅氏就失收。
③《宋史》卷二〇二《艺文志》经部春秋类。
④ 楼钥《文安郡夫人房氏墓志铭》。
⑤《金源纪事诗》。
⑥ 全祖梦《与杭堇浦论金史第二帖子》。

《水经注》与写景散文

　　一篇好的写景散文,对祖国山川风物、名胜古迹的描写,无论是片语只言作粗线条的随意勾勒,还是纵笔挥洒作刻意的精点细染,都要求像一幅好的山水画、一首美的山水诗,务使青山含睇、绿水流盼,传达山水的精神,抒发作者的情思。在这方面,北魏学者郦道元(485—529)的《水经注》虽是一部水道地理的科学著作,它的价值首先在于提供了古代地理和历史的资料,但它在写景散文上所取得的成就,还是值得我们认真总结的。

　　文学是有历史延续性的,郦道元《水经注》中的景物描写发展了传统手法。郦道元继承和发扬了东晋袁山松《宜都山川记》、刘宋盛弘之《荆州记》等前辈作家的写作技巧,在描绘祖国河山的时候,不是纯客观地描写和刻画,而是在写景的同时抒发、阐述了自己的主观感受,表达了对一山一水、一草一木的爱恋,有时甚至清言娓娓,怀念旧游、追述平生,从而大大增强了艺术感染力。比如,他笔下的冶泉祠(卷二十六《巨洋水》)就颇具特色。作者通过对冶泉祠的描写,抒发了自己对童年时代夏季生活的怀念之情。这篇小文写得十分动人。他笔下的熏冶泉是"水色澄明,而清冷特异。渊无潜石,浅镂沙文""南北邃岸凌空,疏木交合",细致地描绘了熏冶泉的水色、水温、沙底,泉侧的高岸、乔木,祠畔小湖旁的"桂笋寻波,轻林委浪"。水是那样的清澈明净,又是那样的清凉;水底没有一块石头,透过澄明的泉水可以看到微波荡漾下浅浅的有花纹的沙底。这真是一个避暑胜地。在这样的环境中和几位知心的童年朋友,"琴歌既洽,欢情亦畅",怎能不使作者多年以后还怀念不已呢?在这段景物描绘中,作者并没有把自身置之客观景物之外,而是把客观的景物、主观的感受、过去生活的系念融合在一起,真正达到了写景不忘抒情,写物不忘写人,借景抒情,寓情于景,这是作者习用的表现手法。

郦道元笔下的阳城淀(卷十一《滱水》),也使用了这种表现手法。

渚水潴涨,方广数里。匪直蒲笋是丰,实亦偏饶菱藕。至若奕婉丱童,及弱年崽子,或单舟采菱,或叠舸折芰,长歌《阳春》,爱深绿水,掇拾者不言疲,谣咏者自流响。于时行旅过瞩,亦有慰于羁望矣。

这简直是一幅色彩绚丽的采菱图。广袤的水面,丰产的菱藕,儿童们不知倦疲地采、折,自由自在地歌唱,采菱小儿女的欢乐也感染了过路的游子。和谐、静谧,又像一首清新隽永、别饶韵致的散文诗。

在描绘祖国河山的时候,郦道元十分注意山水的个性。"青崖若点黛,素湍如委练"(卷六《浍水》),青黑色的山,白绢般的急流,这是山水的共性;但巫峡终究与西陵峡有别,孟门山终究不同于王屋山。这就需要根据山水的个性特征,作独具风貌的描写。细致地观察自然,深刻地体验自然,形象地描绘自然是写景散文的生命,而抓住自然美景里最具特色、最本质的东西,并把它集中地、突出地表现出来,则是写景散文的灵魂。只有这样,才能写出富有个性特征的、不可移易的写景散文。试举二例:

《水经注》卷十一《滱水》描写石门:

其山上合下开,开处高六丈。飞水历其间,南出乘崖,倾涧泄注，七丈有余。奔荡之音，奇为壮猛，触石成井，井深不测。素波自激，涛襄四陆。瞰之者惊神，临之者骇魄矣。

卷四《河水》里的孟门山：

此石经始禹凿，河中漱广，夹岸崇深。倾崖返捍，巨石临危，若坠复倚。古之人有言，水非石凿而能入石，信哉。其中水流交冲，素气云浮，往来遥观者，常若雾露沾人，窥深悸魄。其水尚崩浪千寻，悬流万丈，浑洪赑怒，鼓若山腾。浚波颓叠，迄于下口，方知慎子下龙门，流浮竹，非驷马之追也。

这两段文字，第一段写石门，第二段写龙门。水穿山石，破崖而出，两地是相同的；波涛汹涌，惊心动魄，两地也是相同的，但作者突出了两地的个性。石门是飞水成瀑，触石成井，特点是深潭——潭水惊涛骇浪，喷射四周。龙门是水深流急，比箭还快，特点是悬流——虽然也是惊涛骇浪，但水流交错，激成水蒸气，"常若雾露沾人"。引慎到的"河之下龙门，其流驶如竹箭，驷马追弗能及"的话作结，使急流更加形象化。

另外，郦道元在描绘祖国河山的时候，非常注意表达的艺术形式。《水经注》中有许多短小精练的山水小品，它尤其要求讲究辞藻、讲究意境，在文学语言上追求声音美和色泽美。郦道元生活的时代，正当南朝"彩丽竞繁"的齐梁之际，当时南北虽然隔绝，但文学艺术上却相互影响。《水经注》中引用了大量的南方诗赋，便是证明。《水经注》的语言是骈散杂糅的。在文学语言上，既注意重在传神的淡淡的轻描，如前面所引《㳌水》里的阳城淀；也注意重在逼真的浓浓的着色，如前面所引《河水》里的孟门山；或用能够传出熠熠神采的白描，或用雕凿但不露斧痕的渲染，都是根据山水的特色决定的。在文学语言上，这就自然形成了浓妆和淡抹。这是一。作者还利用文学语言的凝练和含蓄，抒发内心的激情，开拓了无比深邃的像诗一样的意境，如前面所引《巨洋水》

里的冶泉祠。这是二。一篇散文，要有些警策句，即传神的语言。《水经注》里，不但有整段的富有文采的好文字，还往往以它特别警策的名句，离众出奇地放射出夺目的光华。比如，为杨慎所激赏的"渌水平潭，清洁澄深，俯视游鱼，类若乘空"（卷二十二《洧水》），说它不但影响了柳宗元的山水散文，也影响到沈佺期"鱼似镜中悬"（《钓竿篇》）的诗句（《丹铅余录》卷一）。《水经注·渐江水》写遂安南溪的溪水是"水甚清深，潭不掩鳞"，也同样优美。这些工于锤炼、极富表现力的警策语言，是很有独创性的。这是三。这就为他的写景散文创造了绝不相同但又十分谐和的色调，开拓了"一唱三叹"的诗的意境，锤炼出新颖独到的警策语句，构成了"峻洁层深"的语言特色。

在《水经注》中，不论是引用的前人写景散文（如为一般散文研究者所艳称的《江水·三峡》一文，便钞自盛弘之的《荆州记》），还是郦道元自己写的，风格基本上是统一的。这部书出现以后，促进了我国写景散文的发展。唐代柳宗元的山水游记，在很大程度上就受了《水经注》的影响。试看《水经注》所引袁山松笔下的佷山北溪（卷三十七《夷水》）：

> 水所经皆石山，略无土岸，其水虚映，俯视游鱼，若乘空也。浅处多五色石，冬夏激素飞清。傍多茂木，空岫静夜，听之恒有清响。百鸟翔禽，哀鸣相和。巡颓浪者，不觉疲而忘归矣。

作者掌握了溪水经过的是没有土岸、全是石山这一特点，突出地写了水清。水明澈得像没有水一样，已经逼真地写出水清了。作者还嫌不足，再写水中游鱼好像在空中飘动一样，写浅水里激起波澜但仍然清晰可辨的五色石，更增加了水清的实感。清刘熙载《艺概·文概》认为："郦道元叙山水，峻洁层深，奄有《楚辞》《山鬼》《招隐士》胜境，柳柳州游记，此其先导耶？"柳宗元写《至小丘西小石潭记》，一则写小石潭的特点是"全石以为底"，再则写"潭中鱼可百许头，皆若空游无所依，日光下澈，影布石上，佁然不动。俶尔远逝，往来翕忽，似与游者相乐"。拿来和袁山松这段写景散文相比，其中有着继承和发展关系。前面提到杨慎很欣赏柳宗元的写鱼，说本之"渌水平潭，清洁澄深，俯视游鱼，类若乘空"，已经接触到这一问题。当然，柳宗元是有所创新的。袁山松既写了水，也写了鱼；柳宗元只写鱼，不及水，但写鱼全是为了写水。试想：为什么数得清潭中鱼是百许头？为什么鱼像"空游无所依"？为什么日光下的鱼影看得那样清楚？为什么鱼的静止和动作都分得清？不都是因为水清的缘故吗？柳宗元全力写鱼，但句句不离开写水，也可以说是实写鱼、虚写水。当然，这是对袁山松这段文字的发展。但袁氏首创之功，又怎么可以湮没呢！柳宗元如此，宋代作家欧阳修、苏轼、苏辙、晁补之、明代作家归有光等，尽管他们都是号称"起八代之衰"的古文家，但他们的写景散文却不能不间接地受到《水经注》的影响。苏轼在《石钟山记》里继郦道元之后对石钟山的声音作了进一步探讨，从这里可以看出我国写景散文发展演变的一个脉络。今天，壮丽的祖国河山，在"四化"中以日新月异的面貌出现，等待我们去歌颂、去描绘，《水经注》的某些写作技巧仍然是可以借鉴的。

（原载《四川文学》1982年第6期）

毛主席《冬云》诗浅说

> 雪压冬云白絮飞,万花纷谢一时稀。
> 高天滚滚寒流急,大地微微暖气吹。
> 独有英雄驱虎豹,更无豪杰怕熊罴。
> 梅花欢喜漫天雪,冻死苍蝇未足奇。
>
> ——毛泽东《七律·冬云》

《冬云》是一首借景抒情、极富哲理的诗篇,是诗人对雪光云影具有崭新意义的独特感受。当我们诵读这首诗的时候,不管领悟程度的浅深如何,总觉得有一股巨大的力量开拓着我们的心胸,扩大着我们的视野,使我们的思想感情焕然一新。

"雪压冬云白絮飞,万花纷谢一时稀。高天滚滚寒流急,大地微微暖气吹。"起首四句描写的是客观景物。冬天来了,乱云四合,云上是皑皑的冻雪,冻雪压云,云像絮飞,雪云相映,蔚为奇观。杜甫在《对雪》诗里刻画过的"乱云低薄暮,急雪舞回风",也类似这样的天气,但无此壮彩。"压"字十分逼真地传达出云彩在冻雪压力下四向披靡的现象,也使我们联想起南唐中主李璟《浣溪沙》词"风压轻云贴水飞"的"压"字用法。"白絮飞",指的是云飞,不是指的雪飞。唐韩愈《晚寄张十八助教周郎博士》诗有"晴云如擘絮,新月似磨镰"句,就曾用白絮形容过晴空的云彩。严冬的到来,使得万花纷纷凋落。"一时",含有齐整整的意思。天寒地冻,花枝齐整整地稀少起来,充满着整个宇宙的是滚动着的寒流。寒流的不断袭来,表面上力量似乎强大,但它的后面早已萌动着生气勃勃的青春气息在与其对抗着。"微微",当隐微讲,不当微细讲。新生的暖气虽然隐微,却顽强地存在着,执行着报春的使命。

诗人的诗词在写到霜雪等自然界威力时,常常流露出战胜这种威力的巨大的乐观情绪。或是通过比拟,表现了伟大的襟抱,如《沁园春·雪》"山舞银蛇,原驰蜡象,欲与天公试比高";或是直抒胸臆,抒发了斗争胜利的喜悦,如《长征》"更喜岷山千里雪,三军过后尽开颜";或是摄取物象,突现了革命的气节,如《卜算子·咏梅》"已是悬崖百丈冰,犹有花枝俏"。这些都是透过事物的表象,揭示了事物发展的必然规律。刻画了冬景,却又透过表象上的阵阵寒流看出内含的微微暖气,这样的描写就更加真实、更为深刻地反映了大自然的本来面目。通过这种描写,可以看出诗人对客观世界所作出的辩证唯物主义的睿智的观察。

这四句写的是冬景,但景中有情。从冬景的描写中,表现了诗人战胜寒流兴高采烈的豪情壮志。前面举的杜甫《对雪》诗,也通过冬景抒发"数州消息断,愁坐正书空"的怅惘之怀,但无此豪情。这种豪情是诗人强大精神力量的高度凝聚,不仅给写冬景的诗篇树立了楷模,也给我们辩证地观察客观世界树立了楷模。

第五、六两句是由冬云引起的联翩浮想,想到了"独有英雄驱虎豹,更无豪杰怕熊罴"。这种联想的引起,可能是看到云彩的形象产生的。五代诗人韦庄《登咸阳楼望雨》诗云:"乱云如兽出山前,细雨和风满渭州。"由乱云如兽想到英雄驱除虎豹、豪杰不怕熊罴是很自然的,也可能是由雪压冬云想到大雪封山、虎豹纵横。杜甫《又雪》诗不是也由"南雪不到地,青崖沾未消"想到"峡深豺虎骄"吗?

在索寞的寒冬,联想到英雄豪杰驱除野兽,很自然地给冬寒带来了春温。这里有令人鼓舞的永远不息的生机。虎豹熊罴是凶恶的野兽,唯独英雄的人民可以驱除它们,更加不会有豪杰惧怕它们的奇事。"独有""更无"两个词组深刻地表现了诗人敢于斗争、敢于胜利的精神,气冲霄汉,笔力万钧,既是革命的最强音,也使上句的"大地微微暖气吹"有了具体的内容。

由云彩想到虎豹熊罴,由虎豹熊罴想到驱除这些野兽的英雄豪杰,这种联想构成了笼络宇宙的英雄气概和眩人心目的与野兽作斗争的壮丽场景。这样的气概和场景,动魄惊心,有声有色。事实不就是这样吗,真正有力量的,并不是看起来好像很可怕的虎豹熊罴,而是普通的、平凡的驱除这些野兽的英雄豪杰。读到这里,可以使我们联想到许许多多的革命斗争的史实,又使这首诗里说的驱除虎豹、不怕熊罴有着极为深广的内涵。

最后两句"梅花欢喜漫天雪,冻死苍蝇未足奇",是全诗的结穴,全诗的主旨。艰苦的斗争环境锻炼了革命者,梅花的喜雪正好反衬苍蝇的冻死。这里强烈地表现了诗人对于傲寒劲节的梅花的赞扬,也表现了诗人对终日营营终于冻死的苍蝇的嘲笑。在传统诗歌里,也往往用梅花来表现不畏强暴的高贵品质。晚唐诗人韩偓赞美梅花是"风须强暴翻添思,雪欲侵凌更助香"(《梅花》),风雪的侵袭反而增加了梅花本质的美。宋代诗人陆游也赞美梅花"逢时决非桃李辈,得道自保冰雪颜"(《梅》),桃李的反衬更加突出了梅花的傲寒特性。但是不管韩偓也好,陆游也好,他们笔下的梅花都是寂寞孤高的。而诗人摒弃了前人习惯使用的以梅花和桃李相对比的手法,却用梅花喜雪来与苍蝇冻死相对比,这就突出地表现了人民旋乾转坤的革命精神。漫天大雪只增加了梅花的欢喜,这是对人民革命必然在艰苦环境中取得胜利,而一切腐恶势力必然归于灭亡这一坚定信念最好的艺术概括。

冻蝇,是一个丑恶而又渺小的形象。诗人在写这首诗十四天后写的《满江红·和郭沫若同志》词里说:"小小寰球,有几个苍蝇碰壁。嗡嗡叫，几声凄厉，几声抽泣。"所嘲笑的也是这种丑恶而又渺小的形象。"未足奇"，说明了苍蝇必然死亡的不可逃避的命运。真的、善的、美的必然战胜虚假的、腐恶的、丑的这一庄严命题，使用高大圣洁的梅花形象和渺小丑恶的苍蝇形象的对比手法来完成，两者的品格高下如此悬殊，放在一起比较就赋予了诗篇一种浓郁的艺术趣味，造成了一种鲜明隽永的意境。这种艺术趣味使人民在改造大自然、改造人类社会时跃动着巨大的乐观情绪，这是诗人处在艰苦的斗争环境中对未来的坚强自信、对敌人的极端蔑视的伟大革命力量最好的艺术概括。

在雪压冬云、万花纷谢的时候，梅花表现了它的劲节。后四句虽是抒情，但情中有景。漫天雪飘，梅花含笑，这是多么动人的景色！这样的景色给多娇的江山平添无限彩色。前四句景中有情，后四句情中有景，景是自然辩证法的诗化，情是诗人改造世界的豪情。这样的情景交融的艺术手法，是任何古代诗歌所不可企及的。

一首好诗，它的艺术容量是异常广大的。诵读时，往往会引起我们许许多多的联想。这首诗写于1962年12月26日，当时的国际形势异常严峻，国内的矛盾也十分尖锐。读这首诗，我们可以想到国际上的"寒流"，可以想到国内的矛盾斗争，但也正如公报所指出的："国际形势正在朝着更加有利于各国人民的方向发展"；在国内，"虽然目前还存在一些困难，但是这些困难是完全可以克服的。我们已经取得了伟大的成绩，我们的前途是光明的"。读这首诗，也可以想到惊天动地的微微"暖气"。由于这首诗的艺术容量大，我们还可以联想到许多。《冬云》一诗就这样反映了我们的时代风貌，又深刻地反映了现实中我们的斗争前景。这就是《冬云》一诗所以产生巨大艺术力量的思想底蕴。

（四川广播电台广播稿，1980年）

谈谈苏轼的《念奴娇·赤壁怀古》词

苏轼，另号东坡居士，世称苏东坡。他是我国杰出的具有多方面艺术才华的文学家，宋代眉州眉山人。

《念奴娇·赤壁怀古》是他很有名的一首词。

词是配合音乐的文学形式，是适应歌唱的抒情诗。宋词是我国灿烂的古代文学宝库里重要的组成部分，苏轼则是最有代表性的宋词家之一。"念奴娇"，是词牌名，就是音乐的谱子。"赤壁怀古"，是题目。

宋代初年的词，继承了晚唐、五代绮靡的词风，题材不外男女爱情、离情别绪，带有浓厚的脂粉味；语言华丽浓艳，讲究涂饰；情调宛转缠绵，十分低沉。这种软绵绵的词的产生，与它在当时作为歌筵酒席时写来赋予歌女按拍歌唱的风气有关。风气一旦形成，就很难扭转。到了苏轼才冲破词坛上的习惯势力，扩大了词的题材，提高了词的意境，把当时诗文革新运动取得的成就扩大到词的领域。在苏轼的笔下，词变成了可以从多方面抒情达意的新的文学样式，而《念奴娇·赤壁怀古》正是其中最有代表性的词作。

词的全文是：

大江东去，浪淘尽，千古风流人物。故垒西边，人道是，三国周郎赤壁。乱石崩云，惊涛裂岸，卷起千堆雪。江山如画，一时多少豪杰。

　　遥想公瑾当年，小乔初嫁了，雄姿英发。羽扇纶巾，谈笑间，强虏灰飞烟灭。故国神游，多情应笑我，早生华发。人生如梦，一尊还酹江月。

这首词写于宋神宗元丰五年（1082）七月苏轼贬谪黄州时期。三年前，苏轼因作诗讽刺新法，被御史李定、舒亶、何正言等人牵强附会，深文周纳，于元丰二年（1079）八月入狱，几乎丧命。经历了这场文字狱，苏轼被贬到黄州做团练副使。黄州的州治，在现在的湖北省黄冈县。团练副使，是执掌地方军事的助理官，但苏轼是罪人，只有名义，却不得签署公事，不能做任何事情。这个有政治抱负、一心想建功立业的苏轼，当时才四十四岁，正是精力充沛的盛年，却被投闲置散，所以心里充满了才能被埋没的牢骚。在这种心情下，他游了赤壁鏖兵的历史胜地。

其实，周瑜大破曹操的赤壁，在现在的湖北省嘉鱼县东南；苏轼游的赤壁，却是现在湖北省黄冈县城外的赤壁矶。苏轼为了借古抒怀，便信手拈来，黏合在一起了。

上阕热情赞美了祖国壮丽的江山，歌颂了历史上的风流人物。

"大江东去，浪淘尽，千古风流人物。"作者面对东去的长江，联想起我国源远流长的历史，大浪淘沙，历史上杰出的英雄就像东去的江水一样，波淘浪洗，已成陈迹，但后代的人们却永远怀念着他们。"风流人物"，指杰出的英雄人物，他们的流风余沫沾溉无穷，所以称他们为风流人物。这首词起句最好，它从大处落墨，融情入景，江水、浪花、历史人物浑然一体，描写了长江洪波涌起、浩渺东逝的雄伟气魄，也表现了诗人俯仰宇宙、昂扬进取的豪迈精神。

"故垒西边，人道是，三国周郎赤壁。""故垒"，前人留下的营垒。营垒西边，便是赤壁遗址，笔墨很自然地落到了"赤壁怀古"这个题目上。赤壁矶是否就是周瑜破曹军的地方，诗人无暇去作精确考证，所以用"人道是"作了交代，意思是别人是这样说的。这样，诗人就可以撇开地理考证浮想联翩,自抒怀抱了。

"乱石崩云,惊涛裂岸,卷起千堆雪。"这是写眼前的长江景色。陡峭奇峻的石壁插入云霄,把大片云彩碎得四分五裂,而滔天的巨浪撞击着岩岸,激起千堆雪浪。词人用如椽巨笔再现了长江惊心动魄的壮丽景象,抒发了诗人豪迈壮阔的胸襟。苏轼有诗云:"我家江水初发源,宦游直送江入海。"(《游金山寺》)苏轼出生在长江发源地的四川,又曾历游大江南北,他不只对长江有感情,而且还能用凌云的文笔描绘壮丽的长江。如《满江红》"江汉西来,高楼下、蒲萄深碧。犹自带,岷峨云浪,锦江春色",《水调歌头》"一千顷,都镜净,倒碧峰。忽然浪起,掀舞一叶白头翁",《南乡子》"认得岷峨春雪浪,初来。万顷蒲萄涨渌醅",《行香子》"一叶舟轻,双桨鸿惊。水天清、影湛波平",《八声甘州》"有情风万里卷潮来,无情送潮归",《水龙吟》"小沟东接长江,柳堤苇岸连云际。烟村潇洒,人闲一哄,渔樵早市"。突兀的山壁,如雪的浪花,震天的涛声,碎裂的云彩,有声有色,这里都一齐呈现在读者眼前、耳际。而当读者眼花耳乱、心驰神往之际,词人又只用"江山如画,一时多少豪杰"就把伟大的长江和历史上的风流人物联系起来了。如画的祖国江山,它孕育了当时多少杰出人才啊!"一时",犹言当日,指赤壁鏖兵之时。"多少豪杰",从周瑜联想开来,泛指赤壁破曹建功立业的众多英雄。

这首词以豪放见称,笔致的挪转,语气的开合,十分绵密。从东去的大江想到逝去的历史,从如画的江山想到千古风流人物,再具体到赤壁鏖兵的三国周郎,又从周郎赤壁递入到孙刘联军中的无数豪杰,一气呵成,层层递进,却又随手翻出。

下阕热情赞美了周瑜的英雄业绩,感叹自己碌碌无成。

"遥想公瑾当年,小乔初嫁了,雄姿英发。""公瑾",周瑜的字。《三国志·周瑜传》说:周瑜和孙策同年,二人交情很深。建安三年,即公元198年,孙策割据江东,任周瑜做建威中郎将,当时周瑜才二十四岁,吴中皆呼为周郎。不久,任周瑜为中护军。当时,乔公有二女,都很美丽，孙策娶大乔，周瑜娶小乔。赤壁之战，发生在建安十三年，即公元208年。孙策死于建安五年，即公元200年。孙策和周瑜同时取乔公二女，当在公元199年左右，离赤壁之战至少八年。这里说"小乔初嫁了"，无非是用美人来渲染英雄，表现周瑜的温文尔雅，使下面的"雄姿英发"更为具体生动。在词的写作上，这种手法叫作"点染"，是为了让形象更加鲜明，所以不要拘泥"初嫁"的字面。"雄姿"，英雄本色。"英发"，英俊。这几句的意思是，想起了当年的周瑜"羽扇纶巾，谈笑间，强虏灰飞烟灭"。"羽扇纶巾"，古代儒将的装束。"羽扇"，羽毛做的扇子。"纶巾"，青丝带的头巾。"谈笑间"，形容轻而易举，毫不费力。这里，词人用"小乔初嫁了"刻画周瑜的年少英俊，用"羽扇纶巾"刻画周瑜的风流儒雅，用"谈笑间，强虏灰飞烟灭"刻画周瑜破曹时的从容不迫，指挥若定。这样，一位"雄姿英发"的建功立业的年少将军的形象就非常丰满了。

"故国神游，多情应笑我，早生华发。"上面写了古人，下面想到自己。"故国"，指三国时代。"故国神游"，三国时代的历史事迹使我心驰神往。"多情应笑我"，就是"应笑我多情"。"多情应笑我，早生华发"，应该笑自己太多情善感了，以致头发都变成了花白。接连不断的政治打击迫害，他深感渴望为国家建功立业的理想无法实现，而头上的青丝却已花白。词人的感情是积极向上的，想到周瑜赤壁的建功立业，所以这里羡慕周瑜的了不起，觉得离自己又是多么遥远，但他不悲伤、不颓废，反而认为自己情感太丰富太可笑了。这是对当时统治集团不重视人才的深刻嘲讽和批判。三国时代，造就了周瑜这样的年少英雄；北宋时代，却逼得他这样一位有抱负有才能的人过早的头发花白，无法建功立业。投闲置散，他除了游山玩水、对月把盏以外，还能做些什么呢？"一尊还酹江月"，诗人甘心这样下去吗？"人生如梦"，当然是一种消极思想，但它却是在作者无法主宰自己的命运的情况下自然产生的，是理想和现实之间矛盾冲突的必然想法。了解了作者的处境，再来读结尾两句，淡淡的牢骚掩盖着豪情壮志，也使得消极的语言却充满着积极的期待，是诗人复杂心理的真实写照。"人生如梦，一尊还酹江月。""酹"，指把酒倒在地面。这两句是说：人的一生就像做梦一样太虚幻了，还是面对如画的长江痛饮美酒，并把酒浇到江里祭奠月亮吧！

苏轼这次游赤壁，还同时写了一篇《赤壁赋》。在那篇赋里，他借客人的口谈曹操。客人说曹操攻破荆州，直下江陵，大军浩浩荡荡，战船千里相接，旌旗遮天蔽日，对江饮酒，横槊赋诗，威风凛凛，不可一世，简直是显赫一时的了不起的大英雄。这样，非常成功地塑造了曹操的英雄形象。在《赤壁赋》里，苏轼借与客人谈历史，表达了宇宙没有穷尽，人生也没有穷尽，大自然的美妙使我们享用更没有穷尽的哲学见解。苏轼的赋和词都充满了开朗乐观健康情感。尽管那篇赋也提到曹孟德困于周郎，但一笔便带过了。这首词则倾注全部感情以赞美周瑜盛年时候建功立业，功成名就的功勋，表达了作者无限倾慕、无限歆羡、无限感慨的情感，使我们能够直接把握住诗人积极向上的感情脉搏。

最后，让我们把这首词再完整地读一遍：

> 大江东去，浪淘尽，千古风流人物。故垒西边，人道是，三国周郎赤壁。乱石崩云，惊涛裂岸，卷起千堆雪。江山如画，一时多少豪杰。
>
> 遥想公瑾当年，小乔初嫁了，雄姿英发。羽扇纶巾，谈笑间，强虏灰飞烟灭。故国神游，多情应笑我，早生华发。人生如梦，一尊还酹江月。

这首词很有名，所以后人用《大江东去》或《酹江月》作《念奴娇》词牌的代称。这首词有不同的本子，文字略有差异，如"浪淘尽"作"浪声沉"；"乱石崩云，惊涛裂岸"作"乱石穿空，惊涛拍岸"；"强虏"作"樯橹"，两字音同，"强虏"是指人，"樯橹"指的是战船；"人生如梦"作"人间如梦"，这里就不细说了。

（四川广播电台广播稿，1980年）

羽扇纶巾及其他
——给川台的信，答听众问

你台转来了德阳王文君三位同志的来信，对我写的苏轼《念奴娇·赤壁怀古》广播稿提了两个问题。他们的学习热情和严肃认真而又十分谦逊的态度，使我深为感动。现就所提问题谈一点粗浅看法。

一、羽扇纶巾指的是周瑜还是指的诸葛亮？

我仍然坚持指的是周瑜。羽扇纶巾，本是古代儒将的一般装束。西晋时的顾荣手执白羽扇退敌，东晋时的谢万头戴白纶巾谈兵，成为历史上儒将的典型。苏轼早在密州做知州时，到郊外打过一次猎，回来后写过一首《祭常山回小猎》的七言律诗，最后二句说："圣朝若用西凉簿，白羽犹能效一挥。"用晋朝谢艾书生从军和顾荣挥扇却敌的故事，表达了投笔从戎保卫祖国西北边疆的壮志。这里，他就曾把自己设想成羽扇纶巾的儒将。诸葛亮"葛巾毛扇"，古书上也有记载，宋人傅榦注解的东坡词引《蜀志》就是这样写的，现行的《三国志》却没有这一条。由于《三国演义》这部小说风靡一时，后人一提到"羽扇纶巾"就很自然地想到诸葛亮，但却不能因此把这首词的"羽扇纶巾"讲成指的是诸葛亮。

为什么呢？分析一首词，要注意它结构上的完整性。这首词是因为苏轼游览了历史上的胜地引起了怀古的幽情，联想周瑜盛年就立了大功，自己却早生华发，一事无成。通篇都是用周瑜来反衬自己。缅怀周郎，老大自伤，就成了这首词的主线。上阕提到赤壁就点明了这是"三国周郎赤壁"为下阕突出周瑜设下了伏笔。下阕为了突出周瑜，还拉上一个和赤壁之战没有丝毫关系的"小乔"这个女人来渲染周瑜的神采。作者全力写周瑜，正是为了全力写自己的感慨。如果横空插上一个诸葛亮，就会破坏这首词的艺术完整性，削弱词人所要表达的热切希望建功立业的主题。何况苏轼一直是把赤壁败曹之功归之于周瑜的，《赤壁赋》便明确地说："此非曹孟德之困于周郎者乎！"

二、为什么会出现文字上的差异？

我在原稿里只简单地提到这首词有不同的本子，文字略有差异，没有作详细的说明，又没有说出我依据的本子，当然会引起听众的疑问。我认为，苏词的版本虽多，信得过的还是清末朱祖谋的《东坡乐府》编年本，这个本子校勘很精。宋刊本、宋钞本的苏词，有的流落到日本，有的藏在北京图书馆，我都没法看到。拿这首词来说，朱本根据的是14世纪初元仁宗延祐时的云间刊本，清末王鹏运刊刻的苏词也是照延祐本重刻的，这算是我所能看到的这首词的最早的本子了，所以用它做底子。德阳王文君三同志，不辞辛劳地找到了眉山三苏祠藏的这首词的拓本，"乱石崩云，惊涛裂岸"作"乱石穿空，惊涛拍岸"，"强虏灰飞烟灭"的"强虏"作木旁的"樯橹"，"人生如梦"作"人间如梦"，很值得珍视。

为什么会出现文字上的差异呢？一是作者对自己的作品不断进行修改，所以先后会出现个别字句的不同。苏词中这种情况是普遍的，既有石本与刻本的差异，又有刻本与刻本的差异，还有石本与另一石本的差异。所谓石本，就是从刻在石碑上的手稿拓下的本子。这首词就有苏轼本人和他的学生黄庭坚写的石本。二是词在宋代是可以歌唱的，唱的时候为了配合音乐，凡与音律不谐调的字都得作一些修改。宋人洪迈的《容斋续笔》卷八里有《诗词改字》一条，就说黄庭坚写的东坡《念奴娇》词和当时歌唱的本子有好几处不同。

除"人生如梦"和"人间如梦"意义相同外，既然字句有了差异，讲法当然就有所不同。"乱石崩云，惊涛裂岸"二句是现场写景，我是这样讲的：陡峭的石壁高插云中，就像乱石把云彩弄得四分五裂一样；江面上惊人的巨浪，就像要把江岸推倒捣碎一样。如果作"乱石穿空，惊涛拍岸"，那就该讲成"山峰陡峭，穿破碧空，惊涛喷溅，拍打江岸"了。"强虏灰飞烟灭"的"强虏"，我讲成"强大的敌人"，如果作木旁的"樯橹"，就该如王文君三同志所说，讲成"一把火把曹操的战船烧成灰烬"。如果从语言锤炼的角度加以比较的话，我认为，"乱石崩云"和"乱石穿空"，都同样再现了挺拔壁立的赤壁的英姿；"惊涛裂岸"和"惊涛拍岸"，也同样再现了峻急奔腾的长江的气魄，把那里的山山水水写活了。至于"谈笑之间消灭了强大的敌人"和"谈笑之间使对方战船化为灰烬"，前者突出了赤壁之战以弱胜强这一特点，后者突出了这一战役的水战特色。字句上虽有差异，在艺术感染力上很难说有什么强弱之别，它们是异曲同工的。

这些看法，可能是偏见。希望在你台文艺组的帮助下，组织听众各抒己见，探讨问题，把讨论的风气活跃起来。

（四川广播电台广播稿，1980年）

诗要用形象思维

我很喜欢古典诗词,新中国成立以来,因为教学的需要,还试图用马克思主义文艺观点研究古典诗歌的创作理论。但是,自从祸国殃民的"四人帮"推行文化专制主义,设置许多文艺禁区以来,在教学中我不敢讲形象思维,不敢讲号称儒家的韩愈的诗,就在讲《诗经》非讲赋、比、兴不可时,也不敢说赋是"敷陈其事而直言之也",比是"以彼物比此物也",兴是"先言他物以引起所咏之词也"这样的准确的定义,因为这些话是宋朝朱熹在《诗集传》里说的(《关雎》《葛覃》《螽斯》传),而朱熹却是一个大儒家呀!我只简单地告诉工农兵学员,赋是铺叙,比是比喻,兴是联想。我明明知道把兴讲成联想很不准确,因为兴的作用除引起联想作用之外,还有创造意境、增加气氛等作用。但又有什么办法?这就说明了万恶的"四人帮"不仅扼杀了诗歌创作,践踏了诗歌评论,对诗歌教学也进行了疯狂的破坏。

感谢党中央发表了毛主席《给陈毅同志谈诗的一封信》,这是整个文艺战线和我国文化生活中的一件大事,它将砸烂"四人帮"加在我们身上的精神枷锁,打破"四人帮"设置的禁区,把文艺创作和文艺理论,特别是诗歌创作和诗歌创作理论的研究工作大大地向前推进。

关于形象思维,我国古代文论家有许多精辟的见解,尽管没有使用形象思维这个词。他们知道，文艺是有自己的特点和规律的，这个特点就是处理题材要通过深沉的艺术构思，反映主题要用最富表现力的艺术语言（梁朝萧统《文选序》："事出于沉思，义归乎翰藻。""事"，相当于题材；"义"，相当于主题）。怎样进行艺术构思呢？仅仅有强烈的感情、健康的思想未必能写出好的文艺作品，从产生思想感情到准确、生动、鲜明地把思想感情表达出来要有一个过程，这个过程就是形象思维。形象有两个特点，一是想象，二是形象。思想的野马摆脱时间和空间限制，浮想联翩，飞驰宇宙，这是想象。但是想象不是凭空的，或因景生情，或托物言志，总是凭借在一定的形象上的，这是形象。经过形象思维的过程，景物逐渐明晰，作者的情感也就由朦胧模糊变得鲜明起来，这就是晋朝陆机《文赋》里说的"其始也，皆收视反听，耽思旁讯，精骛八极，心游万仞""其致也，情笼曈而弥鲜，物昭晰而互进"。形象思维是文艺创作的规律。当然，把形象思维和抽象思维对立起来，并把它绝对化是错误的，但如果忽视形象思维就会把文艺创作和写政治、哲学论文等同起来，最后扼杀了创作。

毛主席创造性地发展了马克思主义的文艺理论，并把它和我国民族特点结合起来，指出"诗要用形象思维，不能如散文那样直说，所以比、兴两法是不能不用的"。我的体会是：形象思维是一切文艺作品创作的特点和规律，具体到诗歌创作，形象思维就是比、兴两法。这是毛主席对诗歌创作理论的历史性的概括和总结。比、兴是诗人塑造形象、抒写感情的主要手段。要把抽象的思想和微妙的感受表现得具体生动，就得托物言志，托物言情，就是打比方，就是比；就得因景生情，因情生景，就是借此引起联想，创造意境，起象征作用，就是兴。比、兴的要求是物我一体，情景交融，这样的诗歌就可以收到用意含蓄和倾向鲜明的艺术效果。用意含蓄就有韵味，倾向鲜明就有力量，就不会味同嚼蜡了。

毛主席不赞成韩愈以文为诗，但又认为韩愈有些诗"还是可以的"。比如《山石》诗，是一首以时间为顺序的纪游诗，布局和写散文的游记基本相同，但全诗写景非常成功，很有诗意，而韩愈写散文游记就不是这样塑造意境的。我们绝不能因为它结构像散文，而否认它在诗歌意境上取得的成就。不过，韩愈在这首诗中更多使用的是赋。比、兴和赋当然是可以结合的，结合得好就可以做到寄托和直陈的统一，做到言近旨远。

毛主席说"剑英善七律"。比如叶剑英副主席的《远望》诗，运用比、兴两法就非常成功。这首诗不是用抽象思维来反映现实，而是使用比、兴两法用形象思维来反映现实的。读了这首诗，我们面前展现出1965年秋，叶副主席在大连棒棰岛上极目远望，遥望"苏联"国土上列宁主义的红旗已经无影无踪地消失在遥远的天空里的具体图景。由"逝翁"想到"红旗缥缈"，再想到谁使"苏联"人民陷入这样的境地之中？这是兴。上面这个问题，叶副主席给我们作了形象的回答："昏鸦三匝迷枯树，回雁兼程溯旧踪。""昏鸦""回雁"都是眼前景色，一经点染，就有了深刻的寓意。你看，迷糊乱飞的乌鸦留恋那干枯的老树，围着它团团打转；回飞的大雁用加倍的速度，朝着原来的老路火速飞行，这是"苏联"当时真实的艺术写照。鸦由于昏，所以对枯树产生了迷恋；雁由于回飞惯了，所以追溯的还是那条老路。在栩栩如生的艺术形象里，这具有多么辛辣的讽刺意味！"昏鸦"和"回雁"两个比喻多么贴切，这是比。用了比、兴两法，由近及远，因小见大，扩大了艺术容量，增强了艺术感染力。读了这首诗，让我们在艺术享受之中受到了深刻的"反修"教育。叶副主席运用比兴把抽象的革命真理说得非常生动形象，是我们学习的榜样。

毛主席给陈毅同志谈诗的这封信对我的鼓舞很大。最近，有几位老朋友建议我在打倒"四人帮"后应该利用业余时间把古典诗歌创作的理论研究工作继续搞下去，我也有这个决心，愿意把自己的残年余力贡献给伟大的社会主义文教事业，写出一些以马列主义、毛泽东思想为指导的有创见的论文来。

（原载1978年1月21日《四川日报》）

《情探》的思想和艺术

《情探》是传统剧里的一折好戏。好就好在写情入微，不落俗套，在感人至深的艺术形象中，有深刻的社会内容。剧作者赵熙，字尧生，四川荣县人，近代有名诗人。相传清末光绪二十八至二十九年间（1902—1903），赵熙做泸州川南经纬学堂的监督（校长），一次返回荣县，途径自贡，看了木偶戏《活捉王魁》，对剧本很不满意，决心改写，一夜写成。这个剧本是在《活捉王魁》的原剧基础上加工修改而成的。

剧本上演以来，一直为广大川剧爱好者所激赏。1950年，王朝闻曾将《情探》油印本发给中央戏剧学院学生，并对人物性格的刻画、环境的描写、情节的处理作了深入的讲解（见《新艺术论集》），更扩大了这折戏的影响。观众对于剧中被遗弃而死、仍作多次爱情试探且情深意厚的焦桂英无限同情，对于剧中负义背盟、弃妻另娶的王魁极端憎恶，正是从这一角度对封建社会加于妇女的压迫进行了深刻的揭露和控诉。清末，赵熙的学生周孝怀任四川巡警道，实行川剧改革，这个剧本适应了资产阶级改良派的需要，曾以另一剧名《改良活捉》轰动一时。

这个剧本的价值何在呢？

首先，我们从《王魁》戏曲的演变看它的思想意义。

明初人叶子奇在《草木子·杂俎篇》里写道："俳优戏文，始于《王魁》。"它是根据宋代民间传说创作、改编,并最早搬上舞台的一个剧目。

王魁休妻,被鬼捉去,是宋代民间传说中较为普遍的故事。《丽情新说》卷下的《王魁歌》,旧题宋刊罗烨的《醉翁谈录》,辛集的《王魁负心,桂英死报》,以及托名夏噩的《王魁传》都记载了这个传说。王魁,名俊民,字康侯,宋仁宗时人,本是一个历史人物,曾受知于王安石(见宋李璧《王荆公诗注》中《详定试卷》诗注)。"魁"是宋人对"状元"的习惯称呼,并不是他的名字(见黄文旸《曲海总目提要》卷十四)。

根据这一民间传说改写的剧本,宋官本杂剧段数有《王魁三乡题》("三乡题",曲牌名),见宋周密《武林旧事》卷十,王国维《宋元戏曲史》认为此剧作于宋亡前一百数十年间;戏文有宋元无名氏的《王俊民休书记》,明无名氏的《桂英诓王魁》,俱见明徐渭《南词叙录》;杂剧有元尚仲贤的《海神庙王魁负桂英》,明杨文奎的《王魁不负心》,前者见元钟嗣成《录鬼簿》,后者见明朱权的《太和正音谱》;传奇有明王玉峰的《焚香记》,汲古阁《六十种曲》本。这些传统的《王魁》剧本,除《焚香记》外,其他都亡佚了。我们今天能够看到的《王魁》的宋元戏文,只有钱南扬教授根据钮少雅钞本《九宫正始》等书辑录的零曲十八支,保留了相当于《焚香记》里的《访姻》《允谐》《赴试》《饯别》《逸书》各出的部分内容。而保留在明郭勋《雍熙乐府》卷十一里的《双调·新水令》套,内容和川剧的《阳告》相近,估计可能是尚仲贤杂剧里的第三折曲文。

从这些经历了几个朝代,反映不同社会内容的传统剧本看,显然是两个路子。第一个路子的主题,忠实于宋代民间传说,揭露王魁的负心。一个穷愁潦倒的书生,在他走科举道路爬上统治阶层以后,贪恋富贵,丧心病狂,抛弃妻子。这样的人在封建社会里是常见的典型。与《王魁》同时产生的戏文《张协状元》,以及后世地方戏里的《秦香莲》,鞭挞的都是这样的人物。王魁和陈世美一样,他们的名字已经成为地位变了良心坏了的负心男子的同义语。从这一条路子写的戏曲，反映了人民的爱憎，是大得人心、大快人心的。而第二个路子的主题，则是替王魁翻案。这类剧本如《王魁不负心》《桂英诬王魁》，由于不得人心，没有流传下来。王玉峰的《焚香记》也属于这一类。但他耍了一个猾头，把故事捏造成焦桂英既多情，王魁也有义，一个"捐生持节"，一个"辞婚守义"。而所谓休书，只是一个名叫金垒的第三者的伪造。焦桂英的气愤自缢，实是一场误会。两人还阳团圆，则出于海神的恩典。这个剧本调和了阶级矛盾，宣扬宿命论观点，思想性很差。

川剧的王魁戏，名《红鸾配》，有《誓别》《拆书》《逼嫁》《阴阳告》《活捉》等折，虽摘取了清代最流行的戏曲选本《缀白裘》里选录的《焚香记》的部分曲文，却恢复了谴责王魁的主题，特别是《活捉》一折以粗笔浓墨勾画出了有强烈复仇愿望的焦桂英鬼魂的形象。她怀着"这冤仇实难相偿，若遇着怎肯轻放"的满腔怒火要报仇雪恨。王魁哀求，无效；许诺超度她的灵魂，也无效。焦桂英要的只是王魁的性命，她呐喊着：

> 任你是蒯文通、张子房，说生死，道无常，说不过铁石心肠，冤家狭路怎轻放！

句句浸透着仇恨交织的情绪，字字迸发出咬牙切齿的声音，很坚决，很顽强，使观众情绪上能够得到一时的满足。但是，戏剧冲突太简单，王魁只是一个"自从写过休书后，神劳体倦两交加"的负义人的一般形象，焦桂英也只是一个单纯责备王魁"无义贼良心尽丧"的疯狂型的复仇女魂，人物形象比较单薄，对社会罪恶的揭发就显得浅露了。因此，对原剧进一步作些加工修改，的确是很有必要的。

赵熙的加工修改，首先肯定了老本《活捉》的主题，只是把戏剧冲突加以深化和发展，并根据内容把剧目改为《情探》。他在"探"字上大做文章，不是简单的直写活捉，而是用旧情去做种种试探和步步试探，最后才是活捉的结局。改写者笔下的焦桂英既有着《活捉》所原有的强烈的复仇愿望,又有着冷静的理智,对于死心塌地忘恩负义的王魁,明知很难有挽回之望,却偏偏不急于活捉,而是看对王魁是否还有一点感情再进一步试探,这种试探就是把王魁的丑恶灵魂层层加以解剖,并把它暴露在光天化日之下。

这些试探,探得好!它是对王魁最严峻的考验,让他在义与利、善良与邪恶之间进行一次又一次的抉择。他本来可以回头,却顽固地不肯回头,说明他的忘恩负义不是出于偶然,而是他反复衡量的结果。这使我们看到了被封建社会制度塑造的一个卑鄙的灵魂,他可以置情人的生死于不顾,曾经的一切恩情丝毫不能打动他,降低和好条件也丝毫不能说服他,而这仅仅是一个王魁的罪恶吗?又使我们看到,旧社会的一个善良妇女,对一个男子施恩再大,用情再专,但当情人忘恩负义之后,没有任何一点办法进行反抗,只有化为一缕冤魂才能把负心人活捉偿命,而鬼魂不过是人民无法维护自己权益产生的幻想的化身而已。死者一往情深,生者却顽固不化,一方面衬托了王魁性格的十分可恶,另一方面突出了焦桂英身世的极端可悲,而这又仅仅是一个焦桂英的问题吗?这对揭露封建制度对妇女的压迫是有益的。即使在今天,对那些把爱情当作商品的人,难道没有教育的作用吗?这些试探,对于王魁,明显的既不是争取也不是挽救,因为即使争取或挽救了一二分,对于已死的焦桂英也是没有任何实际意义的。而改写者的笔下却大写、细写这种种试探和步步试探,这既是对王玉峰之流"王魁有义"的陈腔滥调的鲜明否定,更重要的是把人民所痛恨的、社会所造成的这些罪恶现象摆在观众的眼前使人深思,这就大大增强了这折戏的思想性。

其次,我们从《情探》的情节结构看它的艺术成就。

《情探》刻意写"探",并用它作全剧的结构来展开戏剧冲突,也大大提高了这出戏的艺术性,改变了老本"说活捉就活捉"的单调感。在一再试探的过程中,人物性格在发展着、丰富着,使观众不仅感到焦桂英沸腾的情感,而且进一步体会到她由深情产生的理智。她的试探,既动之以情,又晓之以义,倾诉了满腔的委屈,提出了感人的要求,抒发了过去的恩爱。当焦桂英的鬼魂带着鬼卒到了王魁的寝室时,鬼卒要"立拉入阴阳界索还命债",焦桂英却说:"缓思裁,权相待,犹恐他从前恩爱依然在,好叫奴千回万转,触目伤怀!"无限深情的设想了一个"恩爱依然在"的绝不可能的前提,低徊宛转,一波三折,为下面开始试探作了很好的铺垫。

当王魁发现焦桂英提出了一连串的质问时,焦桂英回答说:"我潜踪秘迹上春台,都只为鱼水旧和谐。"焦桂英秘密地来到京城,完全是为了旧日恩情,这就开始了第一次试探。在这一次试探中,焦桂英反复提到的都是"从前恩爱,旧日和谐",要王魁回忆过去她是怎样陪他深夜攻书,怎样为他许愿求医,讲得十分缠绵,异常宛转。特别是回忆与王魁初别时的情况:

> 梨花落,杏花开,梦绕长安十二街。夜间和露立苍苔,到晓来辗转书斋外。纸儿、笔儿、墨儿、砚儿!件件般般都是郎君在,泪洒空斋,只落得望穿秋水不见一书来。

凄凉悲切,细腻宛转,简直是神来之笔。有了这一段唱词,焦桂英的形象丰满了。她由于对王魁的挚爱,整个心神已为王魁所夺,惦念着应考走了的王魁,没有拘管的梦魂绕遍了王魁所在的京城汴梁,深夜伫立,晨起徘徊,文房四宝这些无情之物也无一不引起她的回忆而泪洒书斋。但这样的痴情却落得双眼望穿、书信渺无的结果,这就准确地突出了焦桂英这个感情深沉而执着的诗妓形象。这个形象是个性化的,既不同于《闯宫》的秦香莲,又不同于《悲逢》的赵五娘。她的一言一招,是不能移植到别的人物身上的。在接下来的一段唱词中,她更关心到王魁的前程,她祈求海神"要保他文章合派,莫使他春愁如海",甚至关心到他的文风是否投合当时的风尚,一再以旧情打动他,可是王魁却认为

"昧良心出于无奈"。第一次试探没有起到一点作用。

接着引起第二次、第三次、第四次试探，焦桂英提出可怜她千里而来，即使重认为妻，也不敢与韩相之女争宠，只盼王、韩携带；又提出既不能重认为妻，只求做一偏房之妾；最后哀求王魁开一线之恩，为奴做婢，得免饥寒。王魁也几度动摇，几度徘徊，或者感于焦桂英"呖呖莺声实可哀"的"万转悲怀"，或者感于焦桂英感情的执着——"到死春蚕缚不开"，但邪恶的思想最终占了上风，他害怕"事情有碍，日久成灾"，终于"横了心肠断了胎"，安心作恶。这样的情节安排，就像剥笋抽茧一样，对王魁这个反面人物一层层地剖析，一丝丝地抽绎，一步步地刻画，把他丑恶的内心世界暴露得毫发无遗。王魁鲜明的个性被刻画出来了，他是一个能诗善文、多情易感的状元，并非一个毫无人情、毫无理性的人，只是他的理智被利欲熏染，从精神上堕落了。这样的刻画，大大增强了人物的真实感和艺术感染力。情是进行试探的根据，探是对于感情的检验，情中有探，探中有情，层层递进，使观众为之心摇神移，从而获得思想和艺术的借鉴。

再次，我们还可以从剧本的文学语言看它的艺术成就。

浓厚的抒情味使这个剧本达到了诗剧的较高水平。整个剧本是抒情的，所使用的语言也是抒情的，而且根据舞台语言的特点，具有雅俗共赏的特色。为了准确、鲜明、生动地反映事态的变化和突出人物的性格，改编者对于字句的锤炼确实是下了功夫的。比如老本《活捉》，王魁上场时的唱词是"更阑静，月正光，王魁独自叹家乡"，以下用大段唱词描写焦桂英的爱情纠葛和王魁另娶休妻的事情，后面才接上"一盏孤灯照兰房，银灯拨尽油不亮，阴风惨惨好凄凉，隐隐的销金帐，耳听得鬼哭神嚎，犬叫汪汪，常在我耳边厢"，语言虽也通俗流畅，但却异常冗赘。赵熙将它压缩改写成四句："更阑静，夜色哀，明月如水浸楼台，透出了凄风一派。"这就不仅渲染了秋夜的气氛，描绘了状元府的清冷幽静，还结合着人物的心境，表现了王魁既得意又愧疚的不安和彷徨。这个精神上堕落而实质上很虚弱的人物，一上场就给观众留下了深刻的印象。语言的优美还是其余事，像这样优美的唱段在整个剧本中可以说比比皆是。

不仅唱段如此，改编者还常常有意识地把人物的念白非常艺术地提炼成优美的抒情散文。比如王魁询问焦桂英为什么只身一人来到京师，焦桂英拿出一张小小白纸的药方，深情回答：

焦桂英：哎呀，状元公！如何又是唠叨？我想去年秋后，状元公深夜攻书，奴在一旁烹茶奉水。那时西风飒飒，奴说郎君安寝了吧。及入罗帐，郎君脚冷如冰，是奴偎足而眠，终夜不暖！次日郎君就得下寒疾，医药罔效。奴家许上一愿："皇天啊，菩萨！保佑郎君安好，愿减奴六年之寿。"后来奴在海神庙前，求得药签一方，郎君病体就霍然而愈。状元公，你还记得记不得？

王　魁：记得，怎么样？

焦桂英：记得就好！奴怕郎君玉体不安，无人侍奉，（取出药方）特地送此药方而来。

应该说，这是一段牵人情思、动人肺腑的台词。在这段台词里，抒发了焦桂英对王魁的一片痴情，不仅关心他的读书，关心他的生活，关心他的健康，甚至不惜夭折自己的年寿去延续王魁的寿命（这是一种迷信思想）。这样的抒情语言，刻画出一个体贴入微、爱之入骨钟情的妇女的形象。王魁能够安心读书，安心养病，以致后来高中，无一不是在焦桂英的羽翼下安排的。可惜，焦桂英爱情的烈火，却点不燃王魁旧情的死灰。这段抒发内心的念白，把焦桂英的形象塑造得十分丰满。

赵熙在改编时大量使用了前人的诗句，有的借用原文，有的略加点窜，显得琳琅满目、文采斐然。如"今朝都到眼前来"，借用唐元稹《遣悲怀》诗句；"春色因何入得来"，借用唐薛昭翰《春女怨》诗句；"一寸相思一寸灰"，借用唐李商隐《无题》诗句；"万水千山得得来"，是五代贯休和尚《陈情献蜀皇帝》"千水千山得得来"诗句的改动；"为谁辛苦为谁来"，是唐罗隐《蜂》诗"为谁辛苦为谁甜"诗句的改动，等等。用得好的地方推陈出新，笔情墨韵耐人寻味，也给人一种抑扬顿挫的声音美的享受。但也有一些地方，由于过于文雅，阻碍了人们对它的理解，自是一个缺点。

王朝闻曾说："研究研究《情探》等剧本为什么曾经在群众中流传的原因，很有必要。"我们体会到：细致深入的挖掘主题思想，别具匠心地展开戏剧冲突，精雕细刻地琢磨文学语言，赵熙在改编老戏上给我们提供了有益的经验。

（作者雷履平、徐艾，原载《川剧艺术》1980年第1期）

【附】

情　探
（高腔）

赵　熙

人　物：焦桂英　王魁　鬼卒

　　〔王魁上。

王　魁：（唱《月儿高》）

　　　　更阑静①，

　　　　夜色哀，

　　　　月明如水浸楼台，

---

① 更阑静：更阑人静，形容夜深了。更，尽。

［焦桂英率鬼卒上，绕场下。

（唱）透出了凄风一派！

（诗）玉殿①传金榜②，

君恩赐状头③。

洞房今夜坐，

心事却如秋！

下官王魁。自从招赘韩相府第，不觉一月有余，女貌郎才，欢同鱼水。但不知那海神庙送行的焦桂英是何下落？唉！这本账既已一笔勾销，焦桂英哪，焦桂英！今生是我用的情，前生是你修的命！（闻风声起）

垣墙外为何阴风飒飒？

［焦桂英上，鬼卒随后。

焦桂英：（唱《水荷花》）

阴风飒飒，

黑月无辉，

相思血泪旧盈腮，

到如今化为孽海！

鬼　卒：前面黑气罩天，即是王魁寝室。

焦桂英：（唱《园林好》）

悲哀！

你看他绿窗灯火照楼台，

哪还记凄风苦雨卧倒长街！

王　魁：（唱）人生莫做亏心事，

处处风声是祸胎。

---

①玉殿：即金殿。金玉都含有高贵的意思，是对皇帝的美称。

②金榜：科举时代，最后一次考试张贴出的被录取人的榜文。考中的人，称作"金榜题名"。

③状头：状元。

鬼　卒：（唱《占占子》）

　　　　　孽火①如雷，（重）

　　　　　拉入阴阳界，

　　　　　索还命债。

焦桂英：（唱《园林好》）

　　　　　缓思裁，

　　　　　权相待，

　　　　　犹恐他从前恩爱依然在，

　　　　　好叫奴千回万转，

　　　　　触目伤怀！

王　魁：（唱）观书眼不开，

　　　　　和梦赴阳台②。

　　　　　[鬼卒下。

焦桂英：（唱）且向纱窗叩玉钗。

　　　　　（静听，不见响动，进门）

王　魁：（起床，手持烛）

　　　　　（唱）睡定又还起，

　　　　　无风门自开，

　　　　　（巡行，随手闭门，转身见焦桂英）

　　　　　今朝都到眼前来。

　　　　　（惊）呀！你是谁？

焦桂英：是我。

王　魁：是你，你找谁？

焦桂英：找状元公道喜！

---

① 孽火：复仇的火焰。
② 和梦赴阳台：出自宋玉《高唐赋》，楚襄王梦见神女，自称朝朝暮暮在阳台之下。因此，后人常用"阳台"代表梦境。这里指入睡。

王　魁：（惊惧，背唱）

　　　　此事真奇怪！

　　　　面庞儿却好似从前恩爱。

　　　　（回身对焦桂英）

　　　　你是何方何氏女裙衩？

　　　　为何万水千山得得①来？

焦桂英：（唱）分明是意中人，

　　　　却变作眼中怪。

　　　　状元啊！

　　　　你就忘却了焦家有女孩？

王　魁：（唱）你是人是鬼，

　　　　是福是灾？

　　　　我朱门洞府②未曾开，

　　　　春色因何入得来？

焦桂英：（唱）请君猜！

　　　　我潜踪秘迹上春台③，

　　　　都只为鱼水旧和谐④。

王　魁：（背立筹思）

　　　　（唱）不该不该大不该，

　　　　这个关儿怎下台？

　　　　（沉思）有了。

　　　　（唱）你更深夜静把门开，

　　　　谁家风信吹裙带⑤，

---

① 得得：特地。词曲常用语。
② 朱门洞府：朱门，官僚豪富的红漆大门。洞府，神仙住的地方。王魁夸耀韩相宅院的豪华。
③ 春台：繁华地区，指京城。
④ 鱼水旧和谐：鱼儿在水中那样欢快、自在。指桂英和王魁旧日的爱情。
⑤ 谁家风信吹裙带：风信，即花信风，传说有二十四番花信风，什么风吹来开什么花，从不紊乱。裙带，妇女的装束，指焦桂英。王魁指责焦桂英是受了别人挑动前来的。

　　　　　有何面目假作痴呆！

焦桂英：（哭泣）

　　　　　（唱）为谁辛苦为谁来，

　　　　　不想你平地将奴怪。

王　魁：（怅然背立）

　　　　　（唱）可怜她一寸相思一寸灰①！

焦桂英：（悲）喂呀！

王　魁：（唱）且免悲怀！（重）（急转）

　　　　　千山万水无音无信忽然来，

　　　　　同行婢媪②知何在，

　　　　　则令人好生莫解！

焦桂英：哦！状元疑的这个，待奴先与状元道喜，奴再细细地诉。

王　魁：不必了。

焦桂英：状元公身体可好？

王　魁：我问你上路的事，身体有何不好！

焦桂英：但得郎君玉体安康，便是奴家万幸了。

王　魁：我问你上路的事，不用唠叨！

焦桂英：哎呀，状元公！如何又是唠叨？我想去年秋后，状元公深夜攻书，奴在一旁烹茶奉水。那时秋风瑟瑟，奴说郎君安寝了吧。及入罗帐，郎君脚冷如冰，是奴偎脚而眠，终夜不暖！次日郎君就得下寒疾，医药罔效③。奴家许上一愿："皇天啊，菩萨！保佑郎君安好，愿减我六年之寿。"后来奴在海神庙前，求得药签一方，郎君病体就霍然而愈。状元公，你还记得记不得？

---

①一寸相思一寸灰：有"蜡炬成灰泪始干"之意。王魁良心还未丧尽，焦桂英提起过去还能感动他。

②婢媪：婢，丫头。媪，老妈子。

③罔效：无效。

王　魁：记得，怎么样？

焦桂英：记得就好！奴怕郎君玉体不安，无人侍奉，（取出药方）特地送此药方而来。

王　魁：（背立洒泪）往事如尘，说得我柔肠寸断！（重）

（唱）不该不该大不该，

王魁做事不成材。

感动她千山万水一人来，

况且她花容玉貌依然在！

（徘徊）

那韩丞相知道多妨碍。

皇天鉴我怀，

昧良心出于无奈！

（回首对焦）

药方儿于我何哉？

（掷药方于地）我不病了，纵病也有人伺候。

焦桂英：（怒，又强忍）伺候有人，更是奴家万幸了。敢问状元公，伺候又是何人？

王　魁：你听！本官蒙当今天子钦点十七省头名状元，恩上加恩，宠上加宠，钦命入赘韩相府第。你要问伺候我的人，就是一品当朝韩宰相的堂堂小姐。

焦桂英：（微笑）贺喜了。敢问状元公，万岁是要管众人的婚姻，还是专管状元、宰相两家的婚姻？

王　魁：（背立）哎呀，厉害！听她之言，莫非要告我停妻再娶？我且截她一截。（向焦桂英）专管状元、宰相两家的婚姻。

焦桂英：更可喜了。既是如此，奴就要请见有福有命的状元夫人，听听遵旨成婚后的教训。

王　魁：不必了。雪花纹银二百两，书信一封，早送到济宁焦家庄，那就是我成婚后的教训。

焦桂英：倒把状元公费心了。但不知这教训二字，从何说起哟？

王　魁：（惭愧）你回去自然明白。

焦桂英：我还回去则甚？

王　魁：你不回去又则甚哪？

焦桂英：（泣）自从别后！

（唱）梨花落，

杏花开，①

梦绕长安十二街②。

夜间和露立苍苔，

到晓来辗转书斋外。

纸儿、笔儿、墨儿、砚儿！

件件般般都是郎君在，

泪洒空斋，

只落得望穿秋水③不见一书来。

王　魁：（长叹）事如春梦了无痕，忍俊不禁了！④

焦桂英：（泣）四月初旬，算来是京城放榜之期，奴家又到海神庙祷告。奴说：海神啊！

（唱）你生时忠义死时哀⑤，

到而今香烟万代。

---

① "梨花落，杏花开"：指王魁离家赴京后的漫长岁月，还包含离（梨）、恨（杏）情绪的双关语。

② 梦绕长安十二街：汉唐时代，京城长安都有十二街。这里借指京城。王魁上京赴试，焦桂英做梦都跟随在他身边。

③ 望穿秋水：古人用秋水、秋波形容明亮的双眼。这里指眼睛都望穿了。

④ "事如春梦了无痕，忍俊不禁了"：过去的一切，像春梦般消逝得无踪无影，一经焦桂英提起，又像历历在目，忍不住内心又被牵动了。忍俊不禁，"禁"读作 jīn，原意是忍不住笑了出来，这里只作忍耐不住讲。

⑤ 生时忠义死时哀：传说海神是春秋时代吴国的伍子胥，他是遭受谗言冤死的。

　　　　我郎君落拓青衫①一秀才，
　　　　要保他文章合派②，
　　　　莫使他春愁如海③。
　　　　神灵儿鉴怜奴四礼八拜，
　　　　果然是马前呼道状元来④。

王　魁：我那文章也是得意的，不尽关笔有神助⑤！
焦桂英：状元公，也难得菩萨知己呀！
　　　〔王魁惭愧不语。
焦桂英：那夜晚海神又来示梦，说郎君不但功名显赫，并且啊……
　　　（唱）红鸾星照玉台⑥，
　　　　连理枝头花正开⑦；
　　　　怕只怕绿珠红粉沉光彩⑧！
　　　〔王魁惊。
焦桂英：（唱）醒时欹枕费疑猜。
　　　　莫不是魔梦生灾怪？
　　　　岂有海涛神，
　　　　管我风流债！
　　　〔王魁点头。
王　魁：（唱）一霎时碧纱窗外，

---

① 落拓青衫：不得意的文人。落拓，失意。青衫，穷书生常穿的衣服。
② 文章合派：旧时科举考试，做文章有一定的格式（八股），稍有失格就不能考取。
③ 春愁如海：春愁，原意为春花谢落引起未婚姑娘的愁思，这里借用作应考落第的忧愁。
④ 马前呼道状元来：状元及第，打马游街，古时读书人认为是最得意的事。
⑤ 笔有神助：传说江淹幼年梦神赠给五彩笔，因而写作富有文采。这里指王魁炫耀自己有真才实学。
⑥ 红鸾星照玉台：红鸾星，相传系主持男女婚姻的星宿。玉台，即玉镜台，晋温峤曾用玉镜台作聘礼娶得美妻。这里借用指王魁招赘事。
⑦ 连理枝头花正开：连理枝，恩爱夫妻的比喻。全句指王魁和韩小姐婚后的得意心情。
⑧ 绿珠红粉沉光彩：这里借用李白诗句，意思是，看来王魁美满婚姻，终不过一场悲剧而已。绿珠，晋石崇的歌妓。石崇因绿珠被权贵杀死，绿珠也坠楼自杀。

芦花风起夜潮来①！

（惊、背立）真有神啊！可怕人也！

焦桂英：前事不说，到而今啊！

（唱）迢迢千里犯尘埃②，

会向瑶台③，

总算是明月入君怀④；

纵不是双凤齐飞，

也愿化为红绶带⑤，

又何忍抛下名花⑥不肯栽？

王　魁：（惆怅长叹）

（唱）但听她呖呖莺声实可哀，

婉转悲怀！（重）

（转念）

犹恐怕事情有碍，

日久成灾，

转被旁人笑我呆。

（敛气作势）你回去的好。

焦桂英：状元公三思。当初困卧街心，彼此相逢，是何光景？继后南坡送别，海誓山盟，又是何光景？

---

① 芦花风起夜潮来：传说钱塘江潮水是海神涌起的。王魁疑心生暗鬼，把窗外风声当作海神涌起的波涛。

② 迢迢千里犯尘埃：意为长途跋涉，满身尘土。迢迢，远的意思。犯，蒙受。

③ 瑶台：仙人居住的地方，借用赞美丞相府第。

④ 明月入君怀：《世说新语》云："夏侯太初'朗朗如明月入怀'。"焦桂英故意称赞王魁"心头明白"，也有把自己比作明月而终于寻到王魁的意思。

⑤ "纵不是双凤齐飞，也愿化为红绶带"：比喻王魁和韩小姐是并飞的双凤，自己像红绶带被双凤衔着一样，只希望得到爱怜，不敢争宠。绶带，丝织的带子。从李商隐诗引申而来，原诗《饮席代官妓赠两从事》："新人桥上着春衫，旧主江边侧帽檐。愿得化为红绶带，许教双凤一时衔。"

⑥ 名花：旧为美女代称。

王　魁：（差愤）哦，你敢奚落下官？你本烟花弱质①，我不念当初薄薄的恩情，今晚冒闯相府，早送你到枉死城中去了。

焦桂英：状元公也知当初恩情？奴正舍不得当初恩情，故而婉转求你！

（唱）黄金屋不须开②，

可容奴偏房③自在？

王　魁：（唱）悲哀！

到死春蚕缚不开④，

不管她是祸是灾，

且容她偏房自在。

（转念）哎呀！不好，不好，这压妻为妾的风声如何出去得？有道是：宁可我负人，不可人负我⑤。

（接唱）

一任他千言万语巧乖乖，

我横了心肠断了胎。

谁见得人间天网尽恢恢⑥，

凡百事莫贻后悔。

（毅然对焦桂英叱呵）你去吧！

焦桂英：事到如今，情知做妾也是无命。望状元公开一线之恩，格外修好，容我为奴做婢，得免饥寒！

（唱）可怜我娘儿母子无依赖，

---

① 烟花弱质：妓女。

② 黄金屋不须开：汉武帝听说要把表妹阿娇许给他，表示愿意为阿娇修造一所金屋。不开金屋，是焦桂英降低对王魁的要求，退出妻子的地位。

③ 偏房：侧室，小老婆。

④ 到死春蚕缚不开：蚕吐丝束缚自己，比喻焦桂英对爱情专一，用丝束缚自己。

⑤ "有道是：宁可我负人，不可人负我"：引用《三国演义》曹操杀吕伯奢后对陈宫说的话。

⑥ 谁见得人间天网尽恢恢：《老子》七十二章："天网恢恢，疏而不失。"恢恢，广大无所不包的意思。古代迷信说法：一个人做了坏事，逃得过人间的法网，逃不过神置的天网。此时王魁死心塌地，竟连封建社会里遵循的"神"的指示，也毫不顾及了。

况且奴千山万水一人来，

同行婢媪知何在！

王　魁：事已至此，我不清你的来路，只要你的去路。速速去！

焦桂英：（唱）再思裁，

处处风声是祸胎，

凡百事莫贻后悔。

〔鬼卒在外愤吼。

王　魁：（唱）莫不相府有人来？

〔鬼卒上。

勘破机关怎下台？

（指焦桂英）你安心闹我！再不走，我要你的命！

焦桂英：（厉色）我有几条命你要哟！

王　魁：死不要脸！（以手打焦桂英）

焦桂英：（厉声）负义王魁，请来看脸！

（趁势将王魁捉住）

〔鬼卒迎上，套住王魁颈项，揪下。

〔焦桂英出门，急步下。

——剧终

元好问《论诗绝句》选笺

元好问（1190—1257），字裕之，号遗山，金太原秀容（今山西忻县）人，是当时杰出的现实主义诗人。他的《论诗》三十首表现了进步的文学观点，全面而系统地提出了他对北宋以前的主要诗家的看法。

用七言绝句写文学批评，始于杜甫。杜甫《戏为六绝句》评论了庾信和初唐四杰（王勃、杨炯、卢照邻、骆宾王）等人的创作。《解闷》的个别几首，评论了当时诗家薛据、孟云卿、王维、孟浩然的诗。用二十八个字对诗歌创作的一些问题提出批评，短小精悍，一针见血，言少意多，启人遐想，是多样化的文学批评样式里的轻骑兵。

发展民族形式的文学评论，我们需要有卓有见地的巨制鸿篇，也需要有一得之见的零感断想。百花竞艳，万壑争流，活跃学术研究氛围，增加理论批评品种，用批判精神对古代论诗绝句进行分析、研究，将有助于我们文学评论工作的向前推进。

    笔底银河落九天，何曾憔悴饭山前。
    世间东抹西涂手，枉着书生待鲁连。

这首诗从政治抱负上肯定了李白诗歌的浪漫主义精神，批判了李白研究中把李白当成空头文学家的错误论调。

李白是要求积极用世的。他说："平明空啸咤，思欲解世纷。""终与同出处，岂将沮溺群！"（《赠何七判官昌浩》）又说："余亦草间人，颇怀拯物情。"（《读诸葛武侯传书怀赠长安崔少府叔封昆季》）

李白这种政治抱负的形成是他对客观现实的极端不满。他生当"开元盛世"，但他并没有被这个"盛世"的假象蒙蔽，看到了当时政治的腐朽本质，写道："一百四十年，国容何赫然。"（《古风》四十六）有了一百四十年历史的大唐帝国，国容的煊赫并不能掩盖它本质的腐朽。李白把唐玄宗比作淫乱的殷纣王和昏庸的楚怀王："殷后乱天纪，楚怀亦已昏。夷羊满中野，菉葹盈高门。比干谏而死，屈平窜湘源。"（《古风》五十二）比作自己追求长生不死却不关心百姓疾苦的秦始皇："但求蓬岛药，岂思农扈春。"（《古风》四十八）把当时的时代比作兵连祸结的战国："战国何纷纷，兵戈乱浮云。"（《古风》五十四）这样的皇帝，这样的时代，无怪乎李白想"解世纷""拯物情"了。这是李白产生政治抱负的社会原因。

要实现这样的政治抱负，他没有走当时一般知识分子所走的科举的坦途，而是幻想"以布衣取卿相"，走战国策士走过的崎岖道路。历史上的政治家，特别是战国时代的鲁仲连的事迹对他有着很深的影响，他给了鲁仲连很高的评价："谁道泰山高？下却鲁连节。谁云秦军众？摧却鲁连舌。独立天地间,清风洒兰雪。"（《留别鲁颂》）"齐有倜傥生,鲁连特高妙。明月出海底，一朝开光曜。却秦振英声,后世仰末照。"（《古风》十）在他参加永王李璘军队以后也说："所冀旄头灭，功成追鲁连。"（《在水军宴赠幕府诸侍御》）他认为，鲁仲连坚持不帝秦的主张解除了赵国的被围困，又帮助齐国从燕军手里收复了失地，是英雄行径。李白特别心折的是鲁仲连的不受酬报，急流勇退。李白想效法鲁仲连："鲁连卖谈笑，岂是顾千金？陶朱虽相越，本有江湖心。余亦南阳人，时为《梁甫吟》。

苍山容偃蹇，白日惜颓侵。愿一佐明主，功成返旧林。"(《留别王司马嵩》) 不遇时，像诸葛亮为《梁甫吟》；功成后，学范蠡逃到江湖。对建功立业理想的追求是李白思想的主导方面。

功成身退是他在幻想中给自己安排的道路，而促使李白产生功成身退思想的却是封建社会的残酷现实。历史上的、当代的知识分子的不幸遭遇和统治阶级内部的互相排挤与倾轧，不能不引起他的警惕和畏惧。他写道："吾观自古贤达人，功成不退皆殒身。子胥既弃吴江上，屈原终投湘水滨。陆机雄才岂自保，李斯税驾苦不早。华亭鹤唳讵可闻，上蔡苍鹰何足道！"(《行路难》其三) 面对人吃人的血腥现实，李白只好以功成身退的鲁仲连自许了。这种想法本身就包含着对封建制度的不满。

对现实的极端不满，对理想的积极追求，构成了李白诗歌的积极浪漫主义精神。

可是过去的评论家并不是这样看待李白的诗歌创作的，他们歪曲这位伟大诗人，把他说成是书生和酒客。唐诗人郑谷认为："何事文星与酒星，一时钟在李先生。高吟大醉三千首，留着人间伴明月。"① 元稹《唐故工部员外郎杜君墓系铭并序》认为李白仅仅是"以文奇取称"，而元稹的诗友白居易也有类似的见解，说："又诗之豪者，世称李杜。李之作才矣，奇矣，人不逮矣。索其风雅比兴，十无一焉。"②

类似这样的看法，不能不引起元好问的愤慨。

应该指出，李白以鲁仲连自许的想法，尽管反映了他的不满现实，追求理想，敝屣富贵，鞭挞庸俗，有积极的一面，但本质上却是追求个人建功立业的一种空想。因而当这种空想碰壁之后，李白很自然地走上消极、颓废和享乐的道路，从而构成了李白诗歌的消极浪漫主义的因素。鲁仲连的时代早已一去不复返了，李白没有认识到这一点。由于历史和阶级的局限，元好问没有也不可能认识到这一点。

---

①《云台编》卷上。
②《白氏长庆集》卷二十八《与元九书》。

> 沈宋横驰翰墨场,风流初不废齐梁。
> 论功若准平吴例,合着黄金铸子昂。

这首诗从诗歌的战斗意义和历史意义上肯定了陈子昂的文学革新精神。

诗人的情感永远是和当时的现实联系着的,优秀的诗篇往往是通过诗人的主观感受传达出时代的声音。初唐是封建社会上升的时代,但政治、经济、军事、外交各方面的成就并没有改变初唐诗坛的落后面貌。作为时代声音的诗歌,淫靡浅薄,笼罩着齐梁宫体诗的阴影。在陈子昂以前,"四杰"对宫体诗仅仅作了一些改良,而不是根本的否定;和陈子昂同时的沈佺期、宋之问讲究格律的工整,追求语言的凝练,更远远没有摆脱齐梁的影响。横扫阴霾,制止颓波,结束了万马齐喑的局面,显示出大唐诗歌风貌的,是陈子昂。

反对齐梁形式主义,继承汉魏优良传统,提倡具有时代内容的"风骨",提倡具有政治寄托的"兴寄",高举诗歌革新的大旗,并用创作实践去丰富它,有理论,有实践,充满破旧立新的战斗意志,反映了广大作者的革新要求的,是陈子昂。

"苏李在前,沈宋比肩。"[①]当时的诗坛,沈佺期、宋之问有着很大的势力。沈、宋在政治上依附权势,献媚固宠,尽管也写过极少数较好的作品,但生活态度影响了创作内容,从创作倾向看已经陷在了齐梁的形式主义泥淖里。挺身而出和沈、宋作斗争的,是陈子昂。

陈子昂和宋之问有过文酒的往还,对宋的为人却是鄙薄的。他说:"宋侯逢圣君,骖驭游青云。而我独蹭蹬,语默道犹屯。"[②]生活道路上有分歧,诗歌创作上更有着尖锐的斗争。

沈、宋是以五言律诗见称的。陈子昂不仅写了对唐代诗歌起着巨大推动作用的古诗《感遇》组诗,就在五言律诗上也矫正了沈、宋卑弱

---

① 《新唐书》卷二○二《宋之问传》引当时语。
② 《陈伯玉文集》卷二《同宋参军之问梦赵六赠卢陈二子之作》。

的诗风。如果说《感遇》还有着模拟阮籍《咏怀》的痕迹,而他的五言律诗就完全摆脱依傍刻意创造,更能表现积极奋发的浪漫主义精神。像《度荆门望楚》《晚次乐乡县》《送魏大从军》《送崔融等从梁王东征》等五言律诗,豪迈进取的精神,苍凉慷慨的音节,雄浑刚健的格调,对沈、宋的诗风是一种清洗。元人方回说:"不但《感遇》诗三十八首为古体之祖,其律诗亦近体之祖也。"① 清人沈德潜评《晚次乐乡县》云:"前此风格初成,精华未备,子昂崛起,坚光奥响,遂升少陵之先。"② 元好问从与沈、宋斗争这一角度来肯定陈子昂,是有卓识的。

陈子昂的五言律诗,文学评论家研究得很不够,元好问这首诗可以启发我们去深思。

> 眼处心生句自神,暗中摸索总非真。
> 画图临出秦川景,亲到长安有几人?

这首诗从深入生活上肯定了杜甫的现实主义精神。

时代孕育了杜甫这样伟大的诗人,杜甫深入生活创造出了现实主义的不朽诗篇。元好问用"眼处心生"来说明杜诗"句自神"的原因,指出由于杜甫有了长安十年的生活阅历,所以能深刻而正确地反映出安史之乱前的秦川——这个大唐帝国的政治、经济、文化中心的图景来。

入长安以前,青年杜甫对生活有着高昂的激情。他早期的诗作,《望岳》《登兖州城楼》是祖国雄伟河山的礼赞,《房兵曹胡马》《画鹰》是自己雄心壮志的讴歌。"会当凌绝顶,一览众山小",宣示了诗人俯视百代的开朗胸襟。寄情"鹰""马",写出了诗人翱翔驰骛的英俊气象。宋人黄彻说:"杜集及马与鹰甚多,亦屡用属对。盖其致远壮心,未甘伏枥;

---

① 《瀛奎律髓》卷一。
② 《唐诗别裁集》卷七。

嫉恶刚肠，尤思排击。"①年青的杜甫有着浓郁的浪漫主义气质。

入长安以后，生活的实践，使他"致君尧舜上，再使风俗淳"的理想碰了壁。现实加深了他对于统治集团的认识，密切了他和人民的联系，当他接近人民、走向人民以后，嫉恶的刚肠就"尤思排击"了。在《自京赴奉先县咏怀五百字》中，诗人斗争的矛头直接指向了当时最高统治者——皇帝李隆基。这个他过去想象中的"尧舜君"，却在骊山华清宫过着荒淫的生活。当时的现实，一面是"君臣留欢娱，乐动殷胶葛。赐浴皆长缨，与宴非短褐"，一面是"彤庭所分帛，本自寒女出。鞭打其夫家，聚敛贡城阙"。诗人朦胧地意识到封建社会里阶级对立的关系，终于写出了"朱门酒肉臭，路有冻死骨"的不朽诗句，诅咒了那个"荣枯咫尺异"的不合理社会。

长安十年，使他看到隐藏在"开元盛世"后面的既复杂又尖锐的各种社会矛盾，使他的思想产生了剧烈而深刻的变化。这一时期，杜甫的诗作和同时代的其他诗人包括岑参、高适等人的诗篇划下了一道清楚的界限。高、岑看到了"秦川"的表象，杜甫看到了"秦川"的本质。

亲到长安的诗人不少，能够看出人民的苦难、指出国家的危机的有几人呢？元好问的意见可以看作盛唐前期诗歌创作道路的结论。

（原载 1962 年 9 月 20 日《成都晚报》）

---

① 《碧溪诗话》卷二。

第二章

教学实践与探索

关于古典诗词的教学

古典诗词教学与其他文体如古典散文、古典小说的教学既有一致的地方,也有它的特殊性。这种特殊性是诗词这种体裁本身所决定的。教学时,必须探讨这一特殊性的内在规律,遵循这一内在规律。如果毫无区别地把各种文体的教学程式化,破坏了诗词教学的特殊性,就不能较好地完成教学任务,收到预期的效果。

形象思维

我所要讲的古典诗词往往是作为文学遗产的珍品留传下来的抒情诗。我备课时先是读作品,读的时候即使是非常熟悉的作品,接触到的总是伴随着诗句而来的具体形象,慢慢地从这些形象本身引起了我的一些感受。这些感受,起先往往是零乱的、朦胧的、表面的,甚至是直觉的。在反复吟咏之后,这种零乱的、朦胧的、表面的、直觉的感受,才逐渐变成具体的、明晰的、深入的、理性的感受。这中间起作用的是我积极的思维活动,我用自己的生活经验、知识教养来丰富这些形象。如从我所理解到的诗人所处的时代,他的身世,他写这篇作品的具体背景,以及他带有独特个性的语言风格等，作了多方面的考察来体会这些形象之间的内在联系和完整性，分析这些形象所反映的社会生活和所蕴藏的意义。必须说明，我的这些主观的思维活动是由诗词具体的、生动的形象所唤起的，是伴随着具体形象进行的，我不过是用自己的生活经验和知识教养来体味诗人从生活的感受中所产生的真情实感。往往随着诗人情感起伏的波涛，我恍如身临其境，仿佛自己的心灵已经和作者彼时彼地所产生的情感一脉相通了。只有这样，我才有可能知人论世，对作品作出恰如其分的评价，吸取它的精华来丰富自己的精神世界，从中得到艺术享受；也才有可能指出它的糟粕，包括历史的、阶级的局限性。

为什么在备课中我的思维活动总是伴随着形象来进行呢？这是因为，形象思维是一切文艺创作的特征。但诗歌不像戏剧、小说有具体的人物形象和特定的环境而容易给人以鲜明的形象，更不像雕塑、绘画把具体的形象呈现在观众面前。抒情诗的形象，一般说来是诗人的自我形象。这样的形象，用传统的说法是依靠赋、比、兴的艺术表现方法来完成的。赋是用来叙事言情的。沈约说汉代辞赋家司马相如"巧为形似之言"（《宋书·谢灵运传》）。"巧为形似"当然是形象思维的形式。比和兴，或是借物言情，感情附着在客观事物上；或是触物起兴，由客观事物引起感情变化。司马迁引刘安《离骚传》说屈原《离骚》的比兴特点是："其称文小而其指极大，举类迩而见义远"（《史记·屈原列传》）。言近意远，寄托遥深，更是形象思维的形式。传统诗词一般是赋、比、兴三种艺术表现手法的综合运用，离开了我国诗词独特的赋、比、兴手法是无法理解我国的传统诗词的。所以，我的思维活动一刻也不离开诗词中的形象。

为什么我要用自己的生活经验和知识教养来探索诗人从生活中产生的真情实感呢？这是因为，诗歌是语言的艺术，是通过语言来塑造诗人的自我形象的。语言所表达出的诗人的感情，既看不见，也摸不着，很难在我们大脑的"荧光屏"上一下子变为图像，必须经过想象和联想，才能使语言转变为形象，浮现于脑际。形象的真实是诗歌的灵魂，是诗歌的生命力之所在。它通过诗人个人的感受体现了时代的感受，从而揭示了社会生活里某些本质的东西，抒情诗的真正价值就在这里。但抒情诗的形式以短小为主，这就要求写得精练，给读者留下想象、联想的余地，引发他们用自己的生活经验和知识素养去理解、去体味、去补充。比如，刘邦的《大风歌》原文就只有三句："大风起兮云飞扬，威加海内兮归故乡，安得猛士兮守四方！"我通过自己的生活经验，是体会得出长期离开故乡的归乡游子的复杂感情的；通过自己的历史素养，理解到秦楚之际的斗争情况和刘邦平叛归来的具体感受；通过自己的艺术素养，理解到风起、云飞、故乡、四方这些形象之间的内在联系和诗歌作者强烈的创作个性。在一系列的想象、联想中，我脑际浮现出刘邦的形象：大风怒发，席卷残云，在风云激荡的时代中，刘邦威加海内，在平定了淮南王英布叛乱的凯歌声中回到了故乡；但他没有陶醉在衣锦还乡的欢乐里，却想到了守业之不易，要巩固这个来之不易的一统大业，多么盼望猛将如云守卫在祖国的四方啊！这样，一个意气风发又忧深思广的诗人的自我形象在我的脑海里形成了。接着，我探索了这首歌词毫不落俗套的写法：第一句描绘，借景起兴，是写景，这景物是人化了的自然，是当时动荡的时代风貌的艺术概括；第二句叙事，直抒胸臆，写出了权威施于四海、天下归于一统的声势；第三句议论，表达了对祖国安如磐石、人才迅速成长的殷切期待。三句巧妙地放在一起，客观的事物和主观的感受相互交融，便产生了雄浑深沉的意境。我举这个例，目的在于说明所谓利用自己的生活经验和知识教养去理解诗歌里的形象，实际是展开想象的彩翼去理解诗人的匠心。

备课中要做的事很多，我主要抓了形象思维这一环。我又是怎样把形象思维活动贯彻到教学里去的呢？

领进去

在教学中，我力图把学生领进诗词的意境里去，就是说启发学生形象思维的能力，让他们理解诗人所要表达的思想感情从而受到感染。一般说来，学生对古代社会的理解是有某种程度的隔膜的。要调动学生的想象，必须讲清楚以下几个问题：

要讲清楚诗词所借以构成的文学语言。我国古典诗词的语言是有继承性的，诗人具有自己特点的创造性语言也是在继承的基础上进行创新的。分析诗词的文学语言，应该着重分析关键语句来突出诗词里的主要形象。

要讲清楚诗人写作的背景和意图。诗词的意境是形象和思想感情两者的有机融合，是可以感受又似乎不可捉摸的一种艺术境界，它用有限的形象提供无限的场景。诗词抒发思想感情是用艺术形象来感染读者的。意境的特征，用王国维的说法是"能观"，即有鲜明的艺术形象。意境的最高境界，王国维认为是"意与境浑"，即作者抒发的思想感情的"意"和激发作者思想感情的客观事物的"境"两者的和谐统一，亦即主观的"意"和客观的"象"主客体的统一（见王国维托名樊志厚写的《人间词乙稿序》）。如果不讲清楚诗人写作的背景和意图，是无法调动学生的想象和联想能力的。

要讲清楚诗人表现思想感情所用的手法。只有分析具体形象，才能懂得诗人是如何表达思想感情的，才能懂得这种思想感情有什么感人的艺术力量。一首好的诗词总有一个基调，这个基调是构成"意与境浑"的不可缺少的因素。所谓基调，就是诗人捕捉形象、创造意境使用的独特的艺术手段。

讲清楚这些，好像与形象思维无关，但是不讲清楚这些问题就无法消除学生对古代生活的隔膜，是无法调动他们的想象和联想能力的。一首久经传诵的诗词好像一件精美完整的艺术品，我们却要从以上几个方面把它一部分一部分地拆开，然后利用学生的想象和联想使这件艺术品的整体形象浮现在学生脑际。所谓讲清楚,是围绕教学目的进行的,不是平均用力,更不是离开教学目的旁征博引,炫耀教者的知识。如我讲苏轼《水调歌头》(明月几时有)一词的目的,是想说明苏轼词是一种复杂现象:直接反映政治斗争和社会生活的不多,大量的是政治斗争和社会生活旋涡中个人的主观感受;艺术技巧高,思想感情健康,是我国抒情诗里的瑰宝。

原词是这样的:

水调歌头·丙辰中秋,欢饮达旦,大醉作此篇,兼怀子由

明月几时有?把酒问青天。不知天上宫阙,今夕是何年?我欲乘风归去,又恐琼楼玉宇,高处不胜寒。起舞弄清影,何似在人间?

转朱阁,低绮户,照无眠。不应有恨,何事长向别时圆?人有悲欢离合,月有阴晴圆缺,此事古难全。但愿人长久,千里共婵娟。

我是怎样把学生引进想象天地的呢?

首先,我简要地介绍了宋神宗熙宁九年(1076)即题目中所说的丙辰年苏轼在密州(今山东诸城)的思想状况:五年前,他因为不赞成熙宁新法,要求外任州郡,政治上是失意的。他所说的"欢饮达旦",是政治失意后苦闷中的排解。他和弟弟苏辙已经五年没有见面了,当时苏辙在齐州(今山东济南)。他们兄弟之间政治倾向一致,非常友爱,题目中说的"怀子由"是从渴望会面又不可能会面的深深怀念中产生的。这样,我就把苏轼心灵深处的矛盾传达给学生了。

然后,我着重讲了苏轼在语言上的继承和创新。我引了李白《把酒问月》"青天明月来几时?我欲停杯一问之。人攀明月不可得,月行却与人相随"的诗句,说明李白是把月亮当作皎洁清明的理想世界来看待的,他感到明月依人,但又追攀不得。苏轼描绘自己带着朦胧的醉意,对着中秋分外皎洁的月光,驰骋着李白一样的想象,他疑问:天上从什么时候起就有了月亮？天下今夜又该是什么时代？这就发展了李白的语言，为他幻想到月宫里去作了引人入胜的发端。上阕，我只讲这几个关键句，为突出"我欲乘风归去，又恐琼楼玉宇，高处不胜寒"这样的警句作了有力的铺垫。诗人内心里的追求、欣羡、惶惑、疑惧一系列复杂感情就易于为学生所理解，所以说是关键。下阕，我引了宋人石曼卿的诗句"月如无恨月长圆"（司马光《温公诗话》引）。我说，苏轼对石曼卿这句诗作了非常深刻的阐发：原句只说，天上的月亮未必没有怨恨之情，如果无恨就只圆不缺了。苏轼在万分怀念弟弟的意念中认为，中秋之夜，已圆的月亮便不应该有恨了，但月亮为什么偏偏趁着别人兄弟离别的时候团圆来引起别人的痛苦呢？这一充满感情的话是很痴的。词人的天真是痴情的，至今扣人心弦。石曼卿的诗句是理智的，苏轼的词句是感情的，能打动人心的往往不是理语而是情语。在下阕里，我只在语言上讲了这句，全诗的思想感情就跃然欲出了。

接着，我讲了苏轼选用了赋的表现手法。因为要直接宣泄自己的内心感受，这首词的基调即词人捕捉形象创造意境的艺术手段是直接铺写自己的思想活动。波澜起伏的想象可以直接表达生活态度，富于哲理的议论又可以直接反映生活见解，都有助于直接定下这个基调。而且用月宫、琼楼比譬追求逃避现实的幻境，可见赋中也是有比、兴的。由于在讲这首词之前，学生学过屈原的《离骚》，他们对那种借驷虬乘鹥、求宓妃、谋娥女来表现自己内心活动的手法是理解的，点明了这首词的基调就能调动学生的想象。我要学生思考两个问题：一、词人在"欢饮达旦"之后是怎样从天上、地下来驰骋自己的想象的？二、词人在怀念子由之时又是怎样用离合悲欢的理论来自我排解的？这就为利用学生的生活经验和知识素养来启发学生形象思维的能力创造了条件，把学生领进了诗词的意境，让学生领会到诗人从肺腑间流出的感情，受到感染并咀嚼出浓郁隽永的诗味。

这里要求教者的是：对诗词形象先要有具体感受和深刻理解，然后用被打动的情感去感染学生，再从文学语言、写作背景、创作手法等知识给学生以想象、联想的材料，使作品整体的形象在学生头脑中再现，去理解作者要表达的内容。

引出来

通过作品艺术地认识社会，批判地继承这份遗产，是古典文学教学的要求。要达到这个要求只把学生领进诗词的意境是不够的，还必须对作品所展现的具体形象进行分析研究。一般说来，作家的政治倾向是蕴含在形象之中的。政治和艺术，内容和形式，是一个完整的统一体。前面提到的，对这一艺术品拆开来一部分一部分地研究绝不是把内容和形式割裂作形式主义的探索，而是为了更全面更好地认识诗人的社会理想、政治见解和典型的感受是怎样和谐地熔铸在这一艺术整体之中，从而揭示出作品的内在意蕴的。深入的分析研究和生硬地添上一截政治说教的尾巴是不相容的，只有进行深入的艺术分析，才算把学生引出来，并受到审美教育。

仍以前面举的苏轼词为例。

通过把学生领进这首词的意境中去，词人的自我形象已经在学生头脑中再现了。这位词人，时而感到人间清冷，幻想游仙到月宫里去；时而又怕月殿高寒，得不到人间的温暖。一时把自己想象成暂谪人间的仙人，一时又把自己想象成眷恋人间的达者，既想出世，又想入世。终于，对人间的爱恋超过了对天上的追求。这种积极用世的政治思想，难道对陶冶我们的性灵没有作用吗？难道不使我们也为之感奋吗？

人间既如此可恋，现实却又如此无情，词人从月亮的阴晴圆缺联想到人间的悲欢离合。他认为，事物总是充满矛盾的，这是古今难全的必然。世界本来不会只有欢乐没有悲哀，只有团圆没有离别的。如果月长圆，人长寿，尽管天各一方，却又月共一轮，不是仍然可以得到宽慰吗！最后，诗人用理智战胜了渴望和弟弟会面的感情。苏轼不但善于处顺境，也善于处逆境。这种在失意时不消极、挫折时不动摇的人生态度，难道对陶冶我们的性灵没有作用吗？

　　人类社会的生活是无比丰富的，昨天和今天，古人和今人，既有阶级的、社会的差异，也有民族的共同语言、共同文字、共同地域、共同生活方式等一系列联系。我们说的性灵的陶冶是不能用人性论的术语加以简单地否定的。由于这些好的传统，诗词能够生动地再现古人彼时彼地的典型生活，抒发时代的典型感受，就在我们感情的流水中投下一粒石子，发散成我们此时此地的思想波澜，但它和古人的思想是有差距的，也绝不是什么超阶级的人性。

　　从艺术上看，苏轼词是以写景见长的。这首词却非常珍惜地运用写景的笔墨通首咏月，但描绘月色的却只有"转朱阁"几句。词人用全力去写他驰骋着的想象和对人生离合的精湛的议论，表达的是出世和入世、理智和感情的矛盾这样的哲学命题。这些想象和议论浸透着词人旷达的性格特征，有力地塑造了正视现实、热爱人生的词人的自我形象。有人把抒情诗里的说理、议论和形象对立起来，好像诗词中有了说理和议论的成分就会破坏诗词的抒情味，破坏诗词的形象性。但苏轼的创作实践告诉我们：如果在艺术规律允许之下，词人用说理和议论把自己的主观世界直接袒露在读者面前，不仅不会破坏词人的自我形象，破坏诗词的抒情味，还可以起到直抒胸臆的抒情作用，更好地完成词人自我形象的塑造，这就是古人所标榜的"理趣不凡"（《新唐书·文艺·孙逖传》）。从美学观点看，生活中的美，感性的居多，而艺术创造的美，除了感性的以外，有时比生活本身深邃得多，还可以用理性的语言表达。抒情诗本身是没有一成不变的、固定的写作模式的，把这个道理告诉学生，有助于他们对古典诗词的理解。

　　这里牵涉到一个问题：这样的分析是否对原作有唯心的臆测的成分？我们知道，诗人在表达自己思想感情时，有用语言表达出的明确的意识,也有没有用语言表达出的潜在的意识。我的某些分析,可以认为是对作家潜意识的探索,只要不离开具体的时间、地点、条件,这种分析不能说是唯心的。清人谭献说:"作者之用心未必然,而读者之用心何必不然。"(《复堂词录序》)从作者看,由于抒情短诗的容量小,但他给读者留下了可供发掘的丰富的内容;从读者看,他可以用一己的感受来参与作品的再创造。谭献的话,是无可厚非的。

(原载《四川师范学院学报》1979 年第 4 期)

教学三准

郭沫若同志谈得好:"学习毛主席的文章就要学习他的平易近人,学习他的深入浅出,学习他准确、鲜明、生动地表达艰深思想的能力。"

毛主席的著作是观点和材料统一的典范,它的准确性、鲜明性、生动性都达到了一定的高度。我们不但要用"三准"改造我们的文风,还应该用来改造我们的学习,提高我们的教学质量。

所谓准确性,实际上是用马克思主义的认识论反对主观主义的问题。毛主席在《反对党八股》里写道:"文章是客观事物的反映,而事物是曲折复杂的,必须反复研究,才能反映恰当;在这里粗心大意,就是不懂得做文章的起码知识。"教学也是这样,要大量占有材料,要区别对待材料;要分析哪些是现象,哪些是本质;哪些在彼时彼地才有作用,哪些在此时此地还有作用;哪些精华里含有糟粕,哪些糟粕里又含有精华。事物千汇万状,曲折复杂,简单化不得。只有用历史唯物主义和辩证唯物主义观点进行分析,才能克服教学里的主观主义,才讲得准确。

检验我们认识是否正确的标尺是实践,要把教材内容讲准确,就要求观点和材料结合,理论和实践结合。目前语文教学中有这样的情况:分析文学作品的内容往往先立上四柱,然后找点材料证明证明,结论不是从材料中来，而是概念加例子。这样得出的结论，不是空洞，便是片面，更说不上以理论之"矢"去射实践之"的"了。

讲准确，这是今后教学努力的第一个方面。

所谓鲜明性，实际上是用客观公正的立场来对待真理和谬误的问题。一堂课总得阐述一些正面的道理，驳斥一些荒谬的论点，提倡某些，反对某些，有破有立，爱憎分明。学生要求于教师的也是有纲有目，有斩有杀，立场鲜明。

真理是在同谬误斗争中发展起来的，对谬误的观点必须提高到原则高度来批判。在目前语文教学中也有这样的情况：不管对正确的论点肯定也好，或是对谬误的观点批判也好，不抓本质，只谈枝节，爱憎不鲜明，感情不强烈，不痛不痒，没有战斗力量。

讲鲜明，这是今后教学努力的第二个方面。

鲜明的爱憎是分明的是非观的表现，严密的逻辑是科学的态度的表现，以理论之"矢"射实践之"的"是革命的精神的表现。论点鲜明就是建筑在这些基础上的。

所谓生动性，实际上是吸收新的科学成就的问题。人云亦云，老生常谈，没有新意，缺乏创见，是不会生动的。要提高教学质量，不仅要求我们复述前人的研究成果，还要求我们总结它、整理它、发展它。新颖正确，见解过人，才算得上生动。

生动和准确应该统一起来，标新立异，哗众取宠，不算生动；生动和鲜明也应该统一起来，模棱两可，立场模糊，也不算生动。要用鲜明的、具有感情色彩的语言来表达正确的论点。

生动在教学中更多的指教学语言说的，但也涉及教学内容。如果对内容没有深刻的理解，不能深入浅出，不能平易近人，也谈不上生动。离开了具有民族形式的传统教学方法，不善于做批判地继承工作，硬搬外来的一套，也不会生动。

生动不是庸俗，不是欲擒故纵，制造波澜，卖弄噱头。生动是与陈腐、庸俗、矫揉造作绝缘的。

讲生动，这是今后教学努力的第三个方面。

（原载1962年1月23日《成都晚报》第2版）

少而精

目前教学中有这样一种偏向：教时花得多，内容讲得冗。这不仅给学生复习功课带来困难，影响到劳逸结合，而且重点不突出，倾向不鲜明，严重地影响到教学质量。讲少一些，讲精一些，已经成为广大学生对教师的要求。

对教师来说，在课堂上的讲解要做到少而精，在备课中就得认真备课，详尽地占有材料，细致地咀嚼材料，冷静地分析材料，披沙拣金，一取十舍，多学多想。备课时的多和讲课时的少是一个统一体。

课堂教学，只是教学活动里的一个重要环节，它只能讲教材里一些基本的、主要的、带有关键性或阶梯性的材料，没有必要也没有可能讲得四方八面，巨细不遗。教师所讲之外还有广阔的天地，要求教学活动的其他环节来完成。少而精，就是在这样的前提下提出的。

教学是一个师生的双边活动。教师的责任不是把知识宝库里的知识一桩桩、一件件交给学生，而是把打开知识宝库大门的钥匙交给学生，不仅要学生闻十知十，而且要他们一隅三反，闻一知十。少而精，也是在这样的前提下提出的。

怎样才能使讲授的内容少而精呢？在文学作品的教学里，我的体会是：

一是要用主要形象来突出重点。我平时把积累材料作为经常性的工作，眉批顶注，朱墨笔异。在备课时，再把平时积累的材料细琢细磨，精拣精选，加以组织，突出主要形象——"江流千派，中有主流，众峰并峙，中有主峰"。譬如讲《资治通鉴·赤壁之战》，我只分析诸葛亮和周瑜的睿智机变。因为赤壁一役是在正确的战略思想指导下进行的，而正确的战略思想是在与东吴的主和派斗争中，在对敌我力量作了正确的分析后决定的。我把对参与这次战役、决定这种战略的出色人物的决策活动作了分析，就如纲在网，重点突出了。又如讲《史记·项羽本纪》的《鸿门宴》一节，我也只分析项羽的缺乏政治头脑，因胜而骄，优柔寡断，以及刘邦的机诈权变，掌握对方骄傲自大的内在弱点，耍手腕，骋舌锋，笼络人心。因为这一节里描写的是两个军事集团领导人物的斗智，分析了两人的一愚一智、一成一败，就能突出两方错综复杂的矛盾和斗争。这样讲，并不等于说在《赤壁之战》里不讲孙权、鲁肃和曹操，在《鸿门宴》里不讲张良、范增、樊哙和项伯，只是不把这些人物的分析与主要人物形象平列，而把它驱遣来为主要人物形象服务。这样讲的结果，不仅重点突出、形象鲜明，也有力地阐明了"双方强弱不同，弱者先让一步，后发制人，因而战胜"的战略防御原则。

二是要用关键问题启发思维。我在备课时从纷繁的材料中选择最具关键性的问题，再考虑从什么角度提出这个关键问题才富于启发性。主峰有了，但从什么角度来看才能以偏窥全，不致"管中窥豹，只见一斑"而得出错误的结论。譬如讲辛弃疾《永遇乐》（京口北固亭怀古）词，材料是纷繁的：如，辛弃疾对金用兵的主张与韩侂胄打算的异同，辛弃疾对曾在京口留有遗迹的抗敌英雄孙权、刘裕的看法，辛弃疾对宋文帝刘义隆轻举妄动的指摘，辛弃疾对自己处境的感慨等，但辛弃疾对抗金的态度却是最具关键性的问题。这位一生备受南宋妥协投降派打击的、有着六十五岁高龄的英雄，在他被韩侂胄起用为镇江知府时，心情是复杂的：他既热情于北伐，又不赞成韩侂胄的冒险北伐；既庆幸以垂暮之年亲临国防前哨,又感叹宋室不能进用真正抗战的人才。我便从辛弃疾当时的心情来提出问题进行分析,这不仅是一个关键性问题,而且最能准确地勾画出词人自我的伟大形象,富有启发意义,并能引起学生对其他一些问题的联想。

三是要用学生的旧知识代替多余的阐述。联系旧知,处理课时,要作全面的考虑。既要从各个课程的配合来考虑,又要从前后讲述的配合来考虑。如讲《赤壁之战》《鸿门宴》、辛弃疾词,既应该和"中国通史"课配合,更应该和"中国文学史"课配合。讲孙权时,还应该和已经讲过的辛弃疾的《南乡子》(登京口北固亭有怀)词的讲解配合起来。这样,巩固旧知,避免重复,与精讲多练便拧成一条绳子了。

突出了主要形象,抓住了关键问题,节省了多余阐述,内容少了,也净化和精化了。怎样把它传达出来?这就得依靠教师深入浅出、精简明了、条理分明、形象生动的讲述语言了。我在备课时,总是把课堂讲述的主要内容用文字把它固定下来,但它只是课堂讲述语言的摘要,而不是全部讲稿。这样,教学语言才会精简生动,又不致落入照本宣科"念讲稿"的老套子里去。

少而精的讲授,有助于知识的巩固,也有助于知识的提高。

(原载1962年4月14日《成都晚报》第2版)

说 深

把课文讲深讲透,是学生对教师的一致要求。

在千金一刻的课时里,教师的职责不仅要把道理说清楚,还应该把道理说深刻。通过学生已经知道的知识去进一步探索真理的奥秘,去粗取精,去伪存真,由此及彼,由表及里,像笋子剥壳层层深入,认识问题的本质,给学生留下久久难忘的印象。

要做到深,一要照顾特殊,突出重点。一篇文章,有它的特殊内容,有它的特殊表达形式,有它的特殊风格。文章本身的特殊性使得这一篇文章和那一篇文章有着质的区别,突出重点,揭示特殊,跳出框子,丢掉架子,才能把文章讲深。

譬如讲小说,如果不管它是《水浒传》还是《三国演义》,讲《水浒传》又不管它是"大闹野猪林"还是"智取生辰纲",千篇一律地来个一人物性格、二情节结构、三中心意思、四表现方法,上下四方,面面俱到,平均用力,处处开刀,这样力量分散了,重点又哪能突出。文章的特殊性没有了,还有什么深度。

二要言有新意,话有波澜。教学是一种创造性的劳动,一定要开动脑筋,拿出见解。教学又是师生的双边活动,一定要由浅入深,由近及远,层层递进,启发思维,构成波澜。如果讲别人讲过多遍的语言,说学生早已懂得的道理，平铺直叙，现象罗列，没有新的东西，学生听起来没劲，还有什么深度可言。

我听过一位语文老师讲"智取生辰纲"，在内容分析里他只突出讲了一个"智取"。教师先分析杨志的"智"。生辰纲会被劫，在什么情况下被劫，在什么地方被劫，完全在杨志预料之中。同时，他也知道和"强人"打交道不能用武力硬碰。在路上，他根据地形、环境、气候，决定早行还是迟行，歇下或是不歇，精明机警，警惕性很高。再分析吴用等人的"智"。吴用等人利用杨志的"智"，解除了杨志的疑心，扩大了杨志与老都管和众军健的矛盾，把杨志往陷阱里引。杨志终于解除了思想武装，自己也喝了蒙汗药酒。教者分析杨志和老都管、虞侯以及军健的矛盾，用阶级观点阐明统治阶级内部钩心斗角、矛盾重重。行将发生的一切事件完全在杨志意料之中，但他却没有办法掌握自己的命运。这样分析，既能说明杨志再精明也不如吴用等人的智慧的根本原因，有助于对人物性格的理解，又能说明吴用等人怎样避开不利的条件，争取了主动权，斗胜了杨志，有助于对情节结构的掌握。教师集中主力，进攻堡垒，结果收到了很好的效果。像这样的分析，有层次，有波澜，一浪推动一浪，一环扣紧一环，调动了学生的学习积极性，达到了讲深的要求。

认认真真地钻研课文，踏踏实实地占有材料，严肃审慎地拿出见解，由博返约地突出重点，考虑课文特点，考虑学生接受能力，根据思维活动规律，盘旋作势地掀起波澜，就能够把课文讲深了。

（原载1961年10月28日《成都晚报》第2版）

说　透

把文学作品内容讲透辟，先得把它讲深刻，讲透是建立在讲深刻基础上的。

怎样才讲得透辟呢？

首先，深入发掘作品的思想内容，把学生领进作品所描写的境界里来感受和认识。透过事物的表面现象，认识它的来龙去脉，从枝叶到根茎，从支流到源头，由表及里，由片面到整体，从而认识事物的本质。

其次，还得启发学生的思维活动，再把学生领出作品所描写的境界外去，让他们想象、思索，扩大他们的视野，扩大作品的艺术境界，更深刻地认识事物的本质，并在理解的基础上去感知它。只有做到这一点，作品的内容才能被学生理解得透，记忆得牢，融会贯通，收到更好的教学效果。教师的主导作用更多地表现在这一方面，但往往为我们所忽略。

既要把学生领进来，又要把学生领出去；既要由表及里，由片面到更多的方面，又要留有余地，不把话说完说尽。若要把二者的关系和谐地统一起来，它需要教师付出创造性的劳动。

有一种看法，认为把文章内容讲透，就应该反复交代，尽情阐发，倾箱倒箧，毫无保留。事实上，这样做的结果：缩小了艺术境界，离开了学生的接受水平，妨碍了学生的思维，从而也就削弱了作品的教学效果。教师的动机尽管是从把道理讲透辟出发，但低估了学生的接受能力，把学生听讲只看成是消极地、被动地接受知识，是群众观点不强的一种表现。透和尽不是一回事儿。

　　我听过一位教师讲杜甫的《茅屋为秋风所破歌》。教师着重分析了杜甫在秋风破屋吃尽了苦头的情况下的心理状态，分析了杜甫的理想、愿望以及伟大的利他精神，激情地赞扬了杜甫不为个人打算的高尚情操。在涉及个人利益和群众利益的摆放问题上，可以说是既深且透了。教师在作了扼要的分析以后，话锋一转，问学生道："杜甫对实现'广厦万间尽庇寒士'的理想有信心吗？"接着分析了"安得广厦千万间""呜呼，何时眼前突兀见此屋"两句里的"安得""何时"两个词语，引导学生去思索杜甫对实现自己理想的渺茫心情，使学生体会到这种美丽的理想在封建社会是断难实现的。它唤起了学生许多想象：想到广厦万间的居住点，想到杜甫纪念馆，想到不同的社会制度，想到杜甫的时代局限性，等等。要言不烦，一针见血，既酣畅，又含蓄，既调动了学生的学习积极性，又活跃了课堂气氛，循循善诱，透辟深刻，耐人寻思，使学生触类旁通，教学的效果也很好。

　　再说一句，所谓透，既要对课文作精辟的分析，又要给学生一个想象的天地。

（原载 1961 年 12 月 16 日《成都晚报》第 2 版）

向传统借鉴
——文言文教学方法浅谈

我国有着悠久的文化传统,对传授知识的方法,讲解文章的技巧,在不断实践中也积累了一整套的经验。这些宝贵的经验,有着我们民族自己的特点,值得重视。如何批判地继承,是当前中学文言文教学上的一个新课题。就浅见所及,我认为应该注意下面几个问题。

一、因文见道

文与道的关系,就是作品的思想内容和艺术技巧之间的关系。作品缺乏文采,没有艺术魅力,别人就不会相信作品里所宣扬的思想,起不到教育作用。刘勰在《文心雕龙·原道》篇里对这一道理谈得很深刻。他引用《易》说:"鼓天下之道者存乎辞。"接着说:"辞之所以能鼓天下者,乃道之文也。"文学作品能够起到武器作用,就在于它有艺术性。在作者是"文以载道",在教者就应该"因文见道",要把思想内容落实到字词句上,把文辞讲深刻、讲透辟才能"鼓天下之道",也就是说,要通过授文来传道。

自然,古人所说的道和我们今天所说的道有着本质的区别,即使是历史上最进步的作家也有其阶级局限和时代局限。对作品只有作历史的、具体的讲解，才不至于含混古和今的界限，才能古为今用；也只有落实到字词句上，才不至于架空分析，才能做到历史地、具体地理解作品。

比如，讲抒情诗应该准确、生动地传达出原诗的意境，使学生能够领略诗人抒发的情感。但诗人内在的思想感情的"意"却是通过外在物象的"境"来表达的，只有把表现外在物象的字句讲透辟，才能把诗意曲折传达出来。如果说意境是理解诗的门户，字句便是理解诗的关键。

辛弃疾的《永遇乐》（京口北固亭怀古）一词是学生理解起来比较困难的一篇作品，内容很深广。如果架空分析，既要分析辛弃疾对曾在京口留有遗迹的抗战英雄孙权、刘裕的评价，又要分析辛弃疾对刘义隆轻举妄动的指摘，还得分析辛弃疾对金用兵的主张和处境狼狈的感慨等，头绪纷繁，中心不突出，很难使学生掌握作者言而不露的爱国忧时的感情，即使掌握了也不易巩固。如果落实到字词句上，讲清楚原词涉及的孙仲谋、寄奴、廉颇等人物和元嘉北伐、烽火扬州、瓜步佛狸祠等事件，学生就自然而然地领会到这位一生备受南宋妥协投降派打击的、有着六十五岁高龄的辛弃疾，在他被韩侂胄起用为镇江知府时心情的复杂和矛盾：他既坚决地主张抗金，却又不赞成韩侂胄的冒险北伐；既庆幸以迟暮之年亲临国防前哨，却又感叹南宋流亡政府不能进用真正抗战的人才，从而掌握作者在特定环境里抒发的爱国忧时的感情。这是架空分析绝对达不到的境界。比如，讲清廉颇这一人物，就可以体会到"凭谁问，廉颇老矣，尚能饭否？"这句不仅表现了词人老当益壮的英雄气概，也宣示了他斗志不懈的报国决心，同时发泄了壮志难酬的苦闷，也说明了小人倾陷、无人关心的处境。掌握了字词句这一关键，进入作者心灵的门户就不难了。讲清这些，就能使学生理解在当时的历史条件下辛弃疾只可能希望宋孝宗做继位承统的孙仲谋、收复失地的刘裕和关心老将的赵悼襄王，也只可能把希望寄托在宋孝宗身上，不至于把辛弃疾的爱国主义和我们的爱国主义含混起来模糊古和今的界限，也不至于把作者愤慨的积极感情理解或怨嗟的消极感情硬说成作品有颓废情绪。历史地、具体地分析作品以讲清字词句为其主要途径，道理既然包含在文辞里，怎么可以架空呢！

二、章句之学

把思想内容落实到字词句上的教法，容易犯的毛病是：按照课文顺序逐字逐句逐段串讲一遍，边解释，边阐发，枝叶太多，看不见主干，繁琐枯燥，支离破碎，不能使学生获得完整的印象。这就要求我们吸取前人给古书作注解的章句之学的一些方法。前人讲书，除了提出难词僻典顺文注释、分章别句敷衍发明而外，有的特别注意解题，如王逸《楚辞章句》的各篇《序文》；有的特别注意文章的段落大意，如赵岐《孟子章句》的各章《章指》。这种讲书的办法，可以弥补落实到字词句上的不足。根据文章层次段落的顺序，分段分节，围绕全文的中心思想，理清文章的来龙去脉，段有小结，篇有总结，把分析融合在讲解之中，把欣赏包含在分析之内，或者把重点放在解题上，或者把重点放在段落大意上，运用起来，十分灵活。

贾谊《过秦论》是一篇典范性很强的政论文。作者用大量史实剖析了秦的兴起、强大、统一天下直到灭亡的过程，分析了秦代灭亡的原因，但写作目的却是借古刺今，指出秦代过失作为汉朝统治者的政治借鉴：要他们吸取农民革命的教训，施行仁政，以缓和正在露头的阶级矛盾。要讲清楚这一道理，必须在解题时讲清楚当时的背景，讲清楚历史上出现的第一次农民暴动，这既使贾谊感到震慑，也使他清醒地看到当时潜伏着的危机。如果讲清了这一点，是有助于理解文章的中心思想的。在贾谊看来，秦朝灭亡的原因是"仁义不施，攻守势异"。他认为，取天下的时候不施仁义，问题还不十分严重，因为秦与六国的攻战尽管给人民带来了很大的苦难，终究是统治者之间的纷争；守天下不施仁义，就是不顾人民利益，为人民所深恶痛绝，这样的统治能长久维持下去吗？因为这不是统治者之间的纷争，而是统治者与人民的对立，问题的性质变了，所以说是"攻守势异"。表面上过秦，骨子里刺汉。像这一类思想深刻的文章，重点就该放在解题上。

《左传·殽之战》层次较复杂。第一段写秦国阴谋伐郑，却先写两件小事：一是晋文公出殡时卜偃的一段话，二是秦国内部蹇叔的哭师。卜偃的话很容易使读者误认为迷信。杜预在注解中说得好，他说卜偃听到了秦国的阴谋，便借此来提高人民的警惕。从文章结构看，这是预伏一笔。蹇叔的哭师作用也是一样，杜预注解说是替第二年晋国打败秦国作伏笔。这样一理，脉络就清楚了。第二段写弦高犒师。在写弦高犒师前，先写了年幼的王孙满对秦军"轻而无理"的批评，再次预示了秦军的必败。作者一连三次用伏笔，给后文晋国打败秦军作了渲染。第三段写秦军从郑退回，晋军准备偷袭秦军。最后一段只用一句话写秦晋交战结果，却用大段文字写三帅被俘后被释放回秦的情形：从两方面来写，一方面写文嬴的徇私情，这是三帅得以回国的原因；一方面写秦伯的勇于承认错误，这是三帅回国后的处置。这一段是文章的余波。像这一类层次复杂的文章，重点就该放在段落大意上。

三、评点之学

对文章进行评点批注，目的在于提高欣赏文章的能力。要使学生把文章学到手，就得通过授文来传道，但又绝对不能"包下来"，要启发、引导让学生体会涵咏，一隅三反。这样学到手的知识才牢靠，才能在学生未来的生活里起作用。宋人对古书评点批注的方法很值得利用到我们的教学上。这种办法，通过圈点来揭示文章的精华所在，通过批注来揭示文章的特点。批注的话一般都只寥寥一二句，含蓄不露，耐人咀嚼。教学本是师生双边活动，一位好的教师应该是一个好的导游，把学生领到文章的境界里去,让他们自己去感受、去思索。在这个意义上,评点之学就特别显得重要。

比如《左传·曹刿论战》,前人在批注中指出:这篇文章是用"谋"字来贯穿的。在写法上,先不写出曹刿提兵调将的一些做法的原因,给读者留下许多悬念,在战争结束后才分别解释那样做的原因。这种写法是符合当时情实的:战局瞬息万变,要求立刻做出决定;形势紧张,又不允许立刻说明原因。作者采用补叙的手法,既忠实反映了当时情况,又构成文章起伏的波澜,对塑造曹刿指挥若定的形象有很大作用。如果我们在"肉食者谋之""未能远谋"的"谋"字旁要学生加上着重号,在两处"刿曰未可"和"登轼而望之曰可矣"句旁加上着重号,在"既克,公问其故""故克之""故逐之"句旁也加上着重号,就能扼要地指出这篇文章的特点:写战略不是写战况。这样做,对学生理解文章的中心思想有启发,也有助于审题教育,如果把文章的题目标作《齐鲁长勺之战》,就远不及《曹刿论战》好。

这些传统教法里的珍贵品,很值得我们借鉴。重要的是,学习传统教学方法,只能批判地利用,不能无批判地搬用。要利用得恰到好处,关键问题在于不断提高我们的教学水平和文艺理论水平。

传统教法里的珍贵品还不止这些,学习、批判、利用,再学习、再批判、再利用,对提高文言文的教学质量是会有好处的。

(原载《中学教育通讯》1962年第9期)

我国散文发展概况和韩愈的《张中丞传后叙》

我国散文有着悠久的历史。散文的发展大体上可以分三个阶段：

（一）先秦两汉阶段。这是散文的成熟时期，它的主要特点是文、史、哲不分家。有的散文既是文学作品，又是哲学作品，或者既是文学作品，又是史学作品。比如《庄子》《孟子》是哲学作品，但文学性很强，称为哲理散文。《左传》《史记》是历史著作，但很有文采，称为历史散文。这是我国散文发展的第一个时期。

（二）魏晋南北朝阶段。这是散文的发展变化时期，主要特点是散文脱离了哲学、史学而独立出来了。用鲁迅的话说，是"文学的自觉时代"（《魏晋风度及文章与药及酒的关系》）。这一时期非常注意文学的特点，摆脱了儒学、玄学、史学的思想束缚，这就同先秦文、史、哲不分家的情况不同了。如果说先秦两汉的散文一般是作者用来表现自己的学术观点的工具，那么魏晋南北朝散文则主要是用来表达作者自己的情感，所以抒情散文大量产生。这是散文发展的第二个时期。

（三）唐宋以来。这是散文的定型时期。第一时期的文、史、哲不分家的散文很注意内容，用文学来表达作者自己的哲学观点、叙述历史事件。第二时期用散文来抒情，非常注意艺术性，同时产生了所谓的骈文，讲究辞藻、对偶、音律、典故。它们一个是讲辞藻、讲语言的润饰，大量使用典故；一个是注重音律，念起来很好听，有一种音节美。这一时期的散文家（包括骈文在内的广义散文）在艺术上下的功夫很深。唐宋以来，作为散文的定型时期，一方面吸取了先秦两汉时期的特点，注意内容；另一方面吸取了魏晋南北朝时期的特点，注意形式，既讲思想性又讲艺术性，内容和形式并重。

唐宋散文的特点是它解决了四个关键问题：

（一）解决了短与长的关系。主张文章简练，在剪裁上下功夫。用韩愈的话说，"丰而不余一言，约而不失一辞"（《上襄阳于相公书》）。就是说要长短得体，要做到长的不多一个字，短的不少一个字。

（二）解决了继承与创新的关系。继承绝不是把古人的东西照搬，而是学古人的写作方法以作为借鉴，在借鉴的基础上创新。韩愈说，要"师其意而不师其辞"（《答刘正夫书》），"惟陈言之务去"（《答李翊书》）。

（三）解决了露与不露的关系。就是把话说完好，还是不说完好？一篇文章把心里话发泄无余，淋漓酣畅，畅所欲言，当然好；但并不排斥那种话不说完，让读者去体味、思索，这叫语言的含蓄。也就是说，要引而不发，给读者留下想象的天地，让读者去发展补充。要用哪一种写法，是由题材、文体诸多因素决定的。

（四）解决了有韵与无韵的关系。尽管散文不讲韵律，但是要讲音节，有一个音节的问题。现代优秀散文家鲁迅、朱自清、茅盾、巴金、刘白羽等人的散文都很注意音节。

唐代的散文经过三次变化，到了唐德宗贞元年间、唐宪宗元和年间达到了高峰，产生了很多杰出的作家，韩愈、柳宗元是这个时期的代表作家。韩、柳把散文发展到高峰，有三点原因：

（一）受诗歌影响。唐代是诗歌时代，唐诗经过初唐、盛唐、中唐时期，不仅产生了诗人李白、杜甫，也产生了高适、王维、孟浩然等不同流派的伟大诗人。到了中唐，诗歌对散文的影响就明显地表现出来了：

一是诗歌讲究意境,就是散文家习用的术语"神";二是诗歌讲究辞藻,就是散文家所谓的"色";三是诗歌讲究音节美,也就是散文家所谓的"声"。三者都包含在清代桐城派散文家姚鼐概括的"所以为文者八"的"神理气味格律声色"里。

(二)传播政治观点的需要,即所谓"文以载道"。文是形式,道是内容。内容是第一位的,形式是第二位的。韩愈要求内容和形式要统一,形式为内容服务。他主张,"闳其中而肆其外"(《进学解》),"辞不足不能文"(《答尉迟生书》)。他认为,要使人接受自己的思想,文章一定要有很高的艺术水平。

(三)统一的要求。唐王朝安史之乱造成了军阀割据的不良后果,中央政权内部矛盾重重,朝廷里的官吏结成朋党,百姓生活在水深火热之中。韩愈写了许多反映现实的作品,语言泼辣、犀利,揭露了当时黑暗的现实。

韩愈,字退之,河北昌黎人,学者称为昌黎先生,又因后来追谥为文公,故又称韩文公。他生于公元768年,死于824年。二十五岁登进士第,贞元十九(803)年当了监察御史。当时,关中地区发生旱灾,韩愈上书请求减免赋税,被贬为阳山县令。元和十二年(817),韩愈在平定淮西藩镇吴元济的战役中担任行军司马立了功,被任为刑部侍郎。元和十四年(819),因谏迎佛骨触怒唐宪宗,再次被贬为潮州刺史。长庆元年(821),被召回京师,任国子祭酒,后转为兵部侍郎。长庆二年(822),又转任吏部侍郎。

韩愈散文的成就:

(一)思想性。维护国家的统一,反对封建割据。另外,还写了一些揭露现实的文章。韩愈在送给孟郊的一篇文章中说"物不平则鸣"(《送孟东野序》),他写了很多鸣不平的文章,如《马说》《进学解》等。《张中丞传后叙》则属于前一类。

（二）艺术上的成就。1. 文章很有气魄。韩愈说："气盛则言之短长与声之高下者皆宜。"（《答李翊书》）"气"，就是气魄、气势，即文章的精神力量。有了精神力量，就能处理好语言文字的关系。但气魄从哪里来呢？从思想性来。思想性是第一位的。

　　2. 韩愈主张"惟陈言之务去"，自己要有创新，不要炒陈饭。文章炒陈饭没有前途，但创新不等于标新立异。韩愈一方面主张"惟陈言之务去"，另一方面主张"文从字顺各识职"（《樊绍述墓志铭》），要明白晓畅，平正通达。

　　3. 韩愈是语言大师，丰富了汉语的词汇和短语。他的很多语言已成为今天的成语，如"坐井观天""不塞不流，不止不行""一身而二任焉""牢不可破"等，至今还有生命力。

　　《张巡传》原是李翰所作，韩愈对此传补充了一些事实和议论，所以称为《张中丞传后叙》。"中丞"，是张巡的官称，张巡死后追赠为御史中丞。

　　从散文的角度来看，《张中丞传后叙》属随笔体。这种体裁有几个特点：一是对原文的提法进行考证，指出哪些对，同时对某些内容进行辩驳，还可以补充一些材料，题材不受拘束，很自由；二是可以阐述自己的观点。

　　这篇文章是元和二年（807）韩愈四十岁担任国子博士时写的。

　　这篇文章在写作上有些什么可以借鉴的呢？

　　（一）文章的结构。此文是随笔，是读后记。作者是怎样布局的呢？全文基本可分为两个部分：第一、二段是前半部分，三、四段是后半部分。前半部分以议论、申辩为主，驳斥辩明了三个问题，层次很清楚：第一，辩明了许远的后死不是怕死；第二，辩明了分城而守后城池陷落不是许远的责任；第三，驳斥了弃城逃遁的问题，肯定守睢阳、保江淮是使唐朝没有灭亡的了不起的功劳。在议论中，作者提出了自己的见解，发表了议论。

后半部分以叙事为主。南霁云的事李翰没有写，所以韩愈把他的英雄形象写得有声有色。张巡主要的事迹李翰已写了，所以韩愈只是把张巡的一些琐事有条理有层次地、细致地、轻言娓娓地补写出来。一个是用重笔来写，一个是用轻笔来写，作者的安排是很巧妙的。这就向我们提供了一个写作文章时如何谋篇布局的范例，告诉我们在结构上要给读者以清新的感觉，给人以层次感。许多人的经验表明，写文章前最好先拟个提纲；不写提纲，头脑里也应有个详细的布局。文章一定要有层次、有轻重，先说什么，后说什么，哪些要突出，哪些要略写，要花一番组织功夫的。一篇能吸引人的文章，总有一些警策语，或者几个最漂亮、最突出的小节、段落，即冒尖的地方，平均用力就不能给人以鲜明的印象。

（二）怎样写说理文。议论是说道理，说道理的要求是说"透"。"透"有两层意思：一是说清楚，不含混，这是低要求；二是把道理说得深刻，这就是高要求了，比较难。不管是说清楚还是说深刻，都要有个贯穿的东西，就是要有感情，不能纯客观地说道理，因为文章是给别人看的，要打动别人，就要有真情实感。写稿子赞成什么，反对什么，爱什么，恨什么，把你的感情贯注进去，再把道理说明确、说深刻，绝不能把说理文理解成冷冰冰的客观说理，没有强烈的情感，这样就是道理说清楚了也打动不了读者。

韩愈的文章是以情动人的。《张中丞传后叙》里的"当其围守时，外无蚍蜉蚁子之援……"充满感情，先说"外无待"，又说"人相食"，再说他们怎样不怕死来驳斥怕死的说法。最后带着非常强烈的感情写道："虽至愚是不忍为"，连最蠢的人都不会这样做；"呜呼！而谓远之贤而为之邪"，感情激动达到极点，激动得"呜呼"起来了，激动得跺起脚来，意思是像许远这样的人还会这样吗！而冷冰冰地说理只是说教，所以写文章要用自己的感情唤起读者的感情。

（三）怎样写传记叙事。叙事必须有个前提，就是调查研究。首先要占有可靠、可信的材料，只有材料可靠、可信才有说服力量。所以，写通讯最怕假、大、空。说假话，那是骗人。说大话，一个小问题也提到关系国计民生的高度，是拔高，是"理论爬坡，越爬越高"，那是吓人。说空话，发空议论容易，别人做起来就不容易，那是害人。我们写出的东西，要别人信服，要经过调查研究，提供可靠材料。写真东西，这里有一个写作道德的问题。

在叙事里，韩愈了不起的是突出了人物的语言、笑貌，突出了人物的个性，塑造了鲜明的形象。如他写南霁云，没有写赫赫战功，只写了南霁云求救贺兰时的三件事：一是在宴会时的"义不忍独食"；二是席间断指；三是射浮图寄意，强烈地表现了他大义凛然、嫉恶如仇的英雄性格。特别是城破以后，慷慨就义以前的"不应"，表现了他在死亡面前的冷静、镇定，不光有勇，而且有谋。写张巡，一写外貌，身长七尺余，两处写胡子，一处写美的须髯，一处写发怒时就掀开来的胡子；二写语言，"南八，男儿死耳，不可为不义屈""汝勿怖，死命也"两处都把他从容就义的精神写出来了；三写记忆力，读书不过三遍便终身不忘，城中的居民和部下的兵士只要见了一面问了姓名，日后相见就无不识；四写智慧，"操纸笔立书"不打草稿；五是抓住了一些细节描写，如"巡起旋"的细节，激励南霁云勿为贼屈的细节，都写得生动。通过细节来塑造张巡坚贞的形象，表现了人物性格的丰富性和立体感。另外，写许远的心胸宽阔，不为敌人"国亡主灭"的危言所动，塑造了一位忠厚长者的形象。

他为什么把这些英雄写得这样传神呢？主要还是有感情，而且是充满了崇敬的感情来写的。所以，写论说文需要真情实感，写叙事文同样需要真情实感。

作个小结：散文的领域很宽，可以说是海阔天空、无所不包，不要把散文限制在说理文、叙事文、抒情文这样一个狭窄的圈子里。说理文也要有感情，叙事文也要抒情。韩愈这篇文章，就是说理、叙事、感情三者的结合，不能把它们截然分开，但各有侧重。写说理文要侧重说理，但并不排除叙点事、抒点情。写抒情散文也是如此，要通过说理、叙事来抒发感情。三者不是对立的，是融为一体的，是相通的。这是中国散文的一个传统。

如果没有感情，议论文就会变成干巴巴的说教，叙事文就会写成一本流水账。根据这篇文章可以得出这样的结论：有人说写说理文要运用抽象思维，写叙事文、写人物要运用形象思维，这样的说法不够全面。抽象思维和形象思维二者不是对立的，一个人进行形象思维的时候仍然是抽象思维在支配它。怎样表现？怎样写得层次分明？是要运用逻辑思维的。把说理、叙事、抒情结合起来，就是这篇文章的主要特点。

（根据课堂录音整理，原载《四川石油报》1982年第15期）

柳宗元的山水游记

关于柳宗元的山水游记,今天我要讲三个问题。

一、柳宗元的山水游记

柳宗元写过不少山水游记,最有代表性的是他被贬永州后写的八篇游记,即"永州八记"。柳宗元因为参加王叔文的政治运动,被保守派打下去,贬官在永州,整整住了十年。这十年中,他写了很多作品,"永州八记"便是其中的一部分。

柳宗元死后,他的好友韩愈为他写了篇《柳子厚墓志铭》。韩愈在这篇文章中说,柳宗元"居闲,益自刻苦,务记览,为辞章,汛滥停蓄,为深博无涯涘,而自肆于山水间"。意思是柳宗元被贬永州后,处于闲散的地位,于是下苦功学习,尽可能多读书,把一切精力都放在山水间——写山水作品。他的作品,内容广博,文笔恣肆,范围广泛。可见,柳宗元的山水游记,是他政治上失意的产物。他被贬永州后,心里不舒服,于是借写山水游记把自己的感情抒发出来。韩愈又说:"然子厚斥不久,穷不极,虽有出于人,其文学辞章,必不能自力,以致必传于后如今，无疑也。"意思是说，倘若柳宗元被贬谪在外不太久，处境悲惨不到极点，虽有出人头地之处，但在写作上就不会取得像现在这样必定流传后世的成就。这段话有两层意思：一层说柳宗元遭贬是坏事，但这使他有时间、有精力从事文学创作；另一层说坏事可以变成好事，使他自我努力取得必传于后世的成就。韩愈的评价，说明柳宗元的山水游记是在政治上遭受失败以后，在那种不得意的情况下写出来的。这段话可帮助我们理解柳宗元写作山水游记的政治背景。

山水景物是客观存在的，但人们对它抱什么感情，这与自己的阅历、感情、情绪有关。柳宗元对永州自然景物的感受就与一般人不一样。客观的大自然，在他的眼里带上了主观色彩，而柳宗元正是带着主观的看法写了八篇游记。这八篇游记，不是同一个时间写成的，写得最早的在唐宪宗元和四年（809），写得晚的在元和八年（813）。在前四篇游记中，作者表达主观感受的成分要多些，后四篇则以客观描写为主。我们选学的两篇《钴鉧潭西小丘记》与《至小丘西小石潭记》是前四篇中的。

"永州八记"的第一篇《始得西山宴游记》，作者表达了这样的思想感情：1. 政治上失意了，是罪人。他心惊胆战地过日子，不知将来会怎么处置他。2. 由于"忧谗、畏罪"，他就漫无目标地在永州山野间到处游逛，"无远不至"，希望摆脱巨大的精神压力，得到精神上的安慰。3. 他看到永州山水，立即被大自然的美景所感染，把思想感情融合在里面去了。这样，他就忘记了忧愁，减轻了精神上的沉重压力。这三种思想感情，也带入了其他的游记中。他虽是被山水陶冶着，但毕竟不等于真正摆脱了政治上的压力，因此他在作品中又常常触景生情，表现出精神上的苦闷。

《钴鉧潭西小丘记》写于元和四年九月二十八日后的第八天。

"其石突怒偃蹇，负土而出，争为奇状者，殆不可数。其欹然相累而下者，若牛马之饮于溪；其冲然角列而上者，若熊罴之登于山。"

化静为动,带上了作者的感情。石头不甘埋没,冲破了泥土的重重重压奋然突出,如发怒一般要表现自己。这正是作者自己的写照:我虽然政治上失意了,但我不甘寂寞,我要表现出自己是有才能的,想冒尖,不愿默默无闻地埋没在永州。这里的写作手法也很奇特。如果把石头比喻成牛马、熊罴,这很一般化,谁都会,但柳宗元的高明之处在于在牛马之前加了"嵌然相累而下",在熊罴之前加了"冲然角列而上",这样"饮于溪""登于山"的动态就呈现在我们眼前了。打比譬是容易的,但要比譬得有生气、有特色,这是比较难办的。庄子所谓"化腐朽为神奇",柳宗元正是达到了这种境界。

因为小丘价钱便宜,"余怜而售之"。这个"怜"字,含义深刻。表面上看,是说我可怜小丘而把它买了下来,而更深一层的意思是:这么好一个地方才卖这么点钱,我这样的人才仅仅当了个永州司马。因小丘不公平的遭遇,联想起了自己的身世,于是与小丘同病相怜。元代虞集评此文说:"感慨只在言外,故妙。"

"即更取器用,铲刈秽草,伐去恶木,烈火而焚之。"

这使我们想到杜甫的两句诗:"新松恨不高千尺,恶竹应须斩万竿"。这么好一个地方,不能让恶竹秽草来占领,因此一砍而光,烈火焚之。秽草既除,小丘更美,不止木石生辉,整个天地都开朗了。

"由其中以望:则山之高,云之浮,溪之流,鸟兽之遨游,举熙熙然回巧献技,以效兹丘之下。枕席而卧,则清泠之状与目谋,潺潺之声与耳谋,悠然而虚者与神谋,渊然而静者与心谋。"

鸟飞兽走,山高云游,各类动植物似乎都想在小丘面前把本领表演出来。小丘前成了大自然万物呈现技巧的场所,这就构成了一幅和谐、愉快而美丽的图画,耳闻目睹都使人觉得舒畅。本来精神负担重重的柳宗元，这时把一切都忘了，思想上空荡荡的。逸言诽谤，政治纠纷，都一扫尽净，精神获得了完全的解放，客观事物与自己的感观和谐一致。大自然美，作者的心境也美，物我完全吻合了。

把小丘写完了，作者开始发议论：这么好一个地方，要是生在京城附近，那些王公贵族子弟一定要出高价抢购。但它生在这里，只卖四百文都没有人要，小丘也有它自己的命运和遭遇啊！这显然是拿小丘比自己，小丘是弃地，自己是唐王朝的弃人，小丘与作者都有沦落不偶的悲哀。但在写法上，作者不言其悲，反说"喜而得之"。透过这个"喜"字，我们看到，作者真的高兴吗？不，喜中有多少难言的苦衷啊！接着作者又写他祝贺小丘的遭遇，这里的"贺"字同样喜中含悲，感情复杂。小丘有这么好的遭遇，我会有什么样的结果呢？

从以上分析可以看出，这篇游记是带有作者浓厚的主观色彩的。

一篇文章，要有些警策句，冒尖的语言，才站立得起来。本文描写小丘上石头的句子，写小丘被开发后，作者耳闻、目睹与对景色的感受的那些句子，都是很漂亮的。

《至小丘西小石潭记》是"永州八记"中的第四篇游记，篇中写鱼的地方特别精彩：

"潭中鱼可百许头，皆若空游无所依，日光下澈，影布石上，怡然不动，俶尔远逝，往来翕忽，似与游者相乐。"

百多尾鱼，因为水太清，看起来好像在空中游动，就像没有水一样。太阳光明澈地透过清水，鱼的影子留在石底上痴呆不动，突然又一下子窜走，轻快地游来游去，很像是与人互相玩乐。明代四川学者杨升庵很欣赏这几句，说它是模拟郦道元的《水经注·洧水》中的"渌水平潭，清洁澄深，俯视游鱼，类若乘空"。这话不够准确。郦道元既写了水，又写了鱼；柳宗元只写鱼，整段话中没有一个"水"字，但写鱼全为了写水。你看，为什么数得清潭中鱼是百许头？为什么鱼儿"皆若空游无所依"？为什么"日光下澈，影布石上"而且看得清？为什么鱼的静止和动作都看得清？不都是水太清的缘故吗？这里全力写鱼，但句句离不开水，也可以说是句句写水，比郦道元要高明些。柳宗元学古人，不是停留在模仿上，而是有发展、创新。明代茅坤说柳宗元写鱼的这段文字"直压倒郦道元"，就指出了柳宗元的发展。茅坤在《唐宋八大家文钞》之《柳宗元文钞》里说，一般的作家描写风景面面俱到，"处处藻绘，物物模写"，结果漏掉了许多；高明的作家往往只突出描写一点，而给人的印象是什么都写到了。柳宗元就是这样的高明作家，他抓住鱼来写，小石潭的一切优点都通过写鱼而表现出来。这一点很值得我们借鉴。茅坤提出了一个点与面的问题，告诉我们写风景要突出重点，没有重点就没有特色。茅坤把抓住一点以小见大叫作"雅"，把面面俱到什么都写叫作"俗"，把有重点和无重点说成是"雅俗所由判"。

二、山水游记的传统

晋末就产生了山水诗，晋末宋初的著名山水诗人是谢灵运。之后散文里出现了山水小品，显然受到山水诗的影响。

山水散文产生于南朝刘宋时代。最早写山水散文的作家是鲍照，略晚些是陶弘景，再晚些是吴均，之后郦道元又为汉朝人桑钦的地理书《水经》作注解。郦道元在注解中具体描述了桑钦所记"水"（河流）是什么样子，流经路线，以及沿途风景、故事、传说等。所以，《水经注》的内容非常丰富，里面还保存了很多古代的地理资料，它是我国的第一部地理文学专著，里面有不少描写风景的好文章。

下面，我们介绍几位作家的特色。

鲍照的山水小品文以《登大雷岸与妹书》为代表。文中描绘了大雷的美好景色:"南则积山万状,负气争高,含霞饮景,参差代雄。"重重叠叠的山,凭仗气势,互不相让,随着太阳光的转移,这些山时高时低,迭为雄长。化静为动,把山人格化了,写活了。他还用正面描写的手法,把夕阳下的庐山写得非常具体:"从岭而上,气尽金光。半山以下,纯为黛色。"这种正面描写比侧面烘托难,不容易写好,但鲍照能抓住特色,写得不一般化。

鲍照这样写山水,是一种创新。

陶弘景的代表作品是《答谢中书书》,写的是江南风景。他的写法不同于鲍照,他文笔秀丽,层次井然地描绘山川景色:

"山川之美,古来共谈。高峰入云,清流见底。两岸石壁,五色交辉。青林翠竹,四时俱备。晓雾将歇,猿鸟乱鸣;夕日欲颓,沉鳞竞跃。实是欲界之仙都,自康乐以来,未复有能与其奇者。"

这种有层次的描写,也是一种创新。

以上两位作家笔下的山水都写得很好,但是没有什么特色。江南的山都是高峰入云,山上都有竹树;江南的水都是清澈见底,只有共性,没有个性。

郦道元的《三峡》就写出了个性。他写的三峡景色,别处的景色就不能代替:

"两岸连山,略无阙处。重岩叠嶂,隐天蔽日。自非亭午夜分,不见曦月。"

山峰重叠,连绵不断,高插云霄,两山相对,中若裂缝,这的确是三峡的山。

"夏水襄陵,沿溯阻绝。或王命急宣,有时朝发白帝,暮到江陵。其间千二百里,虽乘奔御风不以疾也。"

暴涨，流急，舟行其中，距离虽长，航行的时间却很短，速度很快，这的确是三峡的水。精确生动，很有个性。

吴均《与宋元思书》融合了几家特色，写浙江富春江一带风景：

"自富阳至桐庐，一百许里，奇山异水，天下独绝。水皆缥碧，千丈见底。游鱼细石，直视无碍。急湍甚箭，猛浪若奔。夹岸高山，皆生寒树，负势竞上，互相轩邈，争高直指，千百成峰。"

既有人格化的描写，又有层次；既细腻，又有特色。

柳宗元就是在这样的基础上，运用和发挥前人的经验，继承创新，形成了自己的独特风格的。

三、向柳宗元学习什么？

1. 个性与共性

写山水小品，必须写出山水的个性。你把新都桂湖写得既像东湖又像西湖，就很不好。柳宗元的"永州八记"没有写名山大川、奇山异水，但却很有个性特征。写小丘，抓住石奇这个个性。石头上有泥，像刚从土里冒出来。石头像有生命力，有它特殊的排列规律，"其嵌然相累而下者，若牛马之饮于溪；其冲然角列而上者，若熊罴之登于山"。这样的小丘，就不会是别处的小丘。

小石潭的特征，作者抓住了"全石以为底"，因此潭水才那样清凉。"全石以为底"，就是小石潭的个性。作者通过写鱼来表现水清，正是以这个特征为基础的。

小小的永州，平淡无奇的山水，作者写得如此有特色，足见作者的艺术表现力之强。柳宗元的经验告诉我们：抓住山水的个性特征，作精雕细刻的描写，才能写出有特色的游记。

2. 白描与渲染

白描，用在文学上，意思是用最简洁的语言，抓住事物的特征，把主要事物勾勒出来。一是淡淡地轻描，重在传神。渲染指调动修辞手法，从各方面进行精雕细刻，通过描绘达到逼真的境界。二是浓浓地着色。《至小丘西小石潭记》中写鱼，就运用了白描手法；《钴𬭚潭西小丘记》写小丘被打理出来后作者的所见、所闻、所感，就是运用的渲染手法。

3. 实写与虚写

实写是把形象、颜色、声音等表现出来，虚写指通过联想传达精神。《至小丘西小石潭记》中写鱼是实写，形神兼备，而绘影、绘色、绘声的目的在于传神。作者实实在在地写鱼，但目的在写水清。这里写水清就是虚写，而水清是要通过读者的联想才能感觉到的。

4. 静态与动态

大自然存在于变化运动中，世间一切事物都在不停地运动。因此，我们写景物就应该表现出景物的动和静，这才合符大自然的规律，才能做到"尽态极妍"，把各种形态表现得非常细致。那么，作家根据什么来确定景物的动静呢？依靠作者的心境，作者的心境在这里支配着大自然。柳宗元写石头"突怒偃蹇，负土而出"，就是带着他的思想感情的。他让笔下的石头这样"动"，实际上是他的思想感情在动。因此，在他眼中和笔下，石头就有了生命力。

5. 写景与抒情

我们研究诗歌，常常运用"意境"这个术语。意，就是作家的主观意图；境，是作家笔下的客观景物的描写。一是内在感情，一是外在景物，二者结合就构成意境，实际上就是情与景的问题。我们常说的"情景交融""因景见情"，都是根据这个来的。

作家笔下的景物，必然打上作家思想感情的烙印。所以，写景、抒情二者是自然结合的。柳宗元写小丘无人了解，被埋没，卖不出去，弦外之音就是说自己无人了解。其表面是记叙景物，实际上抒发了"怀才不遇"之感。他不可能直接站出来发泄自己内心的不满，就借助景物来表现这种感情。由此可见，写景与抒情是不能截然分开的。写景为了抒情，写物不忘写人，这是一条很好的经验。

（根据课堂录音整理，原载《四川石油报》1982年第10期）

第三章

古典诗词鉴赏

张镃《满庭芳·促织儿》鉴赏

月洗高梧,露漙幽草,宝钗楼外秋深。土花沿翠,萤火坠墙阴。静听寒声断续,微韵转、凄咽悲沉。争求侣,殷勤劝织,促破晓机心。

儿时曾记得,呼灯灌穴,敛步随音。任满身花影,犹自追寻。携向华堂戏斗,亭台小、笼巧妆金。今休说,从渠床下,凉夜伴孤吟。

——[宋]张镃《满庭芳·促织儿》

据姜夔《齐天乐》咏蟋蟀的小序,张镃这首词是宋宁宗庆元二年(1196)在张达可家与姜夔会饮时,闻屋壁间蟋蟀声,两人同时写来授与歌者演唱的。姜张二人词各有特色。郑文焯校《白石道人歌曲》提到:"功父《满庭芳》词咏蟋蟀儿,清隽幽美,实擅词家能事,有观止之叹。白石别构一格,下阕寄托遥深,亦足千古矣。"张镃词无寄托,姜夔词有寄托,各擅胜场,未易轩轾。

上片写听到蟋蟀声的感受。

"月洗"五句,写蟋蟀声发出的地方。词人首先刻画庭院秋夜的幽美环境。夜空澄明,挺拔的梧桐沐浴在月光之中。"洗"字传出秋月明净之美。空庭露滋，僻处的小草含润在露水之下。《诗经·郑风·野有蔓草》："野有蔓草，零露漙兮。"毛《传》："漙漙然盛多也。""漙"字传出露水凝聚之美。宝钗楼，本是咸阳古迹，邵博曾饯客于楼上，歌李白《忆秦娥》词（《邵氏闻见后录》卷十九），这里借指杭州张达可家的楼台。张镃，字功甫、功父，旧字时可，祖籍西秦，张达可当是他的兄弟辈，故信手拈来寄寓怀念故乡的感情。"秋深"，点出时令，这是一个多么美好的月皎露漙的秋夜啊！"土花"，指苔藓。墙下的苔藓顺着墙脚铺去，"沿"字化静态为动态，用字极生动工巧。突然一点萤火飘坠墙根，把词人注意力引向这里，蟋蟀的声音便由此传出。许昂霄《词综偶评》云："萤火句陪衬。"所谓陪衬，用视觉里的萤火衬托出听觉里的蟋蟀鸣声，用萤火坠落的无关情节衬托出蟋蟀鸣声的中心题材。看萤火，听蟋蟀，是词人的生活情趣，而这种生活情趣是从闲适的生活实践中领略到的。《武林旧事》卷十录载了张镃自己记叙的一年十二月燕游次序，题名《张约斋赏心乐事》，自序云："余扫轨林扃，不知衰老，节物迁变，花鸟泉石，领会无余。每适意时，相羊小园，殆觉风景与人为一。"长期过着优游生活的王孙，对此自有甚深的体会。

"静听"五句，写蟋蟀的鸣声和听者的感受。"断续""微韵"是蟋蟀鸣声的特点，"转"则有音调低徊突然转变之意，"寒"与"凄咽悲沉"是词人听来的主观感受。杜甫《促织》诗曾以悲丝急管形容蟋蟀鸣声，与此相同。"争求侣"与"殷勤劝织"是词人对蟋蟀鸣声的体会：蟋蟀鸣，一是为了求侣，二是为了促织。《太平御览》卷九四九引陆玑《毛诗疏义》谓蟋蟀："幽州人谓之促织，督促之言也。里语曰：趣织（即促织）鸣，懒妇惊。""破"，尽也，煞也，与杨万里《题朝英进斋》诗"用破半生心"的"破"字用法相同，犹言促尽、促煞。蟋蟀的鸣声推动着织女纺织到晓。这三句似乎是闲笔，却与下片结拍"凉夜伴孤吟"相照应。词人的孤吟和织女的晓机，两两相形，一个对生活感到闲淡，一个对生活充满热忱，闲笔不闲，别饶韵致。

下片追忆儿时捕蟋蟀、斗蟋蟀的情趣，反衬今日的孤独情怀，抒写今昔之感。

"儿时"五句，写捕蟋蟀，是全词最为警策的地方，为后代词人所激赏。"呼灯"二句，刻画入微。"任满身"二句，尤为工细。贺裳《皱水轩词筌》评论说："形容处，心细入丝发。"它将儿童的天真活泼以及带着稚气的小心和淘气，纯用白描语言曲曲写出，给人以耳目一新之感。这一捕蟋蟀的形象，就是王国维《人间词话》所说的"能写真景物、真感情者，谓之有境界"。这一境界，把儿时的乐趣、中年的追思一起融入，无怪周密称之为"咏物之入神者"（《历代诗余·词话》引）。"携向"二句，写斗蟋蟀。王仁裕《开元天宝遗事》："每秋时，宫中妃妾皆以小金笼闭蟋蟀，置枕函畔，夜听其声。民间争效之。""亭台"，指贮蟋蟀的笼子，即姜夔《齐天乐》小序里说的镂象齿做成的楼观。从捕蟋蟀写到斗蟋蟀，补足当时情事，笔酣墨饱，为下面的感慨蓄势。

"今休说"三句，今昔相较，感慨遥深。《诗经·豳风·七月》："十月蟋蟀入我床下。"杜甫《促织》诗："促织甚微细，哀音何动人。草根吟不稳，床下夜相亲。"秋凉之夜，听床下蟋蟀的哀音，这种空虚寂寞的凄苦与儿时的欢乐对比，只好不说为佳，宛转含蓄，给人以完整而又多变的美感。张镃于淳熙十四年（1187）自直秘阁、临安通判称疾去职，领祠禄闲居，"畅怀林泉""安恬嗜静"（见《武林旧事》卷十所载《约斋桂隐百咏自序》），虽生活优裕，总不免有孤寂之叹，所以末句也非浮泛之语。

咏物词和咏物诗一样，要求把抒发的感情寄寓在所咏的具体的有形之物之中，通过对所咏之物栩栩如生的描绘，把抽象的感情变成可感的形象。这首词既精细准确的刻画了蟋蟀、捕蟋蟀、斗蟋蟀的形象，又有词人的主观感喟，是主客观的统一体。

张镃的诗，当时有很大的名声。方回《读张功父南湖集》诗云："端能活法参诚父，更觉豪才类放翁。"但成功的诗作不多，词亦然。像这样完美的词作，在《南湖诗余》里是不多的。

（原载《唐宋词鉴赏辞典》，上海辞书出版社，1988年8月）

史达祖《三姝媚》鉴赏

> 烟光摇缥瓦。望晴檐多风，柳花如洒。锦瑟横床，想泪痕尘影，凤弦常下。倦出犀帷，频梦见、王孙骄马。讳道相思，偷理绡裙，自惊腰衩。
>
> 惆怅南楼遥夜，记翠箔张灯，枕肩歌罢。又入铜驼，遍旧家门巷，首询声价。可惜东风，将恨与、闲花俱谢。记取崔徽模样，归来暗写。

——［宋］史达祖《三姝媚》

柳永、秦观、周邦彦在词作中都曾真实而多采地表达了对生活在社会底层的被侮辱、被损害的歌妓的同情。史达祖这首悼念亡妓的词，突出地表现了双方对爱情的忠贞，沉痛悲凉。

一起三句写春晴时节柳花风中的来访。缥瓦晴檐，春满小巷。一个"摇"字刻画出烟光微照、缥瓦闪烁的景象，衬以望中的风急絮飞，使明媚的春色融进了词人凄恻的情绪，勾起黯然销魂的别情。这三句，词语浑融，情含景中。对此景色，急欲一见伊人之情，跃然纸上。及入妆楼，却不见伊人，但见"锦瑟横床"。"想"字直贯下文。词人从对方着笔，推想对方别后不理乐器、不出帷幕，因入骨相思而思极成梦。"倦出犀帷,频梦见、王孙骄马","倦"字、"频"字巧妙地写出了分别以后无法排解的相思之苦,不仅表现了伊人感情的执着,更写出她独居小楼的顾影自怜。"讳道相思"三句,进一步委婉曲折地刻画了这位多情女子的形象。连魂梦都萦绕在情人身上,在别人面前却讳莫如深地掩饰自己的感情,当她暗中整理旧著罗裙比拟身上,突然发现腰围瘦损而惊呆了。这里有故作矜持的娇痴,有突然惊讶的动作,有难于掩盖的起伏感情,有由镇静到惊讶的跳动画面。这样的复杂感情,凝聚在短短的十二字里,神味极为隽永。

  过片"惆怅南楼遥夜"三句,转入初次相遇的回忆,用对比手法深化了词人的思念之情。"南楼",即词人此时所在的妆楼。"遥"字点明初见与此次相访相距时间之长。翠箔灯下,枕肩曼歌。昔日的乐器,就是此时横床的锦瑟和想象中常下的凤弦。这二句,惊采绝艳,烘托出面对"锦瑟横床"时的悲痛心情,以"记"字唤起当时的甜蜜回忆来相形此时心情的痛苦。这样的映衬,使初见和最后访问的两个画面构成了有机的整体。

  下面递入遍访旧家门巷打探消息,与篇首取岭断云连之势。浑灏流转,一气直下,转折处十分空灵。"又入铜驼,遍旧家门巷,首询声价",洛阳有铜驼街,繁华游乐之地,这里借指京师临安。"旧家",从前。这是词人重到临安,访问伊人情景的再现。与周邦彦《瑞龙吟》"前度刘郎重到,访邻寻里,同时歌舞。唯有旧家秋娘,声价如故"比较,更显出词人最后访问时的焦急与期待。然而,得到的消息却是伊人随闲花的凋谢而消逝了。"可惜东风"二句,分三叠写情:闲花无主,同情伊人的沦落;东风无情,惋惜环境的摧残;将恨离去,但揽相思的泪水。既是曲笔,将沉痛感情曲曲传出;又是大笔,既小结前文,又包扫前文,截住感情的波涛,使未了之情暂时煞住。一结,用元稹《崔徽歌序》里裴敬中与妓女崔徽相爱,崔徽临死留下肖像送给裴敬中的故事。这是词人感情的余波。伊人并未留下肖像,只好"记取"遗容,归后"暗写",长期系念。这是崔徽典故的活用,笔法夭矫变化,写出了极细微的感情,用此收束全词,既空灵又沉厚。

冯煦《蒿庵论词》引毛先舒论词:"言欲层深,语欲浑成。"这首词正体现了这个特点。上片写最后访问时所见和联想中伊人对自己的相思,已经逆摄下片初次相见的倾心和对伊人殂谢的悼念。为了抒相思之情,略去了中间无限情事:词人只写初遇和最后访问,把两人往还中的缱绻深情略去了;只写死别的痛苦,把生前分离时的难堪略去了。为了突出最后访问这一痛心场面,词人在下片以"又入铜驼"领起,用勾勒笔法使上下片融为一体,用笔开阔动荡,这是章法上的层深。"讳道相思"三句层层深入传相思之神,"可惜东风"二句层层深入寄悼念之意,这是句法上的层深。情与景,人与物,初见和死别,当时的欢娱和此时的悲哀,死者的多情和生者的遗恨,浑然融为一体。此词气格之浑成,完全可以继武周邦彦。

(原载《唐宋词鉴赏辞典》,上海辞书出版社,1988年8月)

史达祖《临江仙》鉴赏

愁与西风应有约，年年同赴清秋。旧游帘幕记扬州。一灯人著梦，双燕月当楼。

罗带鸳鸯尘暗淡，更须整顿风流。天涯万一见温柔。瘦应缘此瘦，羞亦为郎羞。

——［宋］史达祖《临江仙》

《历代诗余》卷三十八录此词，调下无题，是正确的。这是一首秋夜怀人的词。上片写秋士善怀，因秋怀人；下片紧承双燕，从对方着笔，是对方想象中的情景。从对方对自己的相思，写出自己对对方的深情。有些刻本的《梅溪词》题作《闺思》，不能包括上片内容。

头两句造语极为隽永巧妙。不说因秋生愁，而说西风约愁赴秋。皇甫冉"暝色赴春愁"（《归渡洛水》），杜甫"群山万壑赴荆门"（《咏怀古迹》），皆善用"赴"字。这两句说：愁与西风就像有了默契一样，一年一度如约赶到秋天去。这样来表现"秋士悲"这一传统主题，不仅标新立异，给人以奇特的感受，而且语言浑成，不流于纤巧，达到了格高意新的境界。

第三句至上片末，用逆笔追写愁的由来。旧游扬州，牵人魂梦。扬州，风月之地。杜牧《赠别》诗云："春风十里扬州路，卷上珠帘总不如。"苏轼《和赵郎中见戏》诗云："燕子人亡三百秋，卷帘那复似扬州？""帘幕"，成了扬州的象征。"著梦"，犹言入梦。灯光引人入梦，一觉醒来皓月当楼，看到的是乳燕双栖，想到的是燕双人独。"一灯"二句，传达出秋夜独处、醒梦无时、对月怀人的愁苦神情。晏几道《临江仙》词云："梦后楼台高锁，酒醒帘幕低垂。去年春恨却来时。落花人独立，微雨燕双飞。"同是梦后醒来乍见双燕最难为怀的愁苦之情，彼言春恨，此写秋愁，共以境界传意，可称双璧。

下片就上片迷离的梦境和梦觉所见的月中双燕，展开联想的羽翼，转入闺思。"罗带鸳鸯"，即鸳鸯绣带，一种绣有鸳鸯图案的合欢带。江总《杂曲》诗云："合欢锦带鸳鸯鸟，同心绮袖连理枝。"看见绣带上的鸳鸯，自然会引起闺思，从而发出"更须整顿风流"这句心灵深处的独白。"整顿"，犹言修饰，是承上句"尘暗淡"说的。罗带生尘，可见久不整顿了，这里有"岂无膏沐，谁适为容"的感慨。"更须"是就下句"万一见"说的。万一重见，引起了更须整顿的心理活动，这里有"女为悦己者容"的意思。由罗带引起的内心活动是复杂的：无法重见，却又希冀重见，直到万一重见的各种想法，一齐奔上心来。这就非常细腻地刻画出了闺情。结尾二句，尤为缠绵。元稹《莺莺传》载莺莺诗云："不为旁人羞不起，为郎憔悴却羞郎。""瘦"是由罗带感到的，"瘦应缘此瘦"，写出了相爱之深，不惜为郎憔悴，表现了对爱情的执着追求。"羞"是由"万一见"想起的，"羞亦为郎羞"，这里既有对青衫憔悴的同情，也有对红袖飘零的自责，表现了对不幸身世的感慨。下片结构巧妙，脉络细密，句句关联，字字映带，使言情达到入微的境地。

前人论白石、梅溪、碧山、玉田四家词，曾以味厚、情深、品高、气静评说他们在艺术上的共同造诣（陈廷焯《白雨斋词话》卷八）。这首小令，"节短韵长，其情乃深"的艺术特色尤为突出。写自己，则颠倒梦魂，寄情双燕；写对方，则绵绵情思，化为痴想。或借外物写怀抱，或直探心灵的奥秘，感情真挚强烈，蕴藉含蓄，发展了五代、北宋以来的婉约词风，很有深度。而深情又是通过"节短韵长"、千锤百炼的语言来完成的，这正是张镃在《梅溪词序》里说的"辞情俱到"。

（原载《唐宋词鉴赏辞典》，上海辞书出版社，1988年8月）

史达祖《湘江静》鉴赏

　　暮草堆青云浸浦。记匆匆倦篙曾驻。渔榔四起，沙鸥未落，怕愁沾诗句。碧袖一声歌，石城怨、西风随去。沧波荡晚，菰蒲弄秋，还重到、断魂处。

　　酒易醒，思正苦。想空山、桂香悬树。三年梦冷，孤吟意短，屡烟钟津鼓。屐齿厌登临，移橙后、几番凉雨。潘郎渐老，风流顿减，《闲居》未赋。

——［宋］史达祖《湘江静》

　　这是一首旧地重游、抚今追昔、纯写旅怀的词。

　　"暮草"五句，既是旧地重游的追忆，又是旧地重游的感慨。"暮草堆青云浸浦"，是前游时看到的水国荒凉的晚景。在这草暗云沉的景色里，听到的是驱鱼的声音，看到的是沙鸥的留影。"倦"字指对旅途奔波的厌倦，这就是从前驻篙的地方。"榔"当作"桹"。潘岳《西征赋》李善注引《说文》曰："桹，高木也。"并对《西征赋》中"纤经连白，鸣桹厉响"解释说："以长木叩船有声。言曳纤经于前，鸣长桹于后，所以惊鱼，令入网也。"陆龟蒙《渔具诗序》有"扣而骇之曰桹"，注云："以薄板置瓦器上，击之以驱鱼。"他的《鸣桹诗》说得更具体："铿如木铎音，势若金钲急。驱之就深处,用以资俯拾。"以上通过词人的追忆,描绘了一幅愁境,构成了一种诗境,二者纠结一起,所以怕愁沾诗句。"怕"字既写出了不是滋味的心理状态,也是诗句未成匆匆离去的原因。

"碧袖"二句,掉转笔锋,深入写愁。诗句没有写成,怨歌又突然传来,声声哀怨,融入秋风,把愁境的描写推进了一层。"碧袖歌",即罗袖歌,指妇女的歌声。张先《转声虞美人》词云:"一声歌掩双罗袖。""石城怨",即《石城乐》,刘宋时臧质所作,见《唐书·乐志》。张祜《莫愁乐》诗云:"侬居石城下,郎到石城游。自郎石城出,长在石城头。"所以称为怨歌。从首句至此纯用追叙,回忆前游,令人魂断。这样的地方,词人是不想重来的。

"沧波"三句,写作客孤身,重来旧地。时间仍然是秋天的傍晚,景色仍然是沧波茫茫,菰蒲无际。这草暗云沉的水国,本来是不想来的,结果却来了。在"重到断魂处"上用了一个"还"字,说明了并非自作多情来寻旧踪,而是浪迹西东无意重到。欲忘过去,却被迫忘过去不得。这种怅惘不甘的心情,与苏轼《夜泛西湖》诗说的"菰蒲无边水茫茫,荷花夜开风露香"的愉快心情相比,是截然不同的。

下片写重来时的所感。用酒解愁,酒易醒,愁却不可解;不愿奔波,却奔波不已,所以愁思正苦。"想空山"句,正面抒写怀抱。当怅惘之际,想到淮南小山的招隐,词意一转。《楚辞·招隐士》云:"桂树重生兮山之幽。"又云:"攀援桂枝兮聊淹留。"幽山留隐,令人向往。"悬"字从李贺《金铜仙人辞汉歌》"画栏桂树悬秋香"来,突出了对隐居生活的热爱。"想"字上承"思正苦",下贯"《闲居》未赋"。愁不可解,是第一层;旅途多怀,是第二层;归隐之想,是第三层。层层关联,词人把翻腾着的千思万想揭示得淋漓尽致。

"三年"三句,总结近年生活,艰难备尝,十分凄苦。三年之间,屡闻"津钟烟鼓",把终日奔波之苦写得具体、形象。早晨渡头的钟声,黄昏关山的暮鼓,这样的生活居然只身屡经,怎不令人梦冷意短?这三句与上片诗句"未落""重到断魂处"相映照，说明酒所以易醒、思所以正苦的原因。这种与上片欲断还连的手法，把今昔奔波生活表现得委婉曲折。

"屐齿"二句，紧承上文。"屐齿厌登临"，直连烟津钟鼓，厌奔波的痛苦。"移橙"句，遥接空山桂香，想归隐的生活。杜甫《遣意》诗云："衰年催酿黍，细雨更移橙。渐喜交游绝，幽居不用名。"移橙以后，凉雨几番。词人想到的是，随着时光的迁流，交游的渐绝，可以享受空山桂香的快乐。词人不直接抒写对仕途奔波的不安，却用移橙、凉雨的景色抒情，形象饱满，情景交融。

结拍三句，用潘岳《闲居赋序》："自弱冠涉乎知命之年，八徙官而一进阶，再免，一除名，一不拜职，迁者三而已矣。虽通塞有遇，抑亦拙者之效也。"潘岳是自叹"拙宦"的。词人对自己的遭遇深为不满，但又不愿直说，故借奔波跋涉的厌倦写拙宦的悲哀。由于年岁的渐老，风流的顿减，但《闲居赋》却没有写出来，不正面说归隐不得是环境造成的，却从反面说未赋《闲居》责任在于自己。这三句看来心平气和，语言十分平淡，实际上充满了对现实的不满和牢骚，平淡的语言里流露出激愤，意味隽永。以归隐不得之人，面对断魂之地，怎能不激起感情的波涛呢？

全篇艺术构思很有特点。它以曾经驻舟的断魂处为主脉，综合今昔，一往一复。"暮草"句写荒野景色，乃今昔所同见。"渔榔"五句写过去见闻，是断魂处的具体描写。"沧波"三句，转写今日。下片从断魂入手，深写今日的感受。"酒易醒"三句，上承"断魂"。"孤吟"三句，一转，下贯"闲居"。"三年"三句，写今日天涯倦客，想过去关津生活，也是综合今昔而言的。"屐齿"二句转写未来，遥想今后生活的打算。"潘郎"三句，又转到今日，与"酒易醒"三句遥接。鹪鹩的一枝未安，拙宦的怨怀是托，极宛转，极沉郁，笔笔转换，愈转愈深，开合动荡，如常山之蛇首尾相应，是《梅溪词》中的成功之作。

（原载《唐宋词鉴赏辞典》，上海辞书出版社，1988年8月）

史达祖《齐天乐·白发》鉴赏

秋风早入潘郎鬓,斑斑遽惊如许。暖雪侵梳,晴丝拂领,栽满愁城深处。瑶簪谩妒。便羞插宫花,自怜衰暮。尚想春情,旧吟凄断茂陵女。

人间公道惟此,叹朱颜也恁,容易堕去。涅不重缁,搔来更短,方悔风流相误。郎潜几缕。渐疏了铜驼,俊游俦侣。纵有黟黟,奈何诗思苦。

——[宋]史达祖《齐天乐·白发》

这首咏物词用典贴切,构思巧妙,借白发寄寓身世的不幸和内心的痛苦。它所造成的艺术氛围是哀怨的,实际上成了咏怀词。

上片写惊见白发的感慨。

"秋风"二句,一个"惊"字把突然看到白发时内心的震动直接抒发了出来。潘岳《秋兴赋序》云:"余春秋三十有二,始见二毛。"《秋兴赋》云:"斑鬓髟以承弁兮。"《文选》李善注引《说文》:"白黑发杂而(曰)髟。"斑斑潘鬓,激起了词人的思想波澜,无怪他慨叹秋风的早入了。"如许"二字,触目惊心,徒唤奈何,隐藏无限感慨。"暖雪"三句,是白发的具体描写:"侵梳"的是"暖雪",写出梳理时感觉到的发际的体温;"拂领"的是"晴丝",又写出在领上轻轻拂过的白发的光泽。"愁城",比喻忧愁境界。"栽满"句，谓满头白发遍种在愁苦的心灵深处，语极沉痛。

为什么斑斑星鬓会突然出现呢？词人从个人身世作了形象的解答，主要是宦海浮沉，功名上的坎坷。苏轼《吉祥寺赏牡丹》诗云："人老簪花不自羞，花应羞上老人头。"《答陈述古》诗云："城西亦有红千叶，人老簪花却自羞。"词人不直接说事业无成，老大伤悲。"瑶簪"三句，巧妙地运用苏诗，一波三折，委婉寄意。簪花自羞，一层；自怜老大，二层；瑶簪空妒，三层。这样，就曲折说明了政治上的坎坷。"尚想"二句，"春情"喻少年情事，"旧吟"用司马相如和卓文君事。《西京杂记》卷三云："司马相如将聘茂陵人女为妾，卓文君作《白头吟》以自绝，相如乃止。"词人概写爱情生活的一段不幸，也不无用以喻指政治上的不幸之意。这两句和上三句一样，词人运用典故巧妙地说明白发早生的悲哀。这样，就将个人身世和咏白发融为一体，深化了"斑斑遽惊如许"一句的内涵。

下片追悔年华的消逝，是上片惊见白发词意的引申。

"人间"三句，意存激愤，语含嘲讽。杜牧《送隐者一绝》云："公道世间惟白发，贵人头上不曾饶。"词人化用这一诗句，意谓朱颜那样快地消失令人慨叹，但这是任何人都避免不了的，人世间的最公道只有这件事。"涅不重缁"以下转到自己方面。《论语·阳货》："不曰白乎，涅而不缁。""涅"，矿物名，古代用作黑色染料；"缁"，黑。意思是说白发再也染不黑。"搔来更短"，用杜甫《春望》诗句"白头搔更短，浑欲不胜簪"。这两句和上片"暖雪侵梳"二句不同：前写初见白发之情，以叙述出之；此抒既见白发所感，以感叹出之。"方悔风流相误"，"风流"二字多义。这一句上承"公道世间惟白发，贵人头上不曾饶"意，下接"郎潜几缕"，似是指政治上一时的得意而言。词人初依主战派韩侂胄为掾吏，"权炙缙绅"（叶绍翁《四朝闻见录》戊集）；韩被杀后，身亦牵连遭贬，故有"风流相误"之语。

"郎潜"三句，深慨老年朋辈凋零，往年的铜驼巷陌、载酒寻芳已经不可复得了。张衡《思玄赋》："尉龙眉而郎潜兮，逮三叶而遘武。"《文选》李善注引《汉武故事》："一日，汉武帝辇过郎署，见颜驷龙眉皓发。问道：'叟何时为郎，何其老也？'颜驷答道：'臣文帝时为郎，文帝好文而臣好武，至景帝好美而臣貌丑，陛下即位，好少，而臣已老。'"词人巧妙运用"颜驷三世不遇，老于郎署"的典故，说明拙于作宦，催人发白，个人的遭遇与时代的好尚息息相关。联系"文帝好文而臣好武"，能说没有"举世言和，我独策战"的含意吗？"铜驼俊游俦侣"，指旧日在临安相与游冶的朋友。《太平寰宇记》引陆机《洛阳记》："汉铸铜驼二枚，在宫之南四会道，夹路相对。俗语曰：'……铜驼陌上集少年。'"秦观《望海潮》词"金谷俊游，铜驼巷陌"，互文见意。韩侂胄失败后，词人被贬出京。疏游侣，即是疏游事，有不堪回首之感了。

"纵有"二句，以咏叹作结。欧阳修《秋声赋》云："黟然黑者为星星。"头白作吏，老于郎署，纵有满头黑发，又怎禁得住内心的凄苦呢？意谓由于朝廷的不重视人才，即使年华正茂，也不能改变处境。这种用黑发反衬白发的结尾，既照应了上文，发泄了胸中的不平，又补足了上文，加深了意境的悲凉。

通篇用典使事，借咏物来抒情，尤见匠心。典故之间的内在联系，构成了叹老嗟卑、生不逢时的脉络，使难于表述的复杂情怀似显还藏地流露出来，布局是很严谨的。

据张镃在嘉泰元年（1201）辛酉为史达祖《梅溪词》所作的序文中说："余老矣，生须发未白。"韩侂胄被杀在开禧三年（1207），"韩败，达祖亦贬死"（周密《浩然斋雅谈》卷中）。那么，他白发之生当在张镃作序后，白发之咏自在遭贬逐期间。他遭贬后另有《满江红·书怀》词云："好领青衫，全不向诗书中得。还也费、区区造物，许多心力。"由于举进士不第，他不能依正途入仕，只能厕身胥吏、沉沦下僚，所以在此词里概述生平时采用句句咏白发，句句抒怀抱的艺术手法，让思绪如剥茧抽丝，细绎慢理，使胸中郁懑曲曲达出，造成深邃的词境。

（原载《唐宋词鉴赏辞典》，上海辞书出版社，1988年8月）

吴文英《齐天乐》鉴赏

烟波桃叶西陵路，十年断魂潮尾。古柳重攀，轻鸥骤别①，陈迹危亭独倚。凉飔乍起。渺烟碛飞帆，暮山横翠。但有江花，共临秋镜照憔悴。

华堂烛暗送客，眼波回盼处，芳艳流水。素骨凝冰，柔葱蘸雪，犹忆分瓜深意。清尊未洗。梦不湿行云，漫沾残泪。可惜秋宵，乱蛩疏雨里。

——［宋］吴文英《齐天乐》

这是一首怀人的词。上片写别后白昼倚亭的相思，下片写夜间独处的怀念。伤今感昔，无限流连。

"烟波"二句，化用王献之《桃叶歌》"桃叶复桃叶，渡江不用楫"，写十年后重新来到与情人分手的渡口，不胜伤感。"断魂潮尾"，不仅说明了别后怀念之殷、相思之苦，也为下片十年前的相见留下伏笔，使上下片西陵渡口的留别与西湖上华堂送客的两个画面遥相映带，两两相形，悲欢交织，情深语至，极为精警。

---

① 明万历钞本《梦窗词集》、汲古阁《梦窗甲稿》"骤"作"聚"，据杜文澜校阁本、周济《宋四家词选》改。

"古柳"三句,伤今感昔。亭上聚首,攀柳话别,是当日情事。"骤""重"二字,写出了当时别离的匆匆和今日旧地重游见柳不见人、独倚危亭的感慨。

"凉飔"以下五句,则写倚亭时所见。先写远眺所见:凉风天末,急送飞舟,掠过水中沙洲,留下的只是黄昏时的远山翠影。"乍",指大自然的突然变化。"渺",指烟波的辽阔。"烟碛",指朦胧的沙洲。"飞",指轻舟远逝的速度。"横"字见暮山突出之妙,令人想起李白《送友人》诗"青山横北郭"的"横"字的使用。远处山光水色,一片迷蒙。再看近处,江水江花,江面如镜,映花照人。江水里的花影是憔悴的,江水中的人影也是憔悴的。"但有"二句,怜花惜人,借花托人,用江水如镜面的平静与内心潮水似的波澜相形,益见相思憔悴之苦。

下片转入回忆。"华堂"句概用《史记·滑稽列传》淳于髡语:"堂上烛灭,主人留髡而送客。""堂上",即华堂。"烛灭",即烛暗。乃追忆初见时的情景:送走别的客人,单独留下自己。美目顾盼,传达出柔情蜜意。《诗经·卫风·硕人》:"美目盼兮。"用黑白分明的眼睛,传一盼的神情,已曲尽目光之美。"芳艳流水",则是对回盼的眼波更为传神的描绘:"流水",状回盼时眼波的转动;"芳艳",则是回盼时留下的美的感受。"艳",状眼波的光采;"芳",则是从视觉引起嗅觉的通感,随眼波的传情而仿佛感到一种美人温馨的芳香。

"素骨"三句,写玉腕纤指分瓜时的情景。"素骨凝冰",从《庄子·逍遥游》"肌肤若冰雪"语意化出,亦即苏轼《洞仙歌》所说的"冰肌玉骨",用以状手腕的洁白;"柔葱蘸雪",即方干《采莲》诗所说的"指剥春葱",用以状纤指的洁白,用字非常凝练。"分瓜"句,即周邦彦《少年游》"并刀如水,吴盐胜雪,纤指破新橙"之意。

以下递入秋宵的怀念。"清尊"三句,含意极深。不洗清尊,是想留下残酒消愁。"梦不湿行云"二句,化用宋玉《高唐赋》巫山神女"旦为朝云,暮为行雨"的话,语言清雅,多情而不轻佻,表现梦中与情人相会，未及欢会即风流云散，醒来则残泪沾衣的情景。结句写秋宵雨声、窗下蛩声，伴人无眠。凄凉的景色与凄凉的心境整合为一，加强了怀人这一主题的感染力量。

这首词脉络细密，组织精工，用意尤为绵密。"但有江花"二句、"清尊未洗"三句的炼句，"渺烟碛飞帆"三句、"素骨凝冰"二句的炼字，独辟蹊径。"眼波回盼处"二句、"可惜秋宵"二句的写情，既研炼又空灵，于缜密中见疏快，在梦窗词中为别调。

（原载《唐宋词鉴赏辞典》，上海辞书出版社，1988年8月）

附一 雷履平先生发表文章年表

【1955—1960】

1. 必须正确地钻研教材.《成都晚报》,1955年.

2. 上莲池的今昔.《成都工商导报》,1955年7月8日.

3. 人民公园谈往.《成都工商导报》,1955年11月11日.

4. 成都的花市.《成都日报》,1956年3月10日.

5. 鲁迅谈独立思考——纪念鲁迅逝世20周年.《成都日报》,1956年10月19日.

6. 苏轼的词.《成都日报》,1957年1月19日.

7. 苏轼的生平、思想和艺术成就——纪念苏轼诞生920周年.《四川日报》,1957年1月21日.

8. 董诰的《成都府图》.《成都日报》,1957年2月24日.

9. 谈王闿运的杜甫草堂联.《成都日报》,1957年5月5日.

10. 黄吉安的《青陵台》.《草地》,1959年第9期.

11. 成都史话——辛亥革命前的成都剪影.《成都日报》,1959年10月25日.

12. 历史悠久的中蒙文化交往——祝蒙古人民共和国39周年国庆.《成都日报》,1960年7月10日.

13. 春联五副.《成都日报》,1960年1月17日.

14. 学习毛泽东思想,更好地继承文学遗产.《四川日报》,1960年4月27日.

15. 新春门对一副.《成都日报》,1960年12月30日.

16. 龚自珍诗研究.《四川师范学院学报》,1960年创刊号.

【1961】

1. 有关《不怕鬼的故事》的几本书.《成都日报》,1961年2月12日.

2. 一唱雄鸡天下白——谈贴鸡的风俗.《成都日报》,1961年2月15日.

3. 顾恺之——纪念我国古代十大画家之一.《成都晚报》,1961年3月16日.

4. 善画金碧山水的李思训——纪念我国古代十大画家之二.《成都晚报》,1961年3月19日.

5. 贾培之塑造的文天祥.《成都晚报》,1961年3月22日.

6. 王诜——纪念我国古代十大画家之三.《成都晚报》,1961年3月30日.

7. 少而精.《成都晚报》,1961年4月14日.

8. 钓鱼城.《成都晚报》,1961年4月8日.

9. "白描大师"李公麟——纪念我国古代十大画家之四.《成都晚报》,1961年4月13日.

10. 充分发挥水墨作用的画家米芾——纪念我国古代十大画家之五.《成都晚报》,1961年4月29日.

11. 继承我国古典文学评论遗产——文联座谈"双百"方针的发言.《四川文学》,1961年第4期.

12. 米有仁和他的《潇湘白云图》——纪念我国古代十大画家之六.《成都晚报》,1961年5月10日.

13. 大胆地批判,也要大胆继承——试谈川剧《王三巧》的改编(屈

守元　王文才　雷履平).《成都晚报》,1961年5月18日.

14.倪瓒和他的《秋庭嘉树图》——纪念我国古代十大画家之七.《成都晚报》,1961年6月7日.

15.王绂的竹墨和山水——纪念我国古代十大画家之八.《成都晚报》,1961年6月15日.

16.写意画大师徐渭——纪念我国古代十大画家之九.《成都晚报》,1961年6月25日.

17.朱耷的写意画——纪念我国古代十大画家之十.《成都晚报》,1961年7月14日.

18.听扬琴《三难新郎》(屈守元　雷履平).《成都晚报》,1961年7月21日.

19.谈邹容.《成都晚报》,1961年7月27日.

20.古代蒙古人民的英雄形象——读《格斯尔传》.《成都晚报》,1961年8月23日.

21.诗的含蓄美——读司空图《诗品》札记.《四川文学》,1961年第8期.

22.宁静肃穆的文殊院.《成都晚报》,1961年10月7日.

23.曾孝谷在春柳社的戏剧活动.《成都晚报》,1961年10月21日.

24.说深.《成都晚报》,1961年10月28日.

25.狮子山晨曲.《成都晚报》,1961年11月22日.

26.怎样学习书法(上).《成都晚报》,1961年11月23日.

27.怎样学习书法(下).《成都晚报》,1961年11月25日.

28.对于贯彻执行党的"八字"和"双百"方针的体会——1961年11月26日在《四川政协》编委会座谈会上的发言.《四川政协》,1961年第2期.

29.志古堂与周达三.《成都晚报》,1961年12月2日.

30.说透.《成都晚报》,1961年12月16日.

31. 爱国诗人宇文虚中.《四川文学》,1961年第12期.

【1962】

1. 什么叫类书.《成都晚报》,1962年1月7日.

2. 一章瑰玮壮丽的史诗——读李劼人《重庆在反正前后》.《成都晚报》,1962年1月14日.

3. 教学三准.《成都晚报》,1962年1月23日.

4. 春节风俗谈.《成都晚报》,1962年2月6日.

5. 元宵灯节史话(平子 元之).《成都晚报》,1962年2月17日.

6. 太平御览.《成都晚报》,1962年2月18日.

7. 乌尤剪影.《成都晚报》,1962年2月24日.

8. 太平广记.《成都晚报》,1962年2月25日.

9. 乐山大佛.《成都晚报》,1962年3月3日.

10. 册府元龟.《成都晚报》,1962年3月10日.

11. 狮子山看桃花.《成都晚报》,1962年3月16日.

12. 精雕细刻——川剧《情探》谈屑.《成都晚报》,1962年3月29日.

13. 谈豪放——读司空图《诗品》札记之二.《四川文学》,1962年第3期.

14. 石刻题跋索引.《成都晚报》,1962年4月14日.

15. 中国地方志综录.《成都日晚报》,1962年5月16日.

16. 访绵阳李杜祠.《成都晚报》,1962年6月6日.

17. 学习毛主席《在延安文艺座谈会上的讲话》,进一步理解"古为今用"(教研组 雷履平执笔).《成都晚报》,1962年6月14日.

18. 曲海总目提要.《成都晚报》,1962年8月9日.

19. 元好问《论诗绝句》选笺.《成都晚报》,1962年9月20日.

20. 向传统借鉴——文言文教学方法浅谈.《中学教育通讯》,1962年第9期.

21. 李清照（周晓　郁可①）.《四川文学》, 1962 年第 10 期.

22. 迎春话历书.《成都晚报》, 1962 年 12 月 31 日.

23. 你知道清明节吗？.《红领巾》, 1962 年第 7 期.

24. 郑成功收复台湾.《红领巾》, 1962 年第 12 期.

【1963—1964】

1. 谈谈陆游的《咏梅》词.《成都晚报》, 1964 年 2 月 19 日.

2. 这条路走对了——听西城区曲艺队现代曲艺杂记.《成都晚报》, 1964 年 3 月 11 日.

3. 牢记苦水，永保甘泉（屈守元　雷履平）.《成都晚报》, 1964 年 3 月 13 日.

4. 京剧《芦荡火种》观后.《成都晚报》, 1964 年 8 月 6 日.

5. 三苏祠巡礼.《成都晚报》, 1963 年 7 月 25 日.

6.《早春二月》宣扬资产阶级人道主义.《成都晚报》, 1964 年 9 月 19 日.

【1974—1979】

1.《封建论》浅析.《四川师范学院学报》, 1974 年第 1 期.

2. 地主阶级的复辟梦——读《水浒》的结尾.《四川师范学院学报》, 1975 年第 4 期.

3. 哪能容得寄生虫——读王安石《和王乐道烘虱》.《四川师范学院学报》, 1976 年第 1 期.

4. 以纲带目　打击复辟势力——读《韩非子》.《四川师范学院学报》, 1976 年第 2 期.

6. 照耀在知识分子前进道路上的光辉灯塔——学习《毛泽东选集》（第五卷）有关知识分子思想改造的论述.《四川师范学院学报》, 1977 年

① 郁可，雷履平先生笔名。

第 2 期.

7.《古文选》前言(教研室 雷履平执笔).《四川师范学院学报》,1977 年第 4 期.

8.峥嵘岁月 风华正茂——读周总理青年时期的旧体诗(雷履平 罗焕章).《四川文艺》,1977 年第 4 期.

9.戳穿"四人帮"利用文学遗产篡党夺权诗文阴谋——纪念《延安文艺座谈会上的讲话》发表 35 周年(雷履平 罗焕章).《四川文艺》,1977 年第 5 期.

10.加强改造 不断前进——重新学习《讲话》的一点体会(屈守元 雷履平).《四川文艺》,1976 年第 5 期.

11.诗要用形象思维.《四川日报》,1978 年 1 月 21 日.

12.讲课怎样才算精.《四川师范学院学报》,1978 年第 1 期.

13.李贺诗的意境.《四川文艺》,1978 年第 2 期.

14.读毛主席《贺新郎·读史》的体会.《四川文艺》,1978 年第 10 期.

15.苏轼词的风格(雷履平 罗焕章).《社会科学研究》,1979 年第 3 期.

16.关于古典诗词的教学.《四川师范学院学报》,1979 年第 4 期.

17.李白笔下的成都(雷履平 周玉清).《成都日报》,1979 年 7 月 16 日.

18.王闿运的工部祠联语.《成都日报》,1979 年 8 月 23 日.

19.杜甫的《成都府》诗(雷履平 周玉清).《成都日报》,1979 年 9 月 20 日.

【1980—1985】

1.李白.四川广播电台广播稿,1980 年.

2.毛主席《冬云》诗浅说.四川广播电台广播稿,1980 年.

3.谈谈苏轼的《念奴娇·赤壁怀古》词.四川广播电台广播稿,

1980年.

4. 羽扇纶巾及其他——给川台的信,答听众问.四川广播电台广播稿,1980年.

5. 岁华多丽话成都.《龙门阵》,1980年第1期.

6.《情探》的思想和艺术(雷履平 徐艾).《川剧艺术》,1980年第1期.

7. 赵次公的杜诗注.《四川师范学院学报》,1982年第1期.

8. 杜甫的咏物诗.《草堂》,1981年第1期.

9.《茅亭客话》里的四川人物.《四川师范学院学报》,1981年第1期.

10. 成都漫话.《锦城成都》.上海教育出版社,1981年2月.

11. 今日锦城真似锦(雷履平 郭昆林).《话成都》,1981年.

12. 古代诗人眼中的成都.《话成都》,1981年.

13. 柳宗元的山水游记.《四川石油报》,1981年第10期.

14.《水经注》与写景散文.《四川文学》,1982年第2期.

15. 左思彩笔绘成都.《文明》,1982年第2期.

16. 记成都杜甫草堂所藏赵次公杜诗注残帙.《草堂》,1982年第2期.

17. 成都茶园.《中国风貌》,1982年第2卷第2期.

18. 朱彝尊《词综发凡》在词学理论上的贡献.《四川师范学院学报》,1982年第4期.

19. 古典诗词的炼字与炼意.《四川文艺》,1982年第11期.

20. 雷履平自传.《中国少数民族现代作家传略》.青海人民出版社,1982年11月.

21. 我国散文发展概况和韩愈《张中丞传后叙》.《四川石油报》,1982年第15期.

22.《梅溪词》四论.《四川师范学院学报》,1983年第3期.

23. 论杜甫夔州律诗.《草堂》,1984年第2期.

24. 成都满城(少城)考.《成都大学学报》,1985年第3期.

【1987—1988】

1. 丁开《可惜》鉴赏（雷履平　赵晓兰）.《宋诗鉴赏辞典》.上海辞书出版社，1987年12月.

2. 丁开《建业》鉴赏（雷履平　赵晓兰）.《宋诗鉴赏辞典》.上海辞书出版社，1987年12月.

3. 真山民《泊舟严滩》鉴赏（雷履平　赵晓兰）.《宋诗鉴赏辞典》.上海辞书出版社，1987年12月.

4. 真山民《杜鹃花得红字》鉴赏（雷履平　赵晓兰）.《宋诗鉴赏辞典》.上海辞书出版社，1987年12月.

5. 柯茂谦《鲁港》鉴赏（雷履平　赵晓兰）.《宋诗鉴赏辞典》.上海辞书出版社，1987年12月.

6. 郑思肖《伯牙绝弦图》鉴赏（雷履平　赵晓兰）.《宋诗鉴赏辞典》.上海辞书出版社，1987年12月.

7. 郑思肖《送友人归》鉴赏（雷履平　赵晓兰）.《宋诗鉴赏辞典》.上海辞书出版社，1987年12月.

8. 文及翁《山中夜坐》鉴赏（雷履平　赵晓兰）.《宋诗鉴赏辞典》.上海辞书出版社，1987年12月.

9. 梁栋《金陵三迁有感》鉴赏（雷履平　赵晓兰）.《宋诗鉴赏辞典》.上海辞书出版社，1987年12月.

10. 梁栋《四禽言》鉴赏（雷履平　赵晓兰）.《宋诗鉴赏辞典》.上海辞书出版社，1987年12月.

11. 梁栋《渊明携酒图》鉴赏（雷履平　赵晓兰）《宋诗鉴赏辞典》.上海辞书出版社，1987年12月.

12. 梁栋《野水孤舟》鉴赏（雷履平　赵晓兰）.《宋诗鉴赏辞典》.上海辞书出版社，1987年12月.

13. 谢翱《铁如意》鉴赏（雷履平　赵晓兰）.《宋诗鉴赏辞典》.上海辞书出版社，1987年12月.

14. 谢翱《书文山卷后》鉴赏（雷履平　赵晓兰）.《宋诗鉴赏辞典》.上海辞书出版社，1987 年 12 月.

15. 史达祖《梅溪词》校注（雷履平　罗焕章）.上海古籍出版社，1988 年 4 月.

16. 张镃《满庭芳·促织儿》鉴赏.《唐宋词鉴赏辞典》.上海辞书出版社，1988 年 8 月.

17. 史达祖《三姝媚》鉴赏.《唐宋词鉴赏辞典》.上海辞书出版社，1988 年 8 月.

18. 史达祖《临江仙》鉴赏.《唐宋词鉴赏辞典》.上海辞书出版社，1988 年 8 月.

19. 史达祖《湘江静》鉴赏.《唐宋词鉴赏辞典》.上海辞书出版社，1988 年 8 月.

20. 史达祖《齐天乐·白发》鉴赏.《唐宋词鉴赏辞典》.上海辞书出版社，1988 年 8 月.

21. 吴文英《齐天乐》鉴赏.《唐宋词鉴赏辞典》.上海辞书出版社，1988 年 8 月.

附二　追怀雷履平先生诗文集锦

高阳台

屈守元

履平长逝，忽欲兼旬，寒夜不眠，怆然赋此。

　　残梦无凭，劳生有尽，庭兰竟萎严霜。月黑枫林，休吟山岳茫茫。壶冰椟玉漫天雪，镇清寒，姑射行藏。御冷风，似卷虚帷，微撼西窗。

　　焚坑竟到商山老，甚蛾眉见嫉，魑魅争光。断帛零缣，拾来热泪千行。贞松正有孙枝长，笑蚍蜉，自不思量。看亭亭，千亩成荫，百丈朝阳。

甲子小寒后二日

挽联

屈守元

平生持正不阿有似贞松秀冬岭；
异日传芭代舞无穷秋菊继春兰。

悼念老同事雷履平尊兄

杜道生

蜚声文苑著才华,乐道安贫教育家。
二十八年存久敬,怎禁热泪洒梅花。

甲子小寒节敬书

【编者注】杜道生老师和父亲雷履平都是1956年秋调入四川师范学院(今四川师范大学)中文系工作。

悼履平劫中语以志哀

王文才

曾是三家村里人,唯君孱弱备酸辛。
衔悲苦说妻儿事,莫向台泉涕满巾。

履平遗稿《梅溪词校注》闻将出版,感赋

王仲镛

平生每念吟肩瘦,白首何堪痛逝情。
一卷萧然身后事,人间重识史邦卿。

鹧鸪天四首
——沉痛悼念老师雷履平

王泽君

传道明经事已空，一生功过水流东。高风亮节藏心史，手泽文章补化工。惊木铎，震黄钟，春兰秋菊恨无穷。尘寰难见吾师面，从此相逢是梦中。

诗礼相传清白家，风流儒雅忆韶华。运交华盖悲摇落，抱树无温感雀鸦。心锦绣，笔生花，青衫司马写琵琶。孤穷王粲思刘表，未赋登楼日又斜。

为党忘躯矢血诚，忍看教育失长城！生前才气惊神鬼，死后身嫌泰岳轻。悲永诀，痛招魂，剪花插竹锦江滨。旻天不愁一遗老，几度临风百感侵。

一去音容永不还，庸医误病死御冤。凄风血泪临西洒，华表松枝向北寒。悲现在，说从前，风骚篇什动文坛。著书未毕身先丧，千古令人恨不甘。

沉痛悼念老师雷履平

罗焕章　王泽君　常思春

老师为尼圣，我辈愧颜生，念廿载追随，敬拜门墙希入室；
热泪洒杏坛，哀音奏绛帐，痛哲人其萎，应归天阙佐修文。

挽 联

吴明贤　郑宏华　蒲友俊　刘益国
常思春　刘文刚　黎孟德

独抱遗经究终始；
晚有弟子传芬芳。

挽 联

何　锐

玉节冰心七十春秋一笔写；
春兰秋菊三千弟子双泪横。

（以上诗词，原载1985年2月10日四川师范学院古代文学研究所、汉语言文学系合办《悼念雷履平同志专刊》）

悼雷履平同志

钟树梁

扬子亭边每共行，短檠灯下马班声。
黯然回首寒云里，数十年间手足情。

早岁才华焦尾集，暮年心血史梅溪。
屋梁落月惊残梦，忍听邻鸡自在啼！

毕生辛苦老尤勤，遗墨遗书孰与亲？
喜看及门诸弟子，情真学懋可传薪！

【作者注】1.履平同我小学、中学都是同学，校址距子云亭不远。入大学又同学，常在灯下同读《史记》《汉书》，声震茅屋。2.履平二十一二岁有《焦桐集》词，同作者敦仁及我。履平有遗稿《梅溪词校注》。

（原载1985年3月3日《成都晚报》）

履平逝世十周年祭作

屈守元

碎琴掷斧十年哀，看冢新从北郭来。
遗响绕梁惊曲学，奇书覆瓿冷寒灰。
三家村里成钩党，百草园中播美栽。
杂识月河愁散失，倩谁辛苦为编裁。

1994年11月18日

【作者注】1.履平讲《文心雕龙》及《词综》犹有录音磁带。2."文革"中履平及王文才教授与予，被斥为"三家村"。3."栽"，指种子，杜诗有桃栽、李栽等词。

木兰花慢

钟树梁

履平逝世十年矣，回首平生，为词哀悼。

一年君小我，竟长别，十年多。忆竹马孩童，子云亭畔，同读同歌。

牵萝，茅斋能补，坐君家屋角互研磨。处默宁尝冷炙，育才不辍寒梭。

峨峨。舜日感恩波，报国涌江河。奈文网缠身，书巢覆地，醉尉频诃。谐和，雷门有应，看珊瑚碧树交枝柯。泉路茫茫安往？鼠肝虫臂如何！

1994年11月9日

【作者注】同读于成都县立小学，近子云亭。初读大学，曾相约每夜在雷君家花牌坊茅屋内点读《毛诗注疏》并背诵《文选》，君及门弟子多佳。君在"文革"后曾有诗云："虫臂鼠肝凭置我。"

履平逝世且十年，今夜始入梦

白敦仁

宿草青回又一春，平生二士影随身。

相思有路迷张敏，塞黑枫青一怆神。

【作者注】"古时张敏与高惠为友，每相思，便于梦中往寻，行至半途，即迷不知路，如此者三。"（事见《对床夜语》）余生平不识路途，每出门，履平辙为先导，余尾随而已，如是者五十余年，真所谓形影交也。自履平之殁，余唯有杜门不出。况"梦中不识路"，沈隐侯已概其然耶。今夜梦见，殆其自来相访，仍是平生把臂时也。

怀念履平师

邓元煊

雷履平老师于1956年调来川师中文系任教。他曾为我班（1958级）讲授宋词，深受欢迎。1984年12月19日雷履平老师因病逝世，迄今三十余年，我仍十分怀念他，感激他。谨以小诗一首敬悼先生。

锦城名早著，人称屈白雷。
术业有专攻，词苑学所归。
梅溪放异彩，苏辛坚丰碑。
师范掌教席，杏坛倍增辉。
何啻言辞美，探析入幽微。
潺潺如流水，句句扣心扉。
有幸入其门，亲聆受栽培。
唯恨分离早，无缘长跟随。
偶尔相邂逅，感叹亦咨睢。
音容今宛在，师范永世垂。

2017年3月18日于蓉

【作者注】1."屈白雷"，是当时人对屈守元、白敦仁、雷履平三位名师的敬称。2."梅溪放异彩，苏辛坚丰碑"，是指雷先生有《梅溪词校注》和多篇宋词论文传世。3."偶尔相邂逅，感叹亦咨睢"，是指我离开川师后与先生很少晤面，仅有几次，至今不忘。一次在路上相遇，当知道他大学的同学郭石尊先生是我中师的语文老师且已经去世时，他握着我的手感慨良久。一次是他见到我初学词时填写的一首词作，细心为我修改，并收入他编辑的一本诗词集里。一次他病重在川医（今成都华西医院）

住院，我去看他，得知他病情稍有好转便为医生、护士们讲解李白的诗。一次同赴草堂参加讨论杜甫的诗，不少人认为杜甫是法家，他严词驳斥，鲜明地发表了自己的观点。最后一次是我们一起参加在学校举办的"楚辞研讨会"，他很关注我在"人大复印资料"上关于宋玉的一篇文章，并请会务组的同志为我俩照了一张照片。不久先生去世了，这张照片一直未见到，很遗憾。附记于此，对了解先生的治学和为人，或略有帮助。

（作者系四川师范大学教授，曾任四川师范大学图书馆馆长）

雷履平先生事略

罗焕章

雷履平先生，名保泰，又字履园。生于1917年6月。蒙古扎萨克族，其先世于清康熙六十一年（1722）入四川成都定居，遂为成都市人。本姓勒克勒，译音为雷。父雷文富，举人，曾任骁骑校尉、八旗蒙古佐领。母石忠纯，亦蒙古族，有文化。先生少颖异，笃志好学，母氏授以《四子书》。1934年家庭破落，斥卖房屋，艰苦地读完成都县立中学初、高中。1937年考入四川大学中文系，为养家糊口，不得不在中学改作文，又在平民夜校任教。1939年转学华西协和大学中文系，同时在少城、三英、成都县中教中小学。好学笃行，出自天性，先后从李培甫、吴俟庵、庞石帚、李炳英诸先生受业，又与同学屈守元、白敦仁、钟树梁、周虚白、胡芷藩、刘君惠等往还密切，友谊甚厚。在师友的启发、切磋下，博稽载籍，温故知新，对唐颜师古《匡谬正俗》作精心的校勘和翔实的注释。1942年在华西协和大学中文系毕业，其毕业论文《匡谬正俗校注》受到当时教育部嘉奖。1943年在华西大学国学研究所任助理研究员，同时在南薰中学、天府中学、成都县中任教，一时声誉蜚起。特别是在当时颇负盛名的成都县中，先生和屈守元、白敦仁二位先生极受学生崇敬，久久为人称道。先生性行耿介、愤世嫉俗，在南薰中学任教时指斥特务横行，竟被学校当局解聘。1947年在成华大学中文系任讲师。当时社会昏暗，教师生活朝不保夕，一家九口在饥寒困顿中度过了艰难的岁月。

1949年新中国诞生了，旭日东升，阳光灿烂。1950年先生任教于华阳县中、华英女中，1952年华阳县中改为成都三中，先生遂专教此校。1956年被评为成都市优秀教师，当年秋调到四川师范学院中文系任教。1957年3月由魏炯若介绍加入中国民主同盟，同年作为中央少数民族参

— 218 —

观团副团长赴北京参观访问，受到毛泽东主席、刘少奇主席、周恩来总理的亲切接见并共同合影。

先生所教课程为中国古代文学，60年代初任古典文学教研组副组长，全心全意与当时管理系、组任务的屈守元、王文才二位先生合作，古文组被评为"省先进集体"。1966年开始"十年浩劫"，先生因为教学、科研成绩优异受到极大冲击，平生所酷爱的、多年积聚起来的八千多册珍贵书籍一旦毁于劫运。然先生为了顾全大局，尽量克制自己，埋头工作，隐忍不言。

1976年"四人帮"垮台，先生和全国人民一样欢欣鼓舞，立即站在教学工作的前列，不仅承担校内教学工作，还参加了泸州、乐山的教改小分队，尽心竭力地为专县培训师资。由于工作出色，1977年被选为成都市政协委员、市人大代表，1978年提升为副教授。十一届三中全会后，先生坚信共产主义事业一定会胜利，便向党递交了入党申请书，于1982年3月光荣地加入了中国共产党。同年，被评为成都市教职工"五讲四美"为人师表活动表彰会的先进个人。1983年当选为省人大代表。

先生在教学上博学而精研，慎思而能断，用自己的真情实感、真知灼见讲授教材，故感人尤深。其教诗歌，尤为学者称道。他曾言："我的这些主观的思维活动是由诗词具体的、生动的形象所唤起的，是伴随着具体形象进行的，我不过用自己的生活经验和知识教养来体味诗人从生活的感受中所产生的真情实感。往往随着诗人情感起伏的波涛，我恍如身临其境，仿佛自己的心灵已经和作者彼时彼地所产生的情感一脉相通了。"（《关于古典诗词的教学》，《四川师范学院学报》1979年第4期）先生倾注全部思想感情，细心体味，兴会迸发，是教好课的基础。其严谨的学风，一直为教育战线上的同行所尊仰。

先生无限忠于党的教育事业，晚年身体十分羸弱，仍奋不顾身地坚持教学工作。1982年病情加重，血色素下降到5克，头昏目眩，执意要给研究生上课，即使已经不能走到教室了，仍然要研究生去家里听课。一息尚存，战斗不止，顽强的拼搏精神感动了全所的老师，展示了先生为教育事业鞠躬尽瘁的高尚品质。

培养青年教师，先生也作出了卓越贡献。1961年川师中文系向青年教师提出"拜师学艺"的问题，先生欣然接受我为弟子，从读书、教学、作文等方面精心培养指导。先生说："多读书，能起触类旁通的作用；书读少了，就会捉襟见肘，经常受窘。"曾奔走七八个书店为我寻购需要的书，有的书购求不到，便把自己的送给我，如《孟子正义》《元遗山诗注》《诗人玉屑》等，至今犹存。先生教我学会讲书，说："我们培养助教，不仅要他有学问，还要他有教书的本领。"先生经常教我怎样备课，如何博观约取有关资料，讲课要少而精，富有启发性；要画龙点睛，不能画蛇添足；要井然条贯，切忌"天花乱坠"。先生还多次把自己的教学笔记交给我学习，领悟教书妙道。我不会作文，先生便给我命题，指导我如何构思，如何组织材料，并精心加以批改，从错别字到句子结构，一一修改勘正。为培养我这个笨拙的学生，先生寒暑无间，呕尽心血。（《讲师与助教之间》，1962年5月11日《四川日报》第3版）我撰著《梅溪词》注释，十几万字，三易其稿，是先生躺在川医病床上审阅的。他说："我昏过去时，不能看；醒过来时，一定看。提点意见，对你也是提高。"

先生指导研究生极为认真负责。他的研究生所写出的论文有《论李颀及其诗歌》《〈淮南子〉美学思想初探》《试论秦观词的艺术特色》《略论王沂孙词的寄意》等，经过答辩，校内外专家评价很高。同时，这些论文都在校内外刊物上发表了。先生临终前指导一位研究生写出的《方回诗论探微》，其中一些章节先后在《草堂》《江西师大学报》等刊物上发表，引起了同行的注意。

先生博极群书，文藻秀出，尤邃于词学。在考据辞章方面，每多创见。1949年后，先生在国内刊物上发表了近百篇论文，造诣精湛，学术价值很高。如在《四川文学》上发表的《诗的含蓄美》《谈豪放》《古典诗词的炼字与炼意》《爱国诗人宇文虚中》等，在《社会科学研究》上发表的《苏轼词的风格》，在《草堂》上发表的《杜甫的咏物诗》《记成都杜甫草堂所藏赵次公杜诗注残帙》，在《四川师范学院学报》上发表的《朱彝尊〈词综发凡〉在词学理论上的贡献》《〈梅溪词〉四论》《赵次公的杜诗注》等，博洽渊通，受到专家学者的重视。

人民文学出版社出版的由屈守元教授主编的《中国历代文选》，先生担任了部分篇章的注释修改工作。该书自出版以来，受到广大读者好评，中央电大指定为教学参考书，1984年荣获四川省政府二等奖。卧病时，先生所校注的《梅溪词》辩证精确，其将由上海古籍出版社出版。先生还担任了国务院1982年发布的"国家古籍整理规划项目"中的《韩愈全集校注》的散文编年及《原道》篇试注工作，创获很多。但先生常说："作为教师，我的第一位工作是教学，其他著述都不过是余力及之。"

先生对党是十分忠诚的。他说："社会主义、共产主义是人类发展的必然趋势，没有共产党就没有新中国，同样没有中国共产党也就没有现代化的社会主义中国，就没有民族的前途，这是两条颠扑不破的真理。"他经常以共产党员的标准严格要求自己，处处起模范带头作用。

先生热爱传统文化，坚持正确的原则立场。他说："社会主义的新文化，需要吸收一切优秀的传统文化的养料，而中国式的社会主义新文化更不能离开我国传统文化这一民族沃壤。"又说："我是把读书补课，批判地继承古代文化遗产，培养整理古籍的能力，当作建设精神文明的一个方面来认识的，这就有了坚持下去的动力。这样一来，疾病、衰老、死亡都没有纠缠住我，生活也有了活力，生活内容也充实了。"

先生全心全意为人民服务的精神，永远激励我们前进；热爱党、热爱社会主义教育事业的光辉形象，永远活在我们心中；而在教育、科研战线上的丰硕成果，更是长久滋养着我们。

1984年12月，先生因多种病症在成都市传染病医院逝世，终年67岁。

（作者系四川师范大学教授，原载《成都大学学报》1988年第2期）

怀雷履平老师

周玉清

　　1960年秋，我考入川师大中文系学习。那时，川师大刚从南充迁到成都狮子山。遍地的水塘、草棚，路是黄泥路，许多课都是在草棚内上的，条件非常艰苦。可庆幸的是，川师大中文系有一大批德高望重、学识渊博的老师。我从小喜欢古代文学，因而常去向屈守元、雷履平、王文才等老师请教，他们都给了我许多有益的教诲和帮助。特别是雷履平老师，他上我们的课最多，更给了我很多很具体的指导，使我至今记忆犹新，难于忘怀。

　　雷老师上课的水平很高，记得他给我们上的第一堂课是唐人元稹的《莺莺传》。讲完后，同学们都为雷先生渊博的知识和讲课的高超技艺倾倒。雷先生平易近人，所以我写了李清照的有关论文便拿去向他请教。他认真地看，很肯定我对李清照许多诗词的看法，认为我对李清照《渔家傲》词呈浪漫主义色彩、属豪放派的看法（当时还没有人提出这个观点）十分欣赏。于是，我表明想研究李清照的想法，然后他给了我一大堆有关研究资料。我那时身体不太好，患肺结核，很少参加劳动，于是学院的线装书库便成了我常常去的地方。在那里，我认识了管书库的范武先生和罚在那里劳动的"右派分子"刘君惠老师。范武先生让我帮助他写线装书书根，刘君惠老师常帮助我找资料。我这才知道刘老师是一位大学问家，可惜竟罚到这里来赋闲，真是太浪费人才了。

　　我开始给李清照的诗词下注解，从众多的诗话、词话、宋人笔记中搜辑对她的评价和有关资料，经常拿去向雷老师请教，和他也渐渐地熟悉了起来。可惜，我毕业后离开了学院，分到了绵阳教高中，对李清照的研究就没有办法进行下去了。

1962年，我接到雷履平老师的来信，说《四川文学》约写一篇历史小说，他觉得我的文笔还好，又研究了几年李清照，认为我可以写这个小说。我有点怕，但最终还是接受了下来。写好后我拿去给他看，因怕在资料上过不了关，便约他联名。雷老师品格很高，不愿无功受禄，总不同意，后来好不容易才勉强同意了，可一定要有自己的劳动在内，便将我的稿子删去了一部分，中间加了两段，结尾加了两段，这才愿意联名发表，并将他的名字放在后面。"文革"中，雷先生因这本书受到冲击，我也受到批判。其实，我们当时都是从学术上肯定女词人的爱国思想和对词的贡献，一丝一毫也没有想到过什么影射现实。

　　这样一来，许多人都知道我是雷先生培养器重的学生了。冉友侨、江小韩和张振德老师后来对别人介绍我时都说："这是雷履平先生培养的高足。"我感到有些赧颜，因为我实在算不上雷老师的高足，但雷先生的确很器重我，来绵阳授课时还亲自到课堂听我讲课。我讲《李将军列传》，他听后非常赞赏，说讲得很清楚、很生动，也很有深度，并说我的古汉语知识比他丰富多了。这当然是他的客气话、谦虚之词，即使在学生面前，他也从来不以知名教授自居。

　　在同雷老师的交往中，我逐渐对先生有所了解。言谈中，我知道1949前他是一个很贫穷的学生。在川大时，他和白敦仁先生同住一室，二人十分相知。白家家境富裕，给过他许多帮助。抗日战争中，川大迁到峨眉山，雷先生因家贫只好转到华西协合大学去读，白先生也因此放弃到川大而转到华大。他们都是四川大学文学院院长、著名教授庞石帚的得意门生，而庞教授是清代末年进士赵熙先生的门人。就这样代代相传，无怪雷先生的学识功底是这样的深厚了。据他说，读大学时，因为家境清寒，朋友们便介绍他去中学任课。他准备了一下，不知道那就是备课，然后上讲台讲，校长在外面听，听完后二话没说便聘请了他做教师。先生以论文一百分的成绩毕业于华大，后跟随庞石帚教授教书。庞先生在川大，他和白先生也在川大，庞先生到光华大学（成华大学），他们也到那里任教。他 28 岁就做了光华大学的副教授,还是当时成都著名的"四大才子"雷(履平)、白(敦仁)、屈(守元)、钟(树梁)之一,又任成都二十三中(南薰中学)校长。我毕业后还常常去看望教过我的老师们,雷老师那里当然也是常去的。他的家就住在二十三中背后,使我感到吃惊的是这位知名度如此高的教授的家竟是如此贫寒:三间破房子由几根柱子撑着,好像风一吹就要倒塌;室内是泥土地,除几架书之外,四壁萧然,别无长物。然而雷先生却非常安然,毫无一点不适之感和埋怨情绪。我从一个老知识分子身上看到了一种尤为可贵的品质,那就是忠于职守、乐于奉献、安贫乐道,这不正是我们做人应该具有的美德吗?

"文革"后,我和雷先生再度联名在《成都日报》上发表了八九篇古典诗词赏析文章。此后,他来信说,从人民文学出版社接受了两个选题,写两本六七万字的读物,一个是苏轼,他准备交给罗焕章老师;一个是李清照,准备交给我写,并给了我一本刘师扬写的有关杜甫的书,说照着这种体例写。于是,我拟好了提纲送了过去。他看后感到满意,说:"就照这个提纲写下去。"后来,我陆续出版了长篇小说《红楼梦新续》《秦可卿与宁国府》,历史小说《乱世红妓陈圆圆》上下集,四部系列小说《金陵十二钗》。再之后,我又将我的"新续"修改后与曹雪芹原著合在一处,出版了《红楼梦》曹周本,共计二百多万字。新华社、中央电视台、《人民日报》、《瞭望》(海外版)、《红楼梦学刊》,以及澳大利亚、美国、台湾等海内外数十家新闻媒体和报刊,发了消息、评论、人物专访共计一百多篇,一致给予高度的赞扬和好评。著名美籍华人作家王鼎钧先生来信:"为红学殿堂立了一尊罗汉,堪与原著共垂不朽,后世研究红楼者,不能不知新续。"这些都和雷先生的信任、培养、帮助、支持分不开,可惜他连我出的一部书都没有能看到,就过早地离尘而去了,这该令人多么悲痛和遗憾啊!

(作者系四川师范学院 1960 级毕业生,现为国内知名作家、学者。原载《师大旧事》,电子科技大学出版社,2002 年 10 月)

追忆雷履平先生

范昌灼

怎忘得了，雷履平先生！先生谢世于1984年，屈指已20余个年头了。然而，总是难忘他。

那年冬，阴雨寒风的一个傍晚，传来了不幸的消息，传来了他病危时的苦涩境遇。据说，先生是被送到市内一家赫赫有名的大医院治疗的，但经过周折，终因断他是患了一种"难治"的病且已晚期而拒收入院；又几经周折，才将病躯拉到市里另一家医院……后来，即停止了心脏的跳动，时年仅67岁，去得好凄惨！

雷履平先生是可敬的。在中文系师生心目中、实际感受中，其学识渊博，治学严谨，讲课艺术精妙，学术成果丰硕，热爱学生，宽待他人。作为学生，我于20世纪60年代初听过他讲授唐宋诗词，精辟深透，生动感人。"同样的内容，他传达出来的效果不同；听他讲课，是一种享受。"这是同学们的一致体会。他曾在成都市城西一所中学任教，教学效果享誉语文界；1956年调入川师后，亦乎如此。从中学到大学，辛劳勤苦数十年，为国家的教育事业尽心献力，培养了众多人才。然而，先生病危就医，竟遭遇那样的尴尬，人们无不为之深感痛切！

雷履平先生离世后，系里党、政、工和各教研室负责人同往他家里致哀。沿着老西门附近一条深窄的陋巷，走进那古旧简朴的平房内，袭来的是一阵萧然、凄苦、悲戚的气氛，令我顿时心紧喉哽泪盈眶。凝望正壁上所悬先生的遗照，那微笑亲切的面容，只觉得虽去犹在，又觉得给这屋子里留下了一缕生气，然而也因此更加引起了刺心的追忆。他那严己、宽人、和蔼、善诱的品性与人格，蓦地聚现于脑海了。

20世纪70年代末，春归神州，焕然一新，被"左"搞臭了的"老九"开始受到尊重。雷履平先生在"文革"中受到的冤害，亦开始被清除，复归了一个勉强安身备课和治学的空间。我因久有遨游散文天地的兴致，曾登门请教中国古典散文中的一些问题。那是"落实政策"后分给的一间居室——位于校园南、已拆去的旧式三层红砖房底屋，长方形，光线昏暗。进门是横置一张宽床，床上卧具整齐，枕边置三两本书；床前靠墙是一张小型木圆桌，显得乖巧，对称两把木椅；旁边是一个抵拢墙角的木书架，上面随意斜倒或正立着一些常用的书；凭窗横一张写字桌，上面有条不紊地叠了好些书刊，只正中留出一小方空间供伏案使用；另一壁三个高高的书柜并排，玻璃橱内那叠叠排排、整整齐齐的古代名著和典籍大多是购置不久的。先生就工作、研究、生活在这"杂样"的小小空间里，而书就是他整日为伴的主档之物了。

以"书"为话题，先生向我摆谈了起来："原来藏书万余册，'文革'初被'造反小将'当'毒草'劫去，散失殆尽；'落实政策'后虽找回了一些，但也难以补救，特别是线装原本。现在唯有见书就买，还托人在外地买，合计也不过两千册了……"一席话，语平气和，并无什么怨怒似的。然而，据说是"造反有理"者以卡车拉走了许多，当作"毒草"除了，难以计数的各类书籍就那样可惜地散失了。这于酷爱书籍的雷先生来说，应该是无异于灵魂的碎散！

"实在可惜！损失无法弥补……"我只有同情和叹惋。他点了点头，露出似笑非笑的神情，但并无怒色，足见其宽容、和善的胸怀了。

随后，先生诚心地指点我关于古典散文中的一些问题，并将新写成的研究文章打印稿送我一份。在散文教学和研究中，这份打印稿给了我一些有益的帮助。后来，我在川师学报上发表了长篇论文《古代游记散文说略》，奉送一份给他，当即连连称好。

正是先生厚道的为人、渊博的学识和颇佳的教学效果所致，我总是难忘他。

1982年初夏，我掂量自己的写作成果，欲申请加入中国作家协会四川分会（今四川省作家协会），再次到他府上请他做推荐人，因为先生是分会理事。当时，他已乔迁至现在的桂苑24栋三室一厅的二楼新居。得知我的来意后，他连连点头同意，并马上拿出分会章程给我看。他时逢生病，身衰体弱，却登上一个方凳在书柜顶端那重重叠叠的书报、纸堆里翻寻。我仰视那情景，殊感过意不去，更担心他跌倒，忙劝阻道："雷老师，不必找了……"但他仍然认真找寻着，不过已显得有些吃力似的，而且未找到。他从方凳上下来时，我即刻去搀扶，看着他那有些劳累的病体，心里不安起来。

待我第二天将填好的入会申请表拿去请先生签注时，他竟将那章程摆在桌上等待我了。我不知他又费了多少时间、多大的力才翻寻了出来，感动之情又是一阵翻涌。

回家细看，先生给我表上的签注，对我的作品的褒奖，中肯、实在，至今不忘；字迹遒劲、工整，且不乏飘逸感。对此，我一直以鼓励和鞭策视之，并注以感激之情，直至1993年12月加入中国作家协会，直至今天，直至以后。

今天，先生的身影、神态、言行、笑靥，总是难忘；今后，亦不会忘却。我以为，作为高校教师，学识、人品、风范、教学艺术如雷履平先生者，当为"上善"——"上善若水"，利万物而不争、不图报……

（作者系四川师范大学教授、作家，原载2008年9月18日《四川师范大学学报》第4版）

哀 思

——悼念雷履平先生

赵晓兰

先生就这样匆匆离去了。几天来，先生的影子时时萦绕在我心头，憔悴、熟悉的面容，疲惫、亲切的目光，我仿佛又听见先生洪亮的声音。然而，耳边传来低沉的哀乐，眼前是先生安详的遗容，还有师母老泪纵横的脸，治丧、讣告、悼念……我真希望这一切其实是一场噩梦，有一天我会从梦中醒来，那时先生仍然和往日一样，静静地坐在窗前，案上堆着高高的书卷和文稿……雪花飘落在我身上，我又一次呆呆地看着讣告，不由打了个寒噤，这难道是真的？先生真的和我们永别了吗？

四年前，我幸运地来到先生身边聆听先生的教诲。那时先生的身体已经很虚弱，但还竭力支撑着给我们开设了三门课。1982年秋天，先生指导我做论文时，患了严重的贫血症，血色素还不到正常值的三分之一，脸色惨白，双下肢有明显的水肿，医院怀疑是白血病。闻讯后，我们匆匆赶到先生家，先生漫不经心地把检验报告给我们看，谈起论文来声音仍然是又平静又清亮，我惊异地看着先生瘦削的脸和没有血色的嘴唇，几乎不能相信自己的耳朵，莫非这就是精神的力量？

以后先生又大病几次，胃镜、胃液分析、钡餐透视，一连串痛苦不堪的检查，先生都默默地忍受着，不诉苦，也不抱怨。在接受各种各样的检查和治疗的同时，仍然忙着看论文、上课、写文章、看校样。去年6月中旬，上午我才从先生处拿回刚看完的论文稿子，下午先生就入院了。后来又听说，就在住院的前两天，先生已感觉身体不适而不能到教室上课，仍把同学们叫到卧室勉力上了最后一课。先生承担的课程，本来都录有磁带，但先生认为听磁带效果不好，只要可能，还是要争取面授，于是先生又病倒了。

　　整整两年，先生几进几出，基本上是在医院度过的。今年9月，先生又患胃出血，病势十分危重。病中，先生得知我承担了上海辞书出版社的撰稿任务，仍不辞辛劳为我开列了参考书目。这一次，先生在医院住了将近两个月，因为要主持研究生答辩，10月底便出了院。出院那天，我陪大姐去接先生，车子晚去了半个小时，到病房时先生早已把东西收拾得整整齐齐，正焦急地等着我们。先生心情很激动，一路上不断说话，又关心地问起撰稿的事。我暗暗庆幸，以为先生从此可以康复了。

　　我又坐在先生的病榻前了，这是12月9日下午。我去时，先生全身寒战，接着又是高热，嘴唇焦裂，烦躁不安。看到我，先生坐起身来，吃力地说："宋诗的稿子已看过了，有几个典故未注出，没有力气去图书馆，只有让你自己去翻书。"又说："稿子中的有关材料，可以考虑一下是否要注明出处。"看着先生憔悴的脸，我说不出一句话。我做梦也没有想到，十天以后先生便溘然长逝，而这竟成了先生的遗言。

　　…………

　　夜雨又在淅淅沥沥地下了，凄风苦雨敲打着我桌前破旧的木窗，也沉重地打在我的心上。推门走出屋子，久久地凝视着眼前深沉的夜空，先生的影子又来到了我心头：在这阴冷的夜晚，先生独自一人，是怎样度过这难耐的长夜的呢？

　　一阵寒湿的感觉使我清醒过来，雨滴洒落在我头上，水珠顺着面颊往下流。我舔了舔嘴唇，有一股淡淡的咸味，我想我是流泪了吧！

　　愿先生在地下安息！

（作者系四川师范大学教授，原载1985年2月10日四川师范学院古代文学研究所、汉语言文学系合办《悼念雷履平同志专刊》）

缅怀雷履平先生

詹杭伦

大雪纷飞，寒风刺骨，比风雪更冷的是我一颗无比紧缩的心——它在为我尊敬的导师雷履平先生逝世而无声地抽泣。

雷先生的人品、学问，誉满巴蜀。我在读本科时就十分景仰，成为研究生后得以亲炙其学，有了更深的体验。

先生的一生是充满坎坷的。教书育人、撰文著书，是他的本分。然而，历次"极左"的政治运动，并没有放过这位善良的人，尤其是在"文革"中先生横遭批斗打骂，损失了近八千册线装古籍，身心受到严重摧残。但先生没有计较个人恩怨，而是以更大的热情投入到带研究生及著书立说的事业中。在先生消瘦的身躯中，仿佛燃烧着一盆炽热的火，从不顾及过去，总是面向未来。正像他所欣赏的苏轼《和子由》诗说的一样：

> 人生到处知何似？应似飞鸿踏雪泥。泥上偶然留鸿爪，鸿飞那复计东西。

先生解释道："这首诗立意非常新颖，它通过一个譬喻提出了对人生怎样理解的哲学课题。苏轼把人生比作飞鸿翼下一个无穷无尽的长途，所到的地方不过鸿鸟偶然停下在雪上留的一个爪印、一点迹象，是人生长途中的一个小站，远远不是终点。这种不留恋过去，而寄希望于未来的新意，是前人诗中没有说过的。奇特的想象，迷人的诗意，对人生的真知灼见，新意里闪耀着青春的光彩，这是苏诗的魅力所在。"[①] 我想，这也可以代表雷先生对人生的看法，是先生的生命活力所在。

---

① 雷履平《古典诗词的炼字与炼意》，《四川文学》1982 年第 11 期。

先生教书四十余年，具有丰富的教学实践经验，对课堂教学艺术作了精湛的研究。他主张一个教师在讲授古典诗词之前，应该运用形象思维去深入钻研作品，展开想象的彩翼去理解诗人的艺术匠心；在讲授的前一阶段，要启发学生的形象思维能力，把学生领进诗词的意境中去，含英咀华，仔细体味；在讲授的后一阶段，要把学生引出来，通过马克思主义的艺术分析，使学生透彻地理解作品，艺术地认识作品所反映的社会现实，并受到审美教育。[1]听先生讲课，就像在欣赏一门高级的艺术。先生讲课效果之好，川师内外，有口皆碑。

先生指导研究生，倾注了他晚年的大量心血。他曾说："要求研究生看的书，我自己先看；要求研究生钻研的课题，我自己先钻研；必须比研究生先走一步，才能站在较高的角度指导研究生进行科研。"[2]确实，经他亲手指导论文写作的研究生对此皆深有感触。在指导研究生论文时，他强调"以识为主"，充分认识课题的重要性，把握准主攻方向，然后围绕主攻方向尽可能广泛地收集第一手资料；在充分占有材料的基础上，运用马克思主义的文艺理论观点、美学观点剖析材料，指导论文写作；在写作的过程中，要注意定准坐标，先解决主要问题，做到有层次地推进，不能放过难点、疑点，因为对疑难问题的深入研究可能引发一个新的课题，导致你进入一个新的科研领域。在论文初稿完成后，雷先生严格把关，对观点仔细推敲，对材料判断其价值、真伪，甚至一一复检原书；对论文的篇章结构，乃至字句的修饰，标点符号的选用，皆一一仔细酌斟，甚至把自己所持的新观点、掌握的新材料都贡献在研究生的论文里。经他批阅的论文初稿，大都朱墨琳琅；经他改动的字句，仿佛点铁成金。雷先生指导一篇研究生硕士论文，比他自己精心结撰一篇论文还要多花十倍、百倍的精力。先生晚年多病，多次躺在医院的病榻上指导研究生做论文，人在医院里，心放在研究生身上。

---

[1] 雷履平《关于古典诗词的教学》，《四川师范学院学报》1979年第4期。
[2] 雷履平《入党转正申请书》。

雷先生富有诗人的气质，具有学者的素养。平生于书无不读，于理无不究，勤读书、勤思考、勤动笔是他的习惯，他曾嘲笑不爱读书的人说："简直不知道他们一天怎么过！"先生治学范围极广，著述宏富，举凡诗词、散文、戏剧、文论，各个古典文学研究领域无不涉猎。先生所写的文章，既有学术论文的材料丰富、推理细致、逻辑严密，又有抒情散文般的文笔优美、辞藻华丽、诗意盎然，令人百读不厌。先生的治学特点，诚非我这支拙笔所能宣罄，就我体会最深之处而言略举三点：

其一，注重文献学知识。先生早年求学，即注意清人朴学传统，研习文字、音韵、训诂、目录、版本、校雠之学。他认为这些是研究中国古代文献入门的钥匙和敲门砖，也是治学的基本功。先生早年所著《匡谬正俗校注》，正是其学习过程中之实践。

其二，注重理论修养。先生于《文心雕龙》及唐宋诗学理论功力极深，但他尚不满足于此，晚年还努力学习美学理论，声明"要用马克思主义美学理论指导文学研究"①。由于先生能够把握理论界最新研究动态，因此所写文章总能做到立意高、角度新。

其三，善于继承古代文学遗产。先生的生花妙笔，在很大程度上得力于精心提炼古人语言。他对古典诗词的炼字和炼意作了深入的研究，对古代诗话、词话轻快活泼的笔法作了细致的探讨，所以在自己的文章中常常有神来之笔，照耀得全篇生辉。比如，先生在阐述《词综发凡》在词学理论上的贡献时写道：

> 尽管这些见解隐藏在字里行间，东鳞西爪，极不完整，但我们仍然可以从一鳞一爪中窥见理论的神龙那婉媚夭矫的姿影。②

这里巧妙地化用了赵执信《谈龙录》中的一个故事，所谓"诗如神龙，见其首不见其尾，或云中露一爪一鳞而已"。先生用神龙的形象来譬

---

① 雷履平《自传》，《中国少数民族现代作家传略》，青海人民出版社，1982年10月。
② 雷履平《朱彝尊〈词综发凡〉在词学理论上的贡献》，《四川师范学院学报》1982年第4期。

喻抽象的理论，不仅极其生动，而且还可以使人由此思及出处词句的意义，从而产生多方面的联想，丰富审美意象。

先生去了，身后留下丰富的专著、论文、讲课录音磁带，以及大量的卡片、笔记，正在进行和准备着手的课题计划。在其生命弥留之际，我去病房看他，先生还说："希望再有一年的时间，整一两个东西出来。"我知道，先生想的是完成一两部著作，对自己毕生的学术作一个总结。先生将他毕生的精力全部贡献给了党的教育和科研事业，而继承先生的学术并努力发扬光大，是对先生最好的纪念！

（作者系四川师范学院古代文学研究所1982级研究生，现为香港大学教授。原载1985年2月10日四川师范学院古代文学研究所、汉语言文学系合办《悼念雷履平同志专刊》）

回忆雷履平老师谈诗

赵峥嵘

我崇敬雷履平老师。他那讲课的风采,他那和蔼的笑容,永远留在我心中。

很早以前,在《词源》"意境"条看到:"指文艺创作中的情调、境界。明朱承爵《存余堂诗话》:'作诗之妙,全在意境融彻,出音声之外,乃得真味。'"感觉说得很精彩,但如何把握意境不甚了然。又在王国维《人间词话》读到:"境界有大小,然不以此分优劣。'细雨鱼儿出'何遽不若'大漠孤烟直';'微风燕子斜'何遽不若'长河落日圆。'"感觉说得很美妙,但如何获得境界大有只可意会不能言传之慨。

一天,我和雷履平老师同赴统战部召开民族座谈会。会后,我请教雷老师:"写诗如果写得不好就成了顺口溜,要怎样才能叫诗?"他说:"那就要有诗意。"我又问:"怎样叫有诗意?"又答:"要有意境。"再问:"怎样才有意境?"再答:"要心中之境和眼前景物相结合,主观和客观相结合。""啊,谢谢你!"我长期以来的疑问一下子得到解决。后来,我根据雷老师的指点写了一首歌词《友情》,得到了萧蔓若教授和韩万斋院长的好评。

雷履平老师博古通今,口才甚佳,讲课深入浅出、明白晓畅,朗诵古典名句抑扬顿挫,感染力特别强。雷老师晚年入党,教学愈益勤奋。在逝世前的生病期间,他仍坚持在病床上辅导研究生,对党的教育事业真可谓"鞠躬尽瘁,死而后已"。

(作者系四川师范大学退休教师,原载《夕照明》2007年第2期)

【附】

友 情

赵峥嵘

啊朋友,你可常回忆?
相聚的日子令人难忘。
友情之蜂酝酿甜蜜,
友情之花吐露芬芳。

我们常在图书馆旁相遇,
塘里莲叶飘来阵阵幽香。
沐浴在和煦的阳光下,
荷香熏陶着我们的心房。
如今我又徘徊在池塘旁,
往日友情依然在我心上。
翠绿荷叶分明是你的夏装,
绯红花朵分明是你的面庞。

我们常在教学楼前相逢,
喷泉水柱反映缕缕清光。
沉醉在悦耳的歌声里,
水雾滋润着我们的胸腔。
如今我又徜徉在喷泉边,
往日友情油然围绕身旁。
晶莹水柱分明映出你的笑脸,
雾中彩虹分明就是你的衣裳。

雷先生指导我们做毕业论文

郑宏华　赵晓兰　詹杭伦　张莉莉　黎孟德

近年来，雷先生几乎是在医院、病榻上度过的，但他怀着对党的教育事业的一片赤诚之心，和中国古代文学研究所的其他先生一道，带出了一批又一批研究生。我们五位同学先后毕业于四个年级，我们不仅与别的研究生一样，亲自聆听过雷先生的课堂教学，而且毕业论文的撰写也凝聚着先生的心血。我们毕业了，成长了，雷先生却永远离开了我们。这里的一组小文章，说的虽是一点一滴的小事，却体现着雷先生一贯的精神风貌。同时也算我们献上的一束小花，借以祭奠雷先生的在天之灵！（郑宏华）

在和先生相处的那些难忘的日子里，先生从来没有责备过谁，对论文中的缺点、错误，也是用商量的口吻指出。先生从来不在论文稿子上批改，总是另纸逐条写出修改意见。我的论文初稿是先生在病中看完的，注释有一百多条，先生逐条核对原文，甚至有一条错引了篇名也细心地为我改正了。为了翻检有关资料，先生拖着沉重的步子，一次又一次地攀上三楼的线装书库，累得气喘吁吁。在我那篇习作《秦观词论》里，凝聚着先生多少心血啊！（赵晓兰）

我在开始论文选题时去请教雷老师，告诉他我对唐宋诗学感兴趣，但是不知道从何入手。雷老师对我说："中国古人有句话，叫作'入门须正，立志须高'。宋末元初有位作家方回，评选了一部《瀛奎律髓》，这部书融诗选、诗评、诗论于一身，其中有些见解很了不起，可以说是对唐宋律诗作了一个总结。你可以从这部书入手，结合方回的其他著作，探讨他在唐宋律诗发展理论上的贡献。你要有志于突破现行某些文学史、批评史的束缚，从古人的眼光去看待古人的创作，力求准确地反映唐宋律诗发展的实际，走出一条新路来。"由此，我在雷老师指导下开始从事方回及其诗论的研究。于今论文初稿接近完成，而雷老师已不在人世了，但他给予我治学入门方法的教导，是令我终身受用不尽的。（詹杭伦）

我永远不会忘记：关于我的论文设想的谈话，是在雷老师的病榻前进行的，而当时他的血色素只有四五克；在论文定稿时，雷老师还是在医院里，鉴于他的身体状况，我已不忍让他再劳累了，可雷老师病情稍有好转便让女儿专程来川师把我和另一位同学的论文带去给他看；在答辩的时候，雷老师处于双肾严重亏损、起居困难的状态中，而且这已经是离他去世只有39天的时候了，可当我去借了把藤椅为他替换那硬而又矮的折叠椅时，他却还谦和地说："没关系，没关系。"（张莉莉）

我的毕业论文《〈淮南子〉美学思想初探》在雷履平老师的具体指导下完成了，初稿约八万字。当我把初稿交给先生审阅时，先生却因病住进了医院。出院后，先生身体仍很虚弱。有一天下午，我到先生那里去，先生坐在床上，虽是盛夏8月，身上却盖着棉被。他戴着老花镜，正在审阅我的论文。望着先生清癯的面容，微微颤抖的双手，热泪涌上了我的眼眶。约八万字的论文，先生就是这样在病榻上审阅的，他不但指出了具体的修改意见，而且没有一处笔误，甚至一个标点符号错误。先生虽然永远离开了我们，但他的精神将鼓舞我们去完成先生未竟的事业。（黎孟德）

（作者系当年的研究生，现已是教授、学者。原载1985年2月10日四川师范学院古代文学研究所、汉语言文学系合办《悼念雷履平同志专刊》）

《梅溪词校注》成书前后

曹光甫

1981年底，我出差成都去四川师院组稿，拜访雷履平、罗焕章先生，倾谈之下，约了《梅溪词》校注稿。岁月悠悠，世事沧桑，由于撰稿时间较长，加之印刷出版周期的现状不尽如人意，因此这本质量颇可观的《梅溪词校注》终于姗姗问世后，它的撰稿人之一的雷先生却已于前不久谢世作古，这真是一桩憾事。我们向读者奉献和推荐这本《梅溪词校注》，其目的之一就是借以表达我们对雷先生的哀思。

南宋史达祖，做过宰相韩侂胄的堂吏，因此而蒙受耻辱，被后世攻击为人品"殊无足取"，"身败名裂，其才虽佳，其人无足称矣"（均见陈廷焯《白雨斋词话》）。其实这是以成败论英雄的腐见，并非审时度势、实事求是的定评。韩侂胄柄政后，不计个人安危，不计成败利钝，锐意北伐，志在恢复，这给积贫积弱、怯懦屈辱的南宋王朝政治上、军事上带来一线生机，应当说其心甚壮，其志可嘉。由于相当复杂的背景和原因，"开禧北伐"终成泡影，以失败告终，韩侂胄被杀害于玉津园，史达祖也受牵连而贬死。但历史的这一章还应该说是轰轰烈烈的，韩侂胄不失为一员殉国的有作为的爱国将相，就在当时，积极主战的爱国名人如陆游、辛弃疾等也是这么看的，他们曾写下诗词对他进行讴歌。因此，后世对韩侂胄的评价并不公允。当然，作为他的堂吏的史达祖，追随和依附这位爱国将领，也算不得什么辱身。澄清这一点是必要的，否则就无法解释《梅溪词》中若干耀人眼目的爱国篇章。

《梅溪词》中最为人称道的是咏物词和节序词。如他的咏物名作《绮罗香·咏春雨》《双双燕·咏燕》《东风第一枝·春雪》，都堪称"全章精粹"。作者模写物象，不注重对事物外形的精雕细刻，而着力描摹出所咏对象的神韵气质，且有所寄托，给人以悠远不尽的物外品味，有高超的艺术造诣。邓廷桢《双砚斋词话》评《双双燕·咏燕》云："嘉泰间，任胄丞持恢复之议，邦卿习闻其说，往往托之于词。如《双双燕》……大抵写怨铜驼，寄怀辇幕，非止流连光景，浪作艳歌也。"史达祖节序词的代表作是《东风第一枝·赋立春》《喜迁莺·赋元夕》，前者不仅把临安立春日土牛鞭春、粘鸡贴燕的风俗艺术地再现出来，而且借贺春的五辛春盘从无情处生情，惹起一掬相思；后者用临安元宵夜色下的繁华景象与自己诗酒消瘦的索寞心情相照应，结构巧妙，堪与周邦彦咏京洛风光的名篇《解语花·元夕》词媲美。张炎《词源》称赞史达祖的节序词说："如此等妙词颇多，不独措辞精粹，又且见时序风物之盛，人家宴乐之同。"《梅溪词》中的碎金美玉，被陆辅之《词旨》列入"属对"的有："断浦沉云，空山挂雨"（《齐天乐》）、"画里移舟，诗边就梦"（《齐天乐》）、"做冷欺花，将烟困柳"（《绮罗香》）、"巧沁兰心，偷粘草甲"（《东风第一枝》）等；列入"警句"的有："临断岸，新绿生时，是落红，带愁流处。记当日，门掩梨花，剪灯深夜语"（《绮罗香》）、"愁损翠黛双蛾，日日画阑独凭"（《双双燕》）、"自怜诗酒瘦，难应接、许多春色"（《喜迁莺》）、"怕凤鞋，挑菜归来，万一灞桥相见"（《东风第一枝》）。凡此均可见其词炼句、炼字之妙。同时代人张镃、姜夔的《梅溪词序》说"可以分镳清真，平睨方回，而纷纷三变行辈，几不足比数""奇秀清逸，有李长吉之韵。盖能融情景于一家，会句意于两得"，绝非虚誉。

  本书在校注上下了很大功夫，词作的本事背景、创作时间、交游情况、典故诠释等，都力求稳妥有据。校勘方面，《梅溪词》一卷，除毛晋汲古阁《宋六十名家词》丛刻本外，没有单行本。明初吴讷编辑《唐宋名贤百家词》，并未见到史集，只是用黄升《花庵词选》所选史词来充数。黄虞稷《千顷堂书目》著录二卷本《梅溪词》，疑即朱彝尊纂《词综》所见本，但亦未见流传。汲古阁本行世后，清康熙十三年（1674），陆贻典曾据二抄本互校，其一即毛刻底本。光绪十五年（1889），王鹏运

《四印斋所刻词》所收《梅溪词》校刻较精。本书即以四印斋本做底本，校以宋及明清重要选本如《阳春白雪》《花庵词选》《绝妙好词》《草堂诗余》《百家词》《花草粹编》《词统》《词综》《词选》《心日斋十六家词录》《宋七家词选》等，做到了精校细勘。上海古籍出版社出版的这本《梅溪词校注》，由于是草创，究竟成败得失如何，这是要请广大词学研究者与爱好者来作评判鉴定的。

（作者系上海古籍出版社编辑，《梅溪词校注》责编。原载《师大旧事》，电子科技大学出版社，2002年2月）

缅怀父亲　努力工作

雷　敏

　　父亲因患疾病，与世长辞了。这突如其来的永久离别，给我的心灵增添了一道不可愈合的创伤，一次不可遏止的悲痛。父亲走得如此匆匆，以至于案桌上借回的书还来不及翻阅；《成都满城（少城）考》这篇论文的修改稿，圈点得密密麻麻，还来不及誊抄；床边放着一封字迹清秀、欲寄往北京图书馆托人查阅资料的书信，也还未曾发出；我们兄弟姊妹还没有尽到做儿女的情分，父亲就永远地离开了我们。

　　父亲一生十分热爱党，热爱我们这个社会。他常常说："没有新社会，就没有我们全家，就没有我这个穷教书人的出头之日；只有搞好教学、科研工作，多培养出优秀的学生才能报答党的恩情。"他凭借着对祖国的炽热感情和对党的教育事业的忠诚，在教育战线上勤勤恳恳、兢兢业业，几十年如一日地辛勤耕耘。

　　记得1979年时，父亲已体弱多病，但为了培养研究生，却把自己的病痛置之度外。为了讲一节课，他常常在备课时花费十倍、几十倍的时间，笔记本上朱墨琳琅，书上注满批注和符号；讲授时，语言生动、形象，分析透辟。在讲《词综》时，他的感情完全融合在作品里面，这些作品大多数根植在苦难而动荡的时代土壤中。经历过两个不同社会、两种不同制度的父亲，不沉吟在低沉的伤春伤别的词中，他说："不管它们表现为脂香粉腻的香奁体也好，浓艳妍冶的西昆体也好，富丽堂皇的台阁体也好，它只能给读者以消极的东西。"而是把感情的骏马驰骋在保家卫国的焦灼疆场上，把思想深处的爱放在屹立于世界民族之林的祖国身上。"古代人民美好的理想，只有在人民当家做主的新时代里才成为活生生的现实。……伟大的时代，新的生活，新的思想情感要求我们写出震撼三山五岳的豪放诗篇。"父亲经久不绝的洪亮声音至今还回响在耳际，他就是这样用他广博的科学文化知识、丰富的经历、深厚的情感和高超的语言技巧来培养教育学生的。学生们听了父亲讲授的课后，常常赞叹地说："听先生讲课是艺术享受，也陶冶了我们的情操。"

近两年，父亲卧病床榻，心却想着新成立不久的古代文学研究所这个集体，想着培养的研究生。他多么希望有一个健康的身体，为集体多做些工作；他多么盼望早日病愈，重登讲台。面对疾病，他焦灼不已，只好把新的希望寄托在研究生身上。病中，父亲忍受着疾病对他的折磨，依然支撑着瘦削的身躯给研究生修改论文。《〈淮南子〉美学思想初探》这篇论文洋洋洒洒八万字，厚厚几大本，父亲触摸着学生用心血换来的论文十分欣喜，力图用马克思主义的美学理论来剖析我国古代文艺理论，来对我国文艺理论作探讨。父亲认真阅读了蔡仪、朱光潜等一些美学专家的著作，肯定了《〈淮南子〉美学思想初探》这篇论文对《淮南子》的思想体系以及它对美的观点和审美问题所作的探讨，也指出了不足之处。最后，这篇论文在研究生答辩会上顺利通过，同时校内外专家、教授一致认为是一篇有分量的学术论文。在最后一次住院中，被病魔折磨得极度衰竭的父亲，还抱着强烈活下来的愿望，念叨着研究所的《韩愈全集校注》进度情况，说道："病好点，我和大家一起完成这一任务。"父亲就是这样，一息尚存也心系教学、心系集体！他既是一位为教育事业奋斗了几十年的普通教育工作者，又是一位到了晚年仍革命意志旺盛不衰的好党员。

父亲与我们永别了，我们的痛苦和伤心是不可慰藉的。他：

平生持正不阿有似贞松秀冬岭；
异日传芭代舞无穷秋菊继春兰。

今天，我们缅怀亲爱的父亲，并要以他为楷模，从他一生感人的事迹中吸取力量为"四化"建设多作贡献。这是父亲生前对我们的殷切期望，我们也将用突出的成绩告慰父亲在天之灵。

（原载四川师范学院古代文学研究所、汉语言文学系1985年2月合办《悼念雷履平同志专刊》）

献身教育　为国哺才
——回忆我们的父亲雷履平

雷莹　雷敏

"春蚕到死丝方尽，蜡炬成灰泪始干。"这是李商隐脍炙人口、流传千古的名句。今天，这诗句已不单纯是表现悲剧感情的升华，更多的是表现为对人生、对事业纯洁崇高的追求，以及对那种自我牺牲的精神和品格的礼赞。作为在教育战线勤勤恳恳、任劳任怨耕耘一生，曾获教龄超过40周年的金字奖章的父亲，用这句诗来赞美他无私的奉献精神和崇高的师德是恰如其分的。

父亲雷履平，名保泰，笔名平子、郁可，1917年出生于成都一个蒙古族家庭。1931年，父亲进入著名的成都县中上中学。当时，正值"九一八事变"，民族危机严重。他和同学屈守元、白敦仁等一起创办了手写的《文会》报，后来又组织诗社"春吟社"，不但培养了对古典文学的浓厚兴趣，更受到了深刻的爱国主义思想教育。读大学时，他又目睹了日本帝国主义发动的全面侵华战争给中国人民造成的极大的灾难和痛苦。为此，他和广大知识分子一样痛心疾首。他在自传中写道："我决心走顾炎武的治学道路，治经治史，来改变国民性，洗雪国耻。1937年进入四川大学中文系，一面读书一面在成都满族、蒙古族合办的三英中学、少城小学教书，半工半读，维持一家三口的生活。当时正值日本帝国主义侵华的'七七卢沟桥事变'之后，这使我逐渐意识到读书救国是没有出路的。"父亲在当时寄友人的一首长诗中写道："我生二十载，猛志跂前规。谓斗可取酌，谓山可与齐。翻念所禀性，野马不受羁。群经汉师法，心性湟辨淄。谁能守门户，神王在藩篱。借鉴乙部书，将以处乱离。乱离犹未已，天地尽疮痍。都市居不易，民生信艰危。谈迁与彪固，不办肉与糜。"

1939年，四川大学因避日机轰炸迁到峨眉山麓，父亲便转学到了华西协和大学中文系。他仍然一面读书一面在成都的中学兼课，加上获得了一项哈佛燕京奖学金，才于1942年毕业获得学士学位，毕业论文《匡谬正俗校注》受到当时教育部嘉奖。1943年，父亲在华西协合大学国学研究所任助理研究员，同时在南薰中学、天府中学、成都县中等中学任教，一时声誉鹊起。特别是在当时颇负盛名的成都县中，他与屈守元、白敦仁先生均极受学生崇敬，久久为人称道。他性行耿介、愤世嫉俗，在南薰中学任教时因指斥特务横行，竟被学校当局解聘。父亲时常自豪地向我们说起他在成都县中（今成都七中）应聘讲第一堂课的情景：当时，声誉很高的校长、威严的教导主任都来听课，教室的两旁也陆续站满了前来旁观的教师和职员，人们都以怀疑的目光注视着这个二十多岁的年轻人，如果讲得不好，或许当场就会将其轰走。父亲从容开讲，挥洒自如，讲了不到半节课，校长、教导主任就面露喜色、会意点头，在一旁观看的老师也交口称赞。

新中国成立后，父亲立志为人民的教育事业奋斗终生。为了更好地搞好教育工作，他积极参加社会实践。1950年，他冒着生命危险带领学生到平叛前线华阳县所属的乡镇参加清匪反霸、减租退押工作。为了培养建设新中国的人才，父亲孜孜不倦地教书育人，废寝忘食、夜以继日地工作，并取得了突出成绩。1956年被评为成都市优秀教师。1957年任川滇两省少数民族参观团副团长，赴北京参观访问，光荣地受到毛泽东、刘少奇等国家领导人的亲切接见并合影留念。后来，历任成都市第一、二、三、五、六、七届政协委员，成都市第六、七届政协常委，成都市第四、五届人大代表，四川省第六届人大代表。党和人民给予的崇高荣誉和信任给父亲以极大的鼓励，他在教学上更加勤勉，更加充满活力。他憧憬着美好的未来，表示要为实现党的奋斗目标而努力工作。1982年，父亲终于在有生之年成为一名中国共产党党员。

父亲1956年秋由成都三中调到四川师范学院中文系任教，教授中国古代文学。20世纪60年代初期，即任古典文学教研组副组长。父亲的课堂教学是十分出色的，这与他平时对专业知识精心学习与研究有关，也与他严谨的思维与敏锐的判断力密不可分。《教育导报》曾报道说："雷先生思维敏捷，悟性很高，善于抓住关键问题加以阐发，敢于提出自己的独到见解。他重视文艺理论学习，对古代诗词很有研究，艺术感觉特别好，擅长艺术赏析，讲文学作品极为传神，能把学生带入作品特定的艺术境界。学生反映，听雷先生讲课是一种艺术享受。"他十分注重教育的深、透、精三者的关系，亦很重视探索教学过程的"引入"与"引出"的效果与关系。关于这些，刊登在《四川师范学院学报》1979年第4期上的《关于古典诗词的教学》，以及1962年刊登在《成都晚报》上的《向传统借鉴》《说深》《说透》《少而精》等文章均有详细阐述。

父亲晚年体弱多病，但惜时如金，对工作十分热情，对学生关心爱护。父亲指导研究生所写的论文有《论李颀及其诗歌》《方回诗论探微》《〈淮南子〉美学思想初探》《略论王沂孙词的寄意》《试论秦观词的艺术特色》等。研究生们回忆说："雷先生对论文的篇章结构，乃至字句的修饰、标点符号的选用，皆一一仔细斟酌，甚至把自己所持的新观点、掌握的新材料都贡献在研究生论文里。经他批阅的论文初稿，大都朱墨琳琅，经他改动的字句，仿佛点石成金。"

父亲在培养青年教师和个别指导学生的工作中，也是费尽心血。罗焕章教授回忆说："我不会作文，先生便给我命题，指导我如何构思，如何组织材料，并精心加以批改，从错别字到句子结构，一一修改勘正。为培养我这个笨拙的学生，先生寒暑无间，呕尽心血。""我撰著《梅溪词》注释，十几万字，三易其稿，是先生躺在川医病床上审阅的。"当时读中文系，现为著名作家，又称为绵阳市女才子的周玉清，是父亲个别指导的学生。大学学习阶段，周玉清除了有意识地积累《红楼梦》资料外，亦开始研究李清照，她得到了父亲的支持和指导。1962年，她与父亲联名撰写了8000余字的短篇历史小说《李清照》发表在《四川文学》上，受到社会的关注和好评。

父亲还从事集体科研项目，曾参加人民文学出版社1980年出版的《中国历代文选》的部分篇章以及先秦至宋部分的定稿工作。此书受到广大读者好评，中央电大指定为教学参考书，1984年荣获四川省政府哲学社会科学优秀成果二等奖。

父亲个人的科研着重于中国古代作家和古典文论的研究，撰写的论文如《苏轼的生平、思想与艺术成就》《苏轼词的风格》《爱国诗人宇文虚中》《杜甫的咏物诗》等近百篇，发表在《四川文学》《社会科学研究》《草堂》《四川师范学院学报》等刊物上。晚年，他的研究集中在南宋词上，写出了不少有学术价值的论著，如《词综发凡笺正》《〈梅溪词〉四论》，后者曾获四川省哲学社会科学优秀成果三等奖。他去世后的1988年，他参与校注的由上海古籍出版社出版的《梅溪词校注》一书，更得到了学术界的充分肯定，还在1990年获得了四川省哲学社会科学优秀成果荣誉奖，而获此荣誉奖的全省只有11人。

父亲出生在成都，生长在成都，一生执教在成都。他对成都的历史沿革、地理变迁、文物古迹十分熟悉，对成都山水名胜、自然风光非常热爱。他长期在报纸、杂志上宣传和介绍成都，以回报这片沃土的养育之恩，教育大家要热爱自己的家乡，把家乡建设成"今日锦城真似锦"的大都市。

父亲于1984年12月19日在蓉城逝世，我们对他的怀念决不因岁月的流逝而逐渐淡薄。随着我们思想的成熟，反而对他的了解更多，怀念更深了。蚕死丝在，抚丝温存。我们在对父亲的追忆中，更深沉地认识到：人们赞美春蚕，在于蚕儿能为人们吐御寒的丝；人们歌颂蜡烛，在于蜡烛愿燃烧自己去照亮别人。父亲，人们今天仍在缅怀您、景仰您，就在于您曾是一名淡泊名利、奉献终生的教师,就在于您生前曾兢兢业业从事过人类最伟大的事业。

(作者雷莹系雷履平先生之女,原成都市中药材公司副主任药师。原载《成都少数民族》,四川人民出版社,1997年7月)

献身教育　艺精教坛
——回忆我的父亲雷履平

雷　敏

　　四川大学著名教授、学者张志烈在回忆读四川师范学院时的课堂快乐时，写道："刚进校时，就由高年级同学传下话，说雷先生讲课'能真正传出古诗文的味道'。真正听雷先生上课后，才晓得：先前听同学传言雷先生讲课之美，有如读白乐天的《荔枝图序》；实际听雷老师讲课，才算真吃荔枝了，这个'味道'似乎是无法转述清楚的。我在下面和同学们崇敬的议论中，称之为'莎士比亚化'，而且我们相约以后自己出去当教师一定要把雷先生的课堂教学艺术作为奋斗的标准。"[①] 这句话，对我父亲的教学给予了很高的评价。那时读中文系听过父亲讲课的学生，无不赞叹父亲具有很高的教学艺术水平。他具有渊博的知识和扎实的专业基础，善于钻研、分析教材的深度和难度，讲究教学艺术的方式和方法，在当时也受到同行的高度赞赏。

　　这一切源于家学，受业于恩师，相交于良友，业精于钻研。

　　祖父雷文富，清光绪二十九年（1903）癸卯科举人，曾任骁骑校尉、八旗蒙古佐领，多次随钦差大臣到西藏担任文书。父亲少年聪颖，笃志好学，便授以《四子书》。1934年家庭破落，父亲中学毕业后只好投考了一个小学教师训练班，后被分配到贫民夜校做教师。1937年考入四川大学中文系，父亲一面读书一面在成都满族、蒙古族合办的三英中学、少城小学教书，半工半读，维持一家人的生活。1942年大学毕业后在成都南薰中学、天府中学、成都县中教书。1947年被聘为成华大学讲师。1949年后任教于华阳县中、华英女中，1956年秋调入四川师范学院中文

[①] 张志烈《琐记》，2007年1月8日《四川师大报》。

系。由于在教学方面的突出贡献，1957年父亲作为川滇两省少数民族参观团副团长，赴北京等地参观访问，光荣地受到毛泽东主席、刘少奇副主席等国家领导人亲切接见并合影留念。

父亲教学方面的成就得益于恩师教诲，曾先后受业于李培甫、李炳英、吴俟庵、庞石帚先生。著名作家周玉清在《怀雷履平老师》中写道："大学毕业后跟随蜀中名儒庞石帚教授教书，庞老师在川大，他与白先生也在川大，庞老师在光华大学（成华大学），他们也到那里任教。"庞先生对父亲这样好学勤奋的学生的爱，更多在学业上、学术上悉心指教：考究源流，去伪存真，摒弃陈腐，不落俗套。父亲的诗文，更得到庞先生加墨修正。我见过白敦仁老师1956年秋去波兰途径莫斯科时敬谒列宁墓的赋词，庞先生加圈加点、朱墨琳琅，真实感受到了他们的那一代恩师对学生一丝不苟的教诲。

古文学家吴俟庵先生也是父亲川大时的老师。吴先生节樽衣食，购书达万册，每日徜徉群书游目典籍，孜孜矻矻研究经史，著作等身。吴先生对父亲这样勤奋好学的学生甚是喜欢，除教授学问之外，他珍藏的史籍典册父亲都可以去阅读。后来，父亲也节省衣食，爱书不释手，以致购书满屋。父亲在学业上敏而好学，学术上慎思明断，教学中博观约取，为人上仁爱刚正，这一切深受恩师的影响。

父亲受业于恩师，他又与同学屈守元、白敦仁、钟树梁、周虚白、刘君惠等往来密切，友谊甚厚。父亲在川大读书期间，一面读书一面兼有中学教课的任务，常把大量语文作文领回家批阅，以获得一些报酬帮衬家里，白先生、钟先生都主动帮他批阅作文。1939年，四川大学因避日机轰炸迁到峨眉山麓，父亲怕失掉半工半读的机会，便转学到华西协和大学，白先生也放弃到川大而转到华大。父亲大学毕业受聘于成都县中，试讲前与白先生细细商量授课的每一环节，甚至不放过课堂可能会出现的细小变化。后来，父亲与屈守元、白敦仁先生同在当时颇负盛名的成都县中任教，极受学生推崇。他们师友之间就这样一起上中学、上大学，办刊物、创诗社，以至于在他们晚年仍然坚持以诗文会友，研讨学术，切磋教艺，砥砺前行。

父亲课堂教学的出色表现，是他把教学与科研相结合，教学与教改相统一。他说："社会主义的新文化，需要吸收一切优秀的传统文化养料，而中国式的社会主义新文化，更不能离开我国传统文化这一民族沃壤。我把批判地继承古代文化遗产，培养整理古籍的能力，当作建设精神文明的一个方面来认识的，这就有了坚持科研、教学的动力。"父亲发表在《四川文学》《四川师范学院学报》《社会科学研究》《草堂》《川剧艺术》上的论文，都以马克思主义的美学理论为指导，探索其审美观点和艺术规律，达到其教学与科研艺术水平的借鉴作用。如《诗的含蓄美》《古典诗词的炼字与炼意》《谈豪放》《杜甫的咏物诗》《苏轼的生平、思想和艺术成就》《苏轼词的风格》《爱国诗人宇文虚中》《〈梅溪词〉四论》《元好问〈论诗绝句〉选笺》《黄吉安的〈青陵台〉》《〈情探〉的思想和艺术》，等等。20世纪60年代初，父亲给报纸、刊物撰稿100多篇，其中专门谈教学的有《必须正确地钻研教材》《少而精》《说透》《说深》《向传统借鉴》等多篇。后来，学校为庆祝新中国成立30周年，学校工会编辑出版了《教学经验汇编》，收录一篇父亲的文章《关于古典诗词的教学》，这些文章都是父亲对自己教学实践的整理和总结。

1979年，屈守元教授领导的古代文学研究所成立。为培养高质量的研究生，开设了专著和专题研究课程，包括《诗经》《楚辞集注》《庄子集释》《史记》《文心雕龙》《昭明文选》《唐诗别裁集》《词综》《元曲散曲》《古文辞类纂》《红楼梦》《文艺美学》《古典文献学》等。这些课程能凭借自身实力开设并完成，在当时国内的古代文学研究所恐怕也是屈指可数的。整个研究所的教学任务相当繁重，但父亲欣然地接受了《文心雕龙》《词综》《古文辞类纂》的教学，因为古代文学理论、古代散文和宋词都是父亲一生所喜爱的。在研究生的教学中，体弱多病的父亲投入了毕生精力和心血，同时也把自己的教学艺术发挥到了极致水平。

刘勰《知音》篇的教学，父亲谈到作家与读者的关系时说："作品是作家带着强烈的思想情感去完成的，'情动而辞发'是先有感情，后有文字。而读者是'披文以入情'，是通过认真地体味作品，从作品的字、词、句、段、篇章具体的语言去体会作家的感情，是一个相反的过程。"还强调说："我们绝对不能不深思熟虑，绝对不能不认真阅读文本，就去发挥大胆的奇想，任意地讲解文本，那是真正的贻误学生。"在家中，我常常见到父亲晃动着身躯，长声幺幺地诵读作品，从文学作品的"格律声色"文之粗，进一步去体会文学作品隐藏在字里行间的"神理气味"文之精，努力完成一个从读者到作者的人物转变。课堂上，父亲都带有作者自身的真切情感，加之他运用语言的技巧和技能很高，常把文学作品传神的语言化为场景，悄然地把学生带入文本，进入到作品特定的艺术境界中去感受实情。

古代诗人给自然中的事物都赋予了一片真挚的情感，寄予自己的爱憎，创作了大量咏物诗词。苏轼的咏物词意境开阔、独标高格，将咏物抒情的题旨推向高峰。听父亲讲授苏轼《水龙吟·次韵章质夫杨花词》，苏轼笔下的杨花与章质夫笔下的杨花迥然不同，另辟新境，自出新意。苏轼把自己的情感完全寄予在漂泊离落的杨花上。"晓来雨过，踪迹何在，一池萍碎。春色三分，二分尘土，一分流水。细看来不是杨花，点点是离人泪。"这预示着苏轼政治上可能受排挤，将来也会像杨花一样化作流水与尘土，难觅踪迹。父亲从苏轼所处的矛盾心理进行分析，一方面希望政治改革，一方面又反对像熙宁新法那样的政治改革。后来司马光执政，对新法一概反对，苏轼认为全面推翻新法也是不妥，这样一来，他与旧党也难以相容了。然而澎湃的政治热情又把苏轼拖到现实生活中来，以至于苏轼后来被一贬再贬，最后贬到了遥远的海南岛。父亲用生动的语言、历史的史实，以及事物与人物形象来说话，语调时而高昂，时而低缓，极富激情。他说："我的这些主观的思维活动是由诗词具体的、生活的形象所唤起的，是伴随着具体形象进行的，我不过用自己的生活经验和知识教养来体味诗人从生活的感受中所产生的真情实感。往往随着诗人的情感起伏的波涛,我恍如身临其境,仿佛自己的心灵已经和作者彼时彼地所产生的情感一脉相通了。"①

父亲是这样说的,也是这样做的。父亲的一位好友且也是一位教师的徐艾曾对我说:"你父亲驾驭语言的天赋很强。语言精练,吐词清楚、干净,语速变化自然,犹如白居易《琵琶行》'大弦嘈嘈如急雨,小弦切切如私语。嘈嘈切切错杂弹,大珠小珠落玉盘'描写音乐那般遣辞措意。往往随着作品情感的波澜起伏,语音表现为抑扬顿挫,关键词句、话语又铿锵有力、掷地有声。"凡亲自听过父亲讲课的人,感受也确实如此。

父亲对古代散文发展及其特点深入探索、认真研究。他认为,唐宋散文经过历史上的三次变化,解决了长与短的关系,用韩愈的话说就是"丰而不余一言,约而不失一辞";解决了继承与创新的关系;解决了露与不露的关系,要求语言要含蓄;解决了有韵与无韵的关系,注重文字音节上的协调,于是在散文史上出现了最有影响的"唐宋八大家"。

父亲讲欧阳修的散文创作,以《醉翁亭记》《丰乐亭记》互相对比结合。《醉翁亭记》开篇:"环滁皆山也。其西南诸峰,林壑尤美,望之蔚然而深秀者,琅琊也。山行六七里,渐闻水声潺潺而泻出于两峰之间者,酿泉也。峰回路转,有亭翼然临于泉上者,醉翁亭也。作亭者谁?山之僧智仙也。名之者谁?太守自谓也。"一是欧阳修对文章修改的态度,字斟句酌,一丝不苟。当初写环绕滁州的山,是按东南西北方位来叙写,后经欧阳修反反复复地推敲、斟酌,才一语带出开篇的"环滁皆山也"这样高度凝练的语言。二是一唱三叹的音律美也体现在文中,使人读起来朗朗上口,回肠荡气,意味无穷。但真正体现出清代桐城派散文家姚鼐概括的"所以为文者八"——"神理气味、格律声色"之特色的是《丰

---

① 雷履平《关于古典诗词的教学》,《四川师范学院学报》1979 年第 4 期。

乐亭记》。《醉翁亭记》用了很多对偶句式，骈文的成分还很重，《丰乐亭记》才真正形成语言的散文化。父亲以抑扬顿挫的语感朗诵完《丰乐亭记》，说："简约而精练的语言，跌宕起伏的文句气势，一气呵成的文意贯穿全文，这正是欧阳修这样的语言大师高超的语言艺术水准之所在。品读名家名作，一定要反反复复地读，读出韵味，读出语感，读出文章的特点。只有这样，大家今后的教学能力和创作水平才能实实在在地提升。"

父亲在分析作品内容与形式的关系时说："文是形式，道是内容，内容与形式统一，形式要为内容服务，'辞不足不能文'，文章要有很高的艺术水平，才能使人接受作者的文中思想。"他把《丰乐亭记》和《醉翁亭记》再作比较，虽然两篇散文文辞优美，同样体现出"文以载道"的传统思想，但《丰乐亭记》结合更完美，主旨思想更深远。《丰乐亭记》不仅体现出了《醉翁亭记》"与民同乐"的思想，深一层的意义还包含了"居安思危"的观点。听父亲的讲课，主题突出，情感强烈，语言精辟，分析透彻，句句在理，句句实情，怎能不引起受众者思想的共鸣呢？

父亲的课堂，内容环环相扣，时间分秒相接。教学任务完成，下课铃声响起，绝不拖堂，也绝不自我标榜和讲些与教学无关的内容填充课堂。父亲的课堂，无论你的专业水平高低与否，都能被他传授知识的艺术魅力所吸引、所打动。这一切，在于他讲得"浅在显"，说得"明在理"，但对一个文中"句眼"，一个诗中"字眼"，乃至一个关键语句以及学术疑难点，他又会旁征博引、慎思明断，依据论证，以理服人。整个课堂上，看似讲得明白晓畅，实则教学思考过程艰辛；看似说得通俗浅近，实则学问、道理深透，既授之以鱼又授之以渔。这种教学态度和水平，正是父亲的教学所长。

教学艺术是一门专业知识很强、技巧性很高的综合艺术，是一种教师与学生能产生情感共鸣的艺术。父亲从少年17岁开始教书到67岁去世，一生教学达五十年。父亲长期实践，摸索出了自己的一套完整教学方法,也绝非是我的水平和能力能说清楚、道明白的。这,只是亲耳所闻的人们对父亲教学水平的高度赞美,只是亲眼所见父亲孜孜不倦地钻研教学的精神和诲人不倦的教学态度,烙在我脑海中的一个深深印记吧!

(原载《师大故事》,四川师大电子出版社,2016年5月)

后 记

1984年12月19日,父亲永远地离开了我们。第一次经历失去亲人的痛苦,这种痛苦在以后都化作了对他深深的思念。在与父亲朝夕相处的日子,也就是他晚年的生活里,他仍然把精力和心血放在自己的教书事业上,放在对学生的培养上。可以说,父亲执教一生,勤奋努力一生,辛勤笔耕创作一生。父亲去世多年,他在教学和写作方面的才华仍然得到了社会的充分肯定。

父亲在青年时代就把当好一位优秀的教师作为他终生奋斗的目标。39岁那年(即1956年),已经在成都的各中学和大学执教二十多年,具有丰富的教学经验和一定社会名望的他调入了成都新建的第一所高等师范院校——四川师范学院。在以后的工作中,虽然经历了不少酸甜与苦辣、成功与挫折,但对教学认真的态度和对学生负责任的精神始终如一。

小时候,我对父亲的印象不是很深刻。高中毕业后恢复高考,我到川师参加补习,住进了中文系办公楼二楼父亲的单间宿舍与他生活在一起,这才算是与父亲在感情、思想上真正地接触。

我们家原住在成都西门花牌坊新一巷一个单家独户的简陋小院里,家里的生活条件与邻里乡亲没有什么差距,只是家里藏书较多,街坊邻居无法堪比。父亲调入川师后,每周只能回家一次,那时从家到学校至少要坐两个多小时的公交车，还要走一段乡间小路才能到达。父亲回到家，也都忙于他的事情，或看望他的老师，或与他的老朋友交流聚会，或逛逛书店、文具店买一些书和纸笔之类的东西。我记得，居住在市中心的白敦仁、钟树梁、徐艾、王怀文、李克容老师与父亲往来密切，父母都叫我们称呼他们为"伯伯"。到了1966年后的"文革"十年里，父亲几乎就不在家。父亲被抓走，母亲和我大姐被批斗，父亲花费大半生心血购置的八千册书籍以及长期积累的资料、撰写的学术论文被抄走，只剩下大大小小、空空荡荡的书柜和书橱。而原存一点书香、文化氛围的家庭环境荡然无存，原有一点雅致的堂屋挂着的字画也没有了，家什横七竖八、缺脚断腿地堆在一起，屋里屋外的石灰墙壁都写有"打倒雷履平""打倒反动学术权威"等墨汁渗透的黑字，不时还散发出阵阵难闻的气味。这样的家庭，倒像是一个"笔诛口伐于荜门闺窦之间"经过文化激战的前沿阵地。经过这次劫难，受伤害的不只是父母，还有我们这些子女。我那时还小，也确实无法辨别父亲是真正的"好人"还是真正的"坏人"，但提到"父亲"二字也不像其他孩子提到父亲那样喜形于色。我们更信赖母亲，她勤劳善良，忍辱负重，节俭持家，没有多少文化以及自己的爱好喜尚，但严格管束和抚育我们，我们也不时从母亲那里得到温暖和幸福。

大概是在1971年后，偶尔也能见到父亲，但他与我们的接触仍然很少。那时，各种运动和任务一波接着一波，先是"批林批孔""评法反儒"政治运动的开展，后来就是师训班，到泸州、乐山、宜宾各地去培训当地的中学语文教师，再后来就在学校积极参加各种教材的编写工作。父亲能全身心投入到大学教书的本行，是在1977年恢复高考且学校步入正常工作的轨道后，而我与父亲的接触、认识和了解也就是从那时开始的。

高考报名再次开始，审查报考资格的人却说我不具备参加高考的条件，没有下乡当知青也不具备留城当社青的条件。不久，经父亲同事推荐，已满 22 岁的我终于走上了川师附属小学的讲台，当上了临时的语文代课老师。当时，在学校担任教师的基本上也是中师毕业的，我是 1974 年秋"文革"后第一批高中毕业生，在小学代课还是符合条件的。从此以后，我就与川师结下了不解之缘。在附小工作两年后的 1979 年，母亲见我还是没有正式的工作，便与父亲商量：你已到退休年龄，你退休后可以让小儿子有一份正式的工作。在母亲的要求下，父亲很不情愿地向单位主管领导提出了退休要求，但父亲内心却是不情愿的——那时国家才真正开始重视教育、重视人才，他想在自己的晚年努力工作一段时间，为一生喜欢的教育事业多作一点贡献，在学术上也做出一点成绩，也不虚度人生。由于学校的发展确实也十分需要像父亲这样有事业心、教学经验丰富、科研能力强的教师，于是学校向上级主管部门申请了一个特殊指标，从而解决了我的正式工作问题。1980 年初，我从附小重新安排到川师大古代文学研究所从事资料室管理工作。

资料室管理工作主要是购书和给书盖章、分类、贴书签、上架，以及开放资料室供研究生学习和借阅图书。由于单位人手少，协助办公室工作也是我分内的事情。当初，我还有一项简单工作，后来对我专业能力提高影响很大，就是给所里屈守元、汤炳正、魏炯若、王文才、王仲镛老先生和我父亲上课时录制教学磁带。回想那时，一天到晚虽然都比较忙（晚上还要开放资料室），但很充实。在研究所工作期间，父亲也几次住院，单位都抽调我到医院专门护理父亲的日常生活。父亲住院的主要原因，都是血色素较低和浅表性胃炎伴有胃出血。父亲的饮食非常少，身体的抵抗力自然较差，加之经常感冒，感冒时又总爱吃一些速效感冒胶囊进行应急，现在看来这些药又伤脾胃又对肝和血液不好。所以，每次住院就是输一点血、吃一些药，精力好些、症状缓解就出院。出院后，父亲又全身心投入到教学和科研中。如此反复，终究没有彻底解决父亲的病因和病情。现在说来，当时父亲的病这么重，为什么登上讲台或见到他所培养的学生就全忘了他的疾病，也不考虑他的身体还能支撑多久呢？在整理父亲的资料和笔记过程中，我更加明白和理解父亲了。"人生是这样短暂，应该珍惜生命，大刀阔斧做一番事业，怎么可以纠缠在个人的不幸上，用苦语、硬语来发泄个人牢骚，还用哀愁来窒碍读者的心胸视野呢？"（《谈豪放》）父亲确实是这样的，在教学中、生活上只字不提在"文革"中受到的思想和精神的迫害以及物质的损失。父亲靠对党的忠心，靠对社会主义的理想信念，靠一个教师的责任，成就了学校对他的百般信任。在父亲去世后，我内心常常充满着愧疚：在与父亲相处的最后日子，我没有尽到做儿子的责任照顾好他，在他的工作中也没有能力担当起他的助手。我真正感觉到父亲是一位严于律己、宽以待人的好父亲，他总不愿拖累和麻烦任何人，甚至包括自己的亲人。另外，他具有常人少有的乐观精神和积极态度，面对疾病和困难，首先考虑的不是自己的死生，而是时间对他来说太少太宝贵，太需要值得珍惜和弥补！

在与父亲相处的日子里，父亲对我的教育是不多的，但他身体力行、身教重于言教，潜移默化地影响着我。学校为了提升职工的工作能力和专业素养，开始对职工进行培养，并希望青年人边工作边攻读大学。同时，还向省教委请示，让职工去参加"文革"后四川省教委组织的中小学教师才有资格参加的第一届函授成人高考。当时，学校去的人不少，录取的比例很低，只有六人录取为本科生。1984年秋，我五年漫长的学习之路开始，而父亲却又住进了医院。父亲对我已经快要30岁才成为一名正式大学生还是感到很高兴的，毕竟"文革"十年耽误的不仅仅是自己的子女还有他自己，他嘱咐我一定要珍惜机会努力学习，不要考虑他住院的事情。

在工作和学习中，我开始接触相关的学科知识，接触系统的汉语言文学学科内容，只是感觉要学习的东西太多，自己掌握得太少，但我坚信：有父亲在我身边，我一定会笨鸟先飞。万万没想到，父亲在年底就溘然长逝了，我头脑一片茫然、一片空白，但我坚信一点：不放弃学习，不放弃努力,一定要在今后的工作中、事业上做出成绩,绝不辜负父亲生前对我的期望。

父亲最后一次住院是他很不情愿去的,他认为拖一拖就会好一点,还认为那年冬天太冷——大雪纷飞、寒风刺骨,住院也很不方便,而且每次住院也没有从根本上解决一点问题。父亲离开家时,书桌上仍摆放着经常使用的书籍、笔记本、备课本、卡片,以及各种颜色的铅笔、圆珠笔和钢笔,甚至从图书馆借回的一大堆图书还放在书桌旁的木凳上没有翻检。父亲知道自己身体太差,但想着也不至于这次住院就再也不能回家,这一切确实来得太突然,全家都始料未及。

在没有父亲的日子里,他崇高的品德、正直为人的作风、钻研学科的精神一直激励着我,他遗留下的书籍、笔记本、录音磁带、发表或未发表的文章件件般般都伴随着我,这些都是我必须努力的动力。

父亲去世后的第二年即1985年第一个教师节,我在《四川师大报》第一次发表了一篇散文《我的老师》,而这个老师就是我的父亲。他不仅是我启蒙时教学语、教走路的第一位老师,也是让我真正认识什么是有价值人生的第一位老师。后来,我一边努力工作,一边勤奋学习,除了完成学业外,还参加了研究生班的学习,不断提升自己的专业素养和写作能力。从1985年开始,我在《成都盟讯》《四川盟讯》《四川图书馆学报》《教学与管理研究》《四川师范大学学报(增刊)》等发表了回忆父亲的文章以及专业的书评和专业论文,并在1992年11月被学校评定为中级职称。1993年以后,我又在《诗词报》《成都少数民族》《中国文化论丛》《四川师大五十年学术集粹》《元明清名诗鉴赏》等发表文章,还申请了校级科研项目"误导信息研究",并在2001年10月被学校评定为副高职称。

在此期间,关心我的领导和老师让我抽时间整理父亲遗留下的资料,给父亲出版一部文集。在父亲去世后,父亲的老朋友屈守元、白敦仁、钟树梁、徐艾老师以诗文会友的方式始终没有改变,他们曾两次叫我参会。第二次是在父亲去世后的第十年，也就是1994年的冬天，屈老师、白老师、钟老师他们把自己写的纪念父亲的诗文交给我，而白老师还是用毛笔在宣纸上书写的。在这次与父亲的老朋友、我的前辈交谈中，我发现他们对父亲的感情并没有因父亲过早的逝世而显出丝毫的淡漠，仍在诗文中表现出深深的怀念之情。从他们深切的眼神和富有情感的话语中，对我整理出版父亲的教学文集、诗文集寄予着很大的希望，但他们也知道父亲去世的太突然，整理资料的难度也是不小的。其实，我在古代文学研究所从事资料室管理工作时也参与过不少学术资料的搜集、整理和编排，对父亲的相关资料的搜集也一直没有停止过，但并没有集中时间对父亲的资料作一次细致、完善的整理。

1997年9月，学校中文系和古代文学、古代汉语研究所合并成立文学院，我被安排到学院教学办公室，而这对我来说又是一个全新的工作。学院成立不久，扩大了招生人数，拓宽了专业设置，扩大了招生范围，增加了办学层次，教学、科研、管理各方面都发生了巨大变化，而这一切对我来说必须要有相适应的管理方法和管理理念，加之教育部对本科教学的评估工作，我基本上每天就是从家里到文学院，从文学院到教学楼。在这一阶段，我主要的任务就是与学院的负责人、教师一起对本院学科建设、专业教学内容与形式、教学手段与方法、教育主体与教育对象、教学效果与质量等进行数据分析；对教学大纲、题库建设进行系统完善；对教学效果和反响进行社会追踪。由于要参加教师之间的听课和评课，自己对教学的方法和遵照的原则就更加清楚了，而这时我对父亲教学质量和水平的界定就不只是听别人怎样说了，自己心中也有数了。其实，在父亲去世不久，母亲就拿出父亲的抚恤金买磁带翻录了父亲的讲课录音，后来我又把父亲的教学磁带录制成MP3，坚持有空听他的课堂录音，了解父亲的教学内容、精湛分析作品的艺术手法和如何运用语言的技巧，较之以前我对父亲的教学认识又有了一个新的起点，只是系统的整理父亲遗留下的资料还是没有展开。

在学院教学办公室工作期间，文学院被评为教学优秀管理单位，我也被学校评为优秀管理干部，并发表了四篇教学管理论文，其中《论教学秘书的职业精神》在2005年入选《当代教育思想文库》一书。2007年教学评估工作结束，我被学院安排为专职教师，教授全校师范专业基础课——《书写技能训练》。我以前虽然担任过《大学语文》《文献检索》《书法》课的教学，但不是我的本职，而现在作为专职教师就应该以新的面貌出现在讲堂上。所以，我没有课的时候就在家花大量的时间进行书法练习，钻研教学方法以及如何提高学生的书写技能和技巧，并在前后的不同时间段申请了两项校级教学科研项目，一是"《书法》课程教学改革研究"，二是"校级规划教材建设立项"。在这期间，我还完成了四篇书法教学论文，同时科学出版社2015年9月出版了我与刘飞滨老师主编的《三笔字实训教程》，这之后给学生上课时就使用上了自己亲手编写的教材。

我从1978年开始在学校工作，先后从事过资料室管理工作、教学管理工作和教学工作。从事资料室管理工作，对分类、目录、如何利用检索工具以及整理资料的方法有所了解；从事教学管理工作，了解教学目标和教学方法、教学质量，懂得教师素质和学生综合素质之间的关系；作为专职教师，对如何处理教材的重点、难点，如何把控教学的各个环节，如何提高教学的艺术和方法进行研究；作为教材的编写者，对编书过程涉及的目次、体例、校刊、排版等都比较熟悉，这为我整理父亲的资料奠定了基础。

我到川师后才开始与父亲的生活和工作接触，大约六年光景，但对父亲真正进一步地了解和认识是在他去世后。他对学生的培养和教育，对社会作出的贡献，甚至他在政治上、思想上、教育事业上不断追求和完善自我，都是在陆陆续续整理他的资料中发现的。如此，我才真正感觉到父亲不仅是一个好老师，而且也是一位好父亲，他对我们的爱是蕴藏在心里的，是一种博大的爱。在编父亲的教学文集和诗文集时，其后都附有我在《四川盟讯》《四川师大报》《成都盟讯》《成都少数民族》《夕照明》《师大故事》等发表的回忆和纪念父亲的文章，也是为了让大家更多、更完整地了解父亲的工作和思想，以及创作背景和创作风格。父亲一生喜欢写诗，他也曾说想当诗人，因为"诗人是诚实的，他总是用发自内心的语言，去挑开生活的帷幕；诗人是直率的，他总是毫不留情地去揭露社会弊端；诗人是敏感的，他总是站在时代的前列，去预示光明、朦胧这些政治上的风云晴雨；诗人是思考的，他总是毫不含糊地去回答现实提出的问题"（《杜甫的咏物诗》）。编这两本书的目的之一，也是想真实地还原父亲生活的那个时代和社会环境。

  2015年3月我退休后，除了继续担任学校少量的教学任务，整理父亲的资料的工作也排上了日程。花了近一年的时间，我集中整理了父亲的教学笔记、备课本、书信、手稿，不仅在一些卡片、文字中查找线索，还从别人的回忆、纪念文章中发现蛛丝马迹，同时也从报刊、书籍、网络上去搜集父亲的相关资料。父亲去世三十年了，很多资料十分难找，有时候却又得来毫不费功夫。比如，父亲的老朋友白敦仁老师1997年1月出版了《水明楼诗词集》，他在整理自己的资料时也整理出版了父亲与他唱和的诗词余稿。因为父亲自己所写的诗词在"文革"中散失殆尽，这些资料如要我去找，几乎是大海捞针。另外，有一些文章和诗词手稿，要确定是否父亲所写，还要找父亲修改过的人原始笔迹核对才能确定。现在，要全面整理和查找父亲发表的文章也是一个很艰辛的过程，由于父亲发表的文章多数是在20世纪五六十年代，而"文革"的一场浩劫不仅涉及家里，还波及图书馆、资料室，甚至连出版单位都没有完整保留以前的历史资料。所以，为了找到父亲发表的一篇文章，有时要跑很多地方，要花很多时间，纵然千辛万苦，但到目前为止收集到的父亲在报纸、杂志上所登载的文章还是比较齐备和完整的。这次整理出版的父亲的教学文集和诗文集主要是他过去发表和出版过的文章，下一步将对父亲的教学磁带进行整理。

这次整理出版的教学文集和诗文集在校对工作中遇到的麻烦也是不少。一是原稿字迹不清楚，若是短语就要利用个别工具书校正原文。如《元好问〈论诗绝句〉选笺》一文中的"敝屣富贵"，其中第二字看不清，查了《现代汉语词典》才解决；《谈豪放》一文中的"金鹀掰海"，打字员将第二个字空着，翻检《新华字典》查"鸟"字旁也查不到，不知道读音也就不敢轻易录入，后通过微信请教原文学院黎孟德老师才得以解决；《摸鱼儿》词中有一句"城阶同看河鼓"，第一个字打不出来，查一般的词典也不能解决，于是打电话请教原文学院古汉语组的黄仁寿老师，黄老师查了《汉语大字典》才解决了这个字；《成都史话》一文中描写蜀中织锦工艺如何发达，文中引唐代陆龟蒙《锦裙记》里描写当时他所见到的一种蜀锦，其中有"它们大小不一，都隔□□丽"句，但"丽"字前二字原稿完全不清，最后我通过网络搜索发现论文《四川唐代纺织产品初探》中引用了陆龟蒙这段话，这样才终于解决了原稿不清的问题。其实，校对中遇到的困难远远不止这些，在校对第一次稿件后，我用修改稿又重新校对原稿，仍然发现了不少问题，可见校对也是一项十分艰辛的工作。

在整理出版父亲的教学文集和诗文集时，我征求了一些专家的意见，希望尽量保留父亲原始资料的真实性，文字和数据不要作过多地修改和添加，只有站在当时历史、文化、社会的大背景下去阅读和分析相关材料，才是符合历史唯物主义者的观点。在整理过程中，我仔细阅读父亲的文章，深感父亲的古代文学、古代汉语基础雄厚，文艺理论水平非常高，写作功底也非常扎实，不愧为中国作家协会会员、四川作协理事。其作品不管是文艺作品还是学术论文，不管是说明文还是政论文，语言流畅、自然，刻画和描写事物以及说明事物十分准确，做到了"写难状之景如在眼前，含不尽之意于言外"，并且作品思想与艺术形式上的结合完全受到了唐宋八大家"文以载道"思想的影响。父亲所写文章也做到了艺术性、思想性的完美结合，现在看起来也并没有因写作时间的久远而失去它的艺术价值和思想价值。在提倡继承和发扬优秀传统文化，建设社会主义精神文明的今天，出版父亲的教学文集和诗文集也一定会发挥出积极的社会效应，产生积极的社会影响。

  在整理出版父亲的教学文集和诗文集过程中，得到了学校以及同仁的帮助和支持，在此衷心感谢四川师范大学祁晓玲副校长，教务处毕剑处长、任立刚副处长，文学院刘敏院长、汪燕刚副院长，成都市满蒙人民学习委员会，语文出版社，以及支持我完成此项工作的所有领导和同仁。由于水平有限，此书在编排和整理上还存在着不少缺点和不足，望广大读者批评指正。

雷　敏
2016 年 7 月 2 日